KB174153

최기우 희곡집 4

달롱개

최기우 희곡집 4

달룽개

평민사

이 책은 (재)전라북도문화관광재단 2021년 지역문화예술육성지원사업에
선정되어 보조금을 지원받았습니다.

최기우 희곡집 4

달릉개

초판 1쇄 인쇄일   2021년 11월 20일
초판 1쇄 발행일   2021년 11월 25일

지 은 이   최기우
만 든 이   이정옥
교   열   정혜인
만 든 곳   평민사
           서울시 은평구 수색로 340 〈202호〉
           전화 : 02) 375-8571
           팩스 : 02) 375-8573
           http://blog.naver.com/pyung1976
           이메일   pyung1976@naver.com
등록번호   25100-2015-000102호
ISBN   978-89-7115-784-8 03800
정   가   15,000원

차례

달릉개

· 2016년 전주 이야기 자원 공연화 지원사업(전주문화재단) 선정
· 2017년 무대공연작품 제작지원사업(전북문화관광재단) 선정
· 2017년 '작가의눈' 작품상 수상

제작: 애기보따리, 전주문화재단
연출: 정경선
출연: 김광용 · 김수현 · 김정훈 · 김혜련 · 박필순
박현영 · 서유정 · 염정숙 · 이우송 · 이한구
이희찬 · 정민영 · 조민철 · 차영석 · 황예영

공연 현황
· 2016년 12월 1일 우진문화공간(전주시)
· 2017년 7월 5일 한국소리문화의전당 명인홀(전주시)

1막 〈창암과 한벽당〉

- 힘차게 흘러가는 전주천 물소리.
- 주명창이 전주천 물결처럼 나온다. 한 손에 백선(白扇)을 들고, 옆구리
  에 술병을 차고 있다.

사주명창　살랑살랑, 전주부채 바람결 같은 저 물소리! 아하, 참말로
　　　　　좋다.

- 주명창이 부채를 펼치고 무대를 돈다.

　　　○노래 〈전주천〉
　　(주명창)　　　소살소살 소살소살 낭랑허다 저물소리
　　　　　　　　　전주부성 동쪽머리 슬치상관 계곡물이
　　　　　　　　　의암공기 은석바우 크고작은 골짝물에
　　　　　　　　　만마죽림 신리색장 사람길을 흐르다가
　　　　　　　　　각시바우 절벽아래 물굽이를 이루다가
　　　　　　　　　한벽당으 바윗돌서 흰옥으로 부서지고
　　　　　　　　　천만으로 몸부수며 은하수로 쏟아지네

　주명창　　(전주천에 발 담그고) 어허, 시원허다. 전주천이 없었던들 이

땡볕에 어찌 살았을까.

• 술병에 술이 떨어진 주명창. 아쉬운 듯 천에 술병을 담가 냇물로 채우고 술처럼 마신다.

주명창　전주천 맑은 물로 술을 담가 풍류삼매 젖어볼까.

• 창암 이삼만이 죽필(대나무붓)로 한벽당 바위 암벽에 전주천 물을 찍어 '完山'(완산), '豐南門'(풍남문), '靈龜飮泉'(영구음천), '玉流岩'(옥류암) 등의 글씨를 쓰고 있다.

주명창　좋다, 좋아. 저 글씨는 그림이로구나. 글씨로 핀 꽃이로다.

• 후줄근하게 땀에 젖은 부채장수 달릉개가 부채 한 짐을 지고 들어온다. 반대편에서 오참봉이 건들건들 들어온다. 달릉개가 오참봉에게 건성으로 인사한다. 오참봉은 달릉개를 보고 비웃다가 달릉개가 노려보면 고개를 돌린다. 오참봉이 달릉개의 짐에서 부채 하나를 빼 든다. 부채로 훈계하는 듯 말한다. 창암을 보고 혀를 차면서 손가락질하다 부채를 들고 나간다.
• 달릉개가 오참봉이 사라진 곳을 노려보며 주먹을 쥐어 보인다. 짐을 부려 놓고 한벽당에 앉는다. 이삼만이 글씨 쓰고 있는 것을 멍하니 바라본다.

주명창　(판소리) "갈까부다 갈까부다 님 따라서 갈까부다~" 소리 가락 절로 나고, (판소리) "쑥대머리 귀신형용 적막옥방 찬

자리으~" 애간장이 녹는구나. 저이의 서예는 붓으로 추는 춤이로세.

- 달릉개는 마침 불어오는 바람에 몸을 맡기고 비스듬히 누워 낮잠에 빠져든다.
- 이삼만이 글씨 쓰기를 멈추고 한벽당으로 온다. 달게 자는 달릉개를 유심히 보다가 쫙, 쫙, 쫙, 부채를 펼치더니, 고개를 갸우뚱하고, 작은 붓(나뭇가지·손 등 다양하게 활용)을 꺼내 부채마다 글씨를 쓴다. 힘차면서도 섬세한 손놀림.
- '山光水色' '漁樵事業' '蹴海移山 飜濤破嶽' '正己而發' 부채에 글씨가 하나씩 완성될 때마다 주명창은 큰 소리로 글씨를 읽고, 뜻을 말해 준다.

주명창　참 좋다. 산광수색. 산은 높고 물은 맑으니, 더더욱 좋다. 획 하나가 혼이로세. 어초사업. 고기 잡고 땔나무하는 한가함이로고. 글씨 하나가 생명으로 탄생하는구나. 축해이산 번도파악. 발로 바다를 차서 파도를 일으키고 산을 들어 옮겨 봉우리를 깨트린다. 정기이발. 자신을 바로잡은 뒤에 쏜다. 물처럼 바람처럼…. 한 획 한 획 잘 삭고 잘 묵힌 글씨로다.

- 글씨로 채워진 부채들이 바닥에 반달처럼 활짝, 활짝 펼쳐진다.

　　○노래 〈창암서체〉
　(주명창)　한 획 한 획 온몸의 기를 모아
　　　　　　　거침없이 일필휘지 거친 땅에 싹이 튼다
　　　　　　　한 획 한 획 호흡을 가다듬고

거침없이 일필휘지 붓끝에서 꽃이 핀다
창암의 글쓰기는 붓으로 추는 춤이로다

· 달룽개가 잠에서 깬다. 펼쳐진 부채들과 여전히 자신의 머리맡에서 붓
　대를 내두르는 이삼만과 주명창을 보고 놀라고, 기가 막힌다.

달룽개　(이삼만을 말리며) 이게 뭐 하는 짓이오? 세상에 어찌 이럴 수
　　　　가 있소? 보아하니 선비신디, 왜 이리 야속헌 일을 헌단 말
　　　　이오. 선비님헌티야 별것 아니어도 나헌티는 소중헌 것인
　　　　디 어찌 이리 업신여기신단 말씀이오.
이삼만　(손을 거두고) 내가 무슨 억하심정으로 공연히 남의 물건을
　　　　망치려 들겠소.
달룽개　멀쩡헌 새 부채도 안 팔린디, 여그다 끼적끼적 장난쳐 노
　　　　른 이것이 팔리것소? 어뜬 시러베아들 놈이 이런 부채를
　　　　산단 말이오?
주명창　예끼, 이 사람아. 끼적거려 놓다니!
이삼만　허 참. 내 여기 와 보니 잠든 그대 머리맡에 부채가 있습
　　　　디다.
달룽개　그것이 주인 없는 것으로 보입디까? 내가 밑천 넉넉헌 장
　　　　사를 허는 것도 아니고….
주명창　거참, 젊은 사람이 성질도 급하네.
이삼만　허허. 해가 되지는 않으리다. 이 부채를 들고 전주부성을
　　　　돌아보시오. 아마 해 떨어지기 전에 다 팔릴 것이오.
달룽개　(주저앉아 탄식) 지난 참에 전주 사람들헌티 창피당헌 것도
　　　　억울헌디, 또 그러네. 아이고, 아부지요. 아이고, 내 팔자야.

전주를 떠야 헐랑가.

주명창 뭔 창피를 당했다고 그러나?

달룽개 댁은 알 것 없소. 그나저나 부채 못 팔면 선비님이 다 물어 낼 것이오?

이삼만 그러지.

달룽개 붓 한 자루 살 형편도 못 되는 것 같은디 무슨….

이삼만 허언은 아니니 걱정 말게. 대신 다 팔리면 주전부리할 것 이나 사 오시오. 아, 전주유과는 어떻소?

달룽개 유과 같은 소리 하고 앉았네. … 아이고, 나는 망했네, 망했 어. (씩씩거리면서 부채를 챙기고, 중얼거림) 본시 갓 쓴 놈들 곁 에는 가는 것이 아닌디…. 못된 선비 놈 같으니라고.

이삼만 허허 참. 나는 대숲 아래에 있는 월당 선생 사숙에 있는 사 람이오.

달룽개 (나가다가 돌아보며) 정말 다 물어내셔야 합니다. (나간다)

주명창 (조심스레) 선비님, 어찌 넘의 부채에 글씨를 써 주셨습니까?

이삼만 부채는 밋밋하면 멋이 없어 눈을 끌기 어렵소. 전주부성에 부채장수가 어디 그이 한 사람이오? 전주 사람 너나없이 부치는 부채지만, 완산부성 사람들 성미를 잘 터득해서 장 사하면, 있는 부채를 두고도 또 사게 할 수 있지 않겠소?

주명창 하하하. 맞습니다. (달룽개 나간 자리에) 이보시오, 부채장수! 값은 좀 올려 부르시오. 그래도 두말없이 팔릴 것이니. 아 니, 내가 직접 가서 봐야겠구만.

- 주명창이 창암에게 인사하고, 달룽개를 따라 나간다.
- 자지러지는 고수의 북장단.

2막 〈전주부채〉

- 전라감영 앞. 달릉개가 터덜터덜 부채를 지고 가다 주저앉는다.
- 뒤따르던 주명창이 달릉개 한풀이에 자연스레 장단을 메긴다.

달릉개   한 걸음이 천 린디, 한 발짝만 더 가믄 벌써 전라감영이네. (부채를 펴 보고) 이를 어쩌. 그려, 부채 팔 일이 아니라, 감영 가서 그 선비 놈을 고발해야지. (일어서서 가다가 멈추고) 아녀. 아무리 헌 갓 쓴 사람이래도 그짝은 양반이고 나는 천것인디, 나 같은 놈은 감영 문턱 닿기도 전에 괜히 볼기부터 맞을 겨. 애먼 시상서 애먼 천민이 북이고 징잉게. (타령조) 우리, 아부지가, 하루 점드락 드르륵, 드르륵, 드르륵, 물레 돌림선, 그 크고 무건 옹구 맨들고, 지게에다 서너 동이 올려서, 오르락내리락 고갯길을, 그 험난헌 고갯길서, 옹구 사오, 옹구 사오, 해서 밑천 삼은 부챈디…. 이것이 나헌티는 전부란 말이여. 아이고, 부채 사시오, 이 썩을 부채 좀 사 주시오.

주명창   아따, 저놈 청 좋다. 좋아.

달릉개   댁은 뉘신데 아까부터 나를 따라오시오?

주명창   부채 다 팔리면 술이나 얻어먹을라고.

달릉개   신소리 말고 그냥 가시오. 이 부채가 팔리겠소?

주명창   허허, 이 사람아. 자네는 손해 볼 것 없지. 부채 못 팔면 아
          까 그 선비님이 다 물어낸다고 하지 않았어? 어여 부채나
          팔아 보게. 감영 앞이라 지나가는 사람도 많네그려.

- 달릉개가 (고수와 객석) 조심스럽게 부채를 판다. 그러다가 부채를 사
  려는 사람이 늘면서 조금씩 활기를 띤다.

달릉개   (객석에 작은 목소리로) 부채 좀 사 주시오. 어떠시오? 괜찮소?
          뭘 펼쳐 볼라고 그려? 부채가 다 거거서 거그지. 안 그리요?
          원래 닷 냥인데 오늘은 넉 냥, 아니 석 냥… 더는 안 돼.
주명창   거 부채 좀 봅시다. 선면에 쓴 글씨들이 기가 막히네!
달릉개   (놀라서, 주명창을 한쪽으로 데리고 가고) 이보시오, 당신이랑 나
          랑 짜고 부채를 팔자고? 이러면 안 되는 거 아니오?
주명창   쯧쯧, 아무리 일자무식이어도… 이 글씨들을 보면 뭔가 느
          껴지는 것이 없는가?
달릉개   글씨를 모르는디 어찌 알어?
주명창   글씨를 모른다고 그 기운까지 몰라서 쓰나. 자, 가만있어
          보게. 아무리 좋은 물건이어도 말을 해야 소문나고, 소문나
          야 사람 오고, 사람 와야 물건을 팔지. (부채를 활짝 펼치면서)
          보시오, 보시오. 이보시오, 저보시오. 여기 글씨 좀 보시오.
          천하명필 글씨 사시오. 글씨를 사시오.
달릉개   글씨? 뭘 사라고? 부채가 아니고 글씨를 사?

- 주명창이 부채를 들고 고수에게 간다. 마을사람1·2를 비롯해 사람들
  이 몰려든다. "대단한 글씨요, 대단한 글씨!", "그게 말입니다!"

달릉개	정말 좋아 보이요? 진짜로?
고 수	이것이 대체 누구 글씨요? 이거 나에게 파시오.
달릉개	글씨를 산다는 것이여, 부채를 산다는 것이여?
고 수	글씨도 사고, 부채도 사고.
달릉개	내가 전주부채 파는 사람이여. 존심이 있어. 이것이 얼매나 좋은 부챈디. 이것이 전주부채여, 전주부채.

○노래 〈전주부채 사시오〉
  (달릉개)　　동지선물은 달력이요, 단오선물은 전주부채라.

고 수	부채도 좋고, 글씨도 참 좋소. 한 자루 주시오.
달릉개	아녀, 글씨도 좋고, 전주부채는 더 좋소, 이렇게 말해야 팝니다.
고 수	알았소, 알았소. 글씨도 좋고, 전주부채는 더더욱 좋소. 한 자루만 파시오.
달릉개	원래 열닷 냥인데, 오늘은 열넉 냥만 내시오. (고수에게 물건을 팔고) 팔리네. 정말 팔려.

  (달릉개)　　전주부채 사시오.
　　　　　　　양반님네 먹물 묻은 전주부채 사시오.

주명창　전주부채에 천하명필이 담겼으니 이 아니 좋소?

  (주명창)　　천하명필 글씨 담긴 전주부채 사시오.
　　　　　　　동지선물은 달력이요, 단오선물은 전주부채라.

- 달릉개가 객석을 돌면서 부채를 판다. 고수와 다른 출연자들이 모습을 바꿔 구매자 역할을 한다. 주명창이 창으로 흥을 돋우면, 달릉개도 따른다.

달릉개 부채 사시오. 원래 스물닷 냥인데 오늘은 스무 냥만 내시오.

(달릉개)	부채 사시오. 부채 사시오. 전주부채는 여덟 개의 덕을 가진 팔덕선이라….
(주명창)	팔덕선? 어찌하여 팔덕선인가?
(달릉개)	한여름 땡볕을 가려 주고, 비 나리면 비에 젖지 않게 해 주고, 파리 모기 쫓아 주고, 오다가다 앉을 때 방석으로 쓰는, 순박허고 순박헌 부채지요.
(주명창)	어디 그뿐인가? 남녀칠세부동석.
(달릉개)	남녀가 내외할 때 얼굴을 가려 주고.
(주명창)	전라감영이 어디요? 전주객사가 어디요?
(달릉개)	전라감영 이짝이요, 전주객사 저짝이요, 이짝저짝 요짝조짝 방향을 일러 주고.
(주명창)	너 쪼까 일루 오니라.
(달릉개)	같잖은 놈 오라 가라 할 때 손짓 대신하고.
(주명창)	저 멀리 빚쟁이가 보이거든,
(달릉개)	얼굴을 가려 주니, 부채의 덕이 얼마나 높고 높은가.

주명창 아따, 이 사람. 예사 부채장수가 아니네.

(주명창) 　부채는 바람이 아니던가? 훨렁훨렁 부치면 시원허고, 불 피울 때 바람을 일으키고, 은행나무주막집 주모랑 바람필 적으, 얼굴을 가려 주니 더 좋지 아니한가.

달릉개 　예끼! 여보쇼.

주명창 　어쨌거나 저쨌거나, 그랬거나 이랬거나, 사람 덕이 어디 그만헐 수 있으리오.

달릉개 　암만요. 천하명필 글씨 담긴 전주부채 사시오. 원래 서른닷 냥인데 오늘은 서른 냥만 내시오. 아니, 서른닷 냥 그대로 받아야겠소. 우아! 전주부채 오늘 완판!

　• 달릉개가 나가면, 주명창 쫓아 나간다. "어이, 나 술 떨어졌어. 주막으로 먼저 가자고."

3막 〈정려각과 효자 박진〉

- 천변 옆 평상이 놓인 작은 주막(은행나무주막).
- 무를 먹으며 이야기 나누는 따박골네와 김쉰동이. 따박골네 옆에 열무
  단이, 김쉰동이 옆에는 지게에 옹기들이 묶여 있다.

따박골네 그나저나 그 생각만 허믄 신기혀 죽것어요. 남문에 있는
　　　　　정려각 말여요.

김쉰동이 박진 군수님 효자비? 그 어르신이 한벽당 지으신 월당댁
　　　　　마님의 오라버니 되시잖여.

따박골네 그런 것도 알아요?

김쉰동이 내가 모르는 것이 있가디? 옹구 장사만 삼십 년인디.

따박골네 근디 그 이야기가 진짜일랑가요?

김쉰동이 (살피며) 큰일 날 소릴 허네. 나라서 정려각을 그냥 뿐으로다
　　　　　가 해 주셨으까?

- 오참봉이 부채를 부치며 들어온다. 따박골네 · 김쉰동이 말을 멈추고
  급하게 인사를 한다. 오참봉은 받는 둥 마는 둥.

김쉰동이 참봉 나리, 여기까진 어떻게….

오참봉 돈이 썩어 가나 보네. 한참 일헐 참에 여기서 뭔 헛짓이여?

김쉰동이 새벽부텀 내동 일허고, 오늘 첨 곡기 들어갈 참입니다요.

오참봉 허기사, 개돼지도 밥을 먹여 키워야 하니, 먹어. 먹으라고. 헌데 니 주둥이에 곡기 처넣을 돈은 있고, 귀헌 내 곡식 갚을 돈은 없냐?

김쉰동이 좀 더 말미를 주신다고…. 그런데 이자가….

오참봉 지랄 콩 튀기는 소리 허고 자빠졌네. 돈 빌려 갈 때는 암 말도 없다가.

김쉰동이 이른 시일에 갚겠습니다.

오참봉 그래야지. (따박골네 엉덩이를 툭툭 건드리며) 자네도 나에게 줄 것이 있지?

따박골네 (손을 치우면서) 그리는 못 허것네요. 우리 집 양반 죽은 지가 3년이 넘었는디요, 갑재기 3년 전, 4년 전, 알도 못헌 빚을 갚으라고 허믄 어쩐대요?

오참봉 하아, 이것들이 치도곤을 맞아야 정신을 차리겠구나. 전라 감사가 내 사돈의 사돈의 팔촌 당숙과 절친이고, 전주동헌 수장의 아들이 내 아들과 훈장이 같은 동학이야. 아전 나릿님들과 백날 천날 술 마시는 사램이 바로 나, 오참봉이여.

따박골네 (눈을 치켜뜨고) 사또님헌티 같이 가요. 나는 지금 당장 죽어도 원이 없웅게요. 사또님도 돈 따라가는 냥반잉게 참봉님이 이기시고, 저는 죽것지만요, 그래도 소문나서 창피 좀 당해 보시것어요?

오참봉 (뒷걸음질하며) 이것들이 혼쭐 좀 나야겠구만.

· 오참봉이 나가면서 지게 작대기를 걷어찬다. 김쉰동이가 재빠르게 달려가 옹기가 깨지는 것을 몸으로 막는다.

오참봉 천한 옹구쟁이가 날 죽이려고 내가 가는 길에 옹구를 쌓아 놨어?

김쉰동이 그게 아니고…. 차라리 저를 때리세요. 저 맞는 것은 개안헌디, 옹구가 깨지믄 아까서 어쩐대요. 이거 만드느라 흙님, 물님, 불님이 솔찬히 애쓰셨는디.

오참봉 천한 놈이 나를 가르치려고? 괘씸한…. 저 옹구는 네 목숨 값으로 받을 것이니, 오늘 당장 내 집에 갖다 놓아.

김쉰동이 저건 가재미골 사는 박 씨 댁에서…. 알겠습니다요.

- 오참봉이 김쉰동이에게 매질할 것처럼 으름장을 놓고 나간다.
- 주모가 나와서 소금을 뿌린다.

주 모 (소금을 뿌리며) 에이, 썩어 디질 놈. 소금도 아깝다.

따박골네 참말로 하늘도 무심혀요. 어찌 저런 숭허고 숭악헌 양반은 돈도 많고, 벼슬도 주고.

주 모 벼슬은 무슨…. 오참봉이 아니라 돈참봉인데. 하기사 돈참봉이믄 뭐 혀. 있는 놈이 더헌다고 작년에 즈그 부모 죽었을 때 상도 지대로 안 치렀잖여. 동네 사람들헌티 왜 공짜 밥을 멕이냐고 험선.

따박골네 참 숭악혀요, 숭악혀. 즈 부모에 불효헌 놈 치고 잘되는 놈이 없다는디 그 말도 다 헛것인가 봐요?

김쉰동이 아녀. 글안헐 겨. …. 내가 또 그 야그를 해 주야긋고만.

따박골네 박진 어르신 이야기를 또 하실라고요?

김쉰동이 옛말에도 효자 이야기를 많이 들어야 난중에 자식들헌티 효도 받는다고 혔응게 잘 들어 봐. 그 냥반 효심이 얼매나 대단허냐믄….

(E·주모)   또 그 얘기여? 신나싯구만.

김쉰동이 부모님 병환 나면 밤낮으로 탕약 끓여 받들고….

따박골네 탈랑탈랑 돈만 있으믄이사 탕약 할애비라도 끓여 드리지요.

김쉰동이 아니랑게. 이 어르신은 옷도 안 갈아입고, 허리띠도 안 풀고, 정성스럽게 병구완만 하시었다, 이 말이여.

따박골네 근디요, 효자 아들 둔 어르신이 왜 맨날 아프셨당가요?

• 주모가 국밥을 가지고 들어온다.

주　모 효자 아들 두실라고 아프셨는가?

김쉰동이 뭔 말을 그리 싹퉁머리 없게 허는가.

주　모 그냥 히 본 말이여. 국 식어, 밥이나 자셔.

김쉰동이 (성내고) 나 말 안 혀. (따박골네와 주모가 어른다) 그믄 다시 허까? 동지섣달 엄동설한, 병환 중인 아버지가, "아들아, 나는 암것도 안 먹고 싶다. 근디 갑재기 삶은 꽃이 먹고 싶구나." 허셨대. 긍게 목욕재계허고 하늘 축원허고, 꽃 찾아 모악산이로 강게, 아 그냥, 진달래 한 무더기가 홀연허게 꽃을 피우고 있더라네.

따박골네 하늘이 감동을 히싯구만요!

김쉰동이 하아, 그렇지. 그뿐이믄 말을 시작도 안 혔어. 때 이른 시기에 "아들아, 나는 암것도 안 먹고 싶다. 근디 갑재기 수박이 먹고 싶구나." 허믄 기연시 수박이 눈앞에 딱, 나와 있

22 최기우 희곡집 4

고, 전주천이 깡깡 언 정월에도, "아들아, 나는 암것도 안
먹고 싶다. 근디 잉어 한 마리 과 먹으믄 병이 씻은 듯이
나을 성싶구나." 흐믄 기연시 가슴팍으로 얼음장을 녹여서
잉어를 잡아 오시고 그릿다데.

따박골네 그 아버지 참말로 거시기허네요. 뭐 그리 자시고 싶은 것
도 많았을까요?

주 모 잘 자시고 가신 분은 때깔도 좋다고 안 혀. 때깔 좋아야 산
자식도 욕 안 얻어먹지. 국 식는당게.

• 주명창이 달릉개를 끌고 나타난다.

주명창 술이라도 한잔 사야지. 그게 사람이여. 술 안 사믄 사람도
아녀. 더도 안 바래. 딱 한 잔만 사소.

달릉개 (들어서며) 주모, 여그 술 주소! 딱 한 잔만 주소!

주명창 아따, 서운허네.

달릉개 뭐가요? 딱 한 잔만 달람선.

주명창 딱 한 잔이 서운헌 것이 아니라….

• 달릉개가 주막에 들어오면 주모가 반겨 맞고.

김쉰동이 그것이 을해년 한여름이었지.

주 모 (달릉개 보고) 효자 아드님 오셨네.

달릉개 (김쉰동이 보고 놀라서) 여그 웬일이래요?

김쉰동이 (놀라서) 우리 김참봉님이 여그 웬일이셔?

달릉개 따박골 아줌니도 계셨네요?

따박골네 니 부채 판담선?

달릉개 그리 됐어요. (김쉰동이 보고) 몇 날 걸린다더니 벌써 오싯어
요?

김쉰동이 내가 순창, 임실, 고산, 봉동, 익산, 함열, 옥구까지 갈라고
혔는디, 순창서 귀헌 분 만나서 다 팔아 버릿다. 순창 고치
장은 우리 옹구에 담아야 맛나지. 안 그려, 김참봉?

달릉개 그렇게 부르지 마시라니까. (옹구 보며) 옹구는 그대론디?

김쉰동이 새로 실은 거여. 가재미골 박 씨가 갖다달라고 혔는디, 좀
전에 주인이 바껴 버릿네.

따박골네 오참봉 왔다 갔어.

달릉개 또요? 거그는 왜 맨날 뺏아만 가요?

• 달릉개가 흥분하면 김쉰동이가 말린다.

김쉰동이 어찌겄어. 오참봉인디….

따박골네 있는 놈이 더헌당게요. 천벌을 받아야 허는디.

김쉰동이 천벌도 돈 있고 힘센 놈들은 다 피해 간다네. …. 달릉개 니
가 참봉만 되믄….

달릉개 그런 말을 왜 또 헌대요?

김쉰동이 아녀, 아녀. 그려. … 인자 그 말은 그만.

달릉개 아부지, 저 오늘 부채 다 팔았어요.

김쉰동이 그려? 그걸 어찌 다 팔았대? 역시 우리 김참봉님이 장혀,
장혀. (주명창 보고) 누구시냐?

주명창 저는 부채가 다 팔리도록 정성을 다해 도와준 사람입니다.

김쉰동이 아따, 감사헌 일이네. 그믄 술 한잔 대접혀야지.

| 달릉개 | 술은 무슨….|

김쉰동이 밥때 되면 일면식 없는 사람이 지나가도 불러 세워서 한 숟가락 멕여 보내는 것이 전주 인심인디. 부채 다 팔게 도 와주신 분이믄….

| 달릉개 | 알았어요, 아부지. |

김쉰동이 주모, 여그 막걸리 한 잔 꾹꾹 말아 오소.

주명창 한 잔? 허허, 그 아비에 그 아들일세.

달릉개 왜요? 딱 한 잔이라 서운허요?

주명창 딱 한 잔도 서운허지만, 다른 곳이면 몰라도 전주는 막걸 리 시키는 것부텀 달라야지.

• 주명창 노래에 자연스레 호응한다.

○노래 〈전주막걸리〉

　(주명창) 전라도 전주 고을 애주가라 하는 일이, 전라좌우 도 술고래를 고루 만나 주사를 논허고, 그들의 수 고를 위로허는 것이 아니더냐? 여봐라, 전주 고 을 소문난 애주가가 전라도 각급 술고래들을 급 히 보자고 헌다 허여라.

　(사람들) 예— 이.

　(주명창) 너희들은 예서 떠나 우도로 찾아가되, 예산, 익 산, 함열, 옥구, 임피, 만경, 부안, 금구, 김제, 태인 으로 돌아 각급 고을 술고래들을 전주 막걸리 골 목으로 대령하라.

　(사람들) 예— 이.

- 김쉰동이가 달릉개를 툭 친다. 달릉개는 싫은 표정으로 소리를 잇는다.

> **(달릉개)** 너희들은 예서 떠나 좌도로 찾아가되, 고산, 금산, 무주, 용담, 진안, 장수, 운봉으로 돌아….

- 주명창이 치고 들어간다.

> **(주명창)** 여봐라, 우선 나부터 마셔야것다. 탁주, 백주, 가주, 제주, 농주, 사주, 박주, 국주, 이화주, 추모주, 혼돈주, 만인주, 민족주, 애인주에, 쌀막걸리, 보리막걸리, 현미막걸리, 유기농막걸리, 생막걸리, 병막걸리, 캔막걸리까지 전주막걸리 서너 병 가득 채워서 냉큼 대령하라.
>
> **(사람들)** 예— 이.

김쉰동이 아따, 소리가 참 좋으시고만. 소리허쇼?

주명창 (손사래 치며) 그쪽 아드님 목청이 더 좋소. 역시 전주 사람들은….

김쉰동이 우리 아들로 말씀드리면 전주대사습서, (달릉개가 말린다) 전주 사람이믄 소리 한두 가락은 다 허지. 쑥대머리 귀신형용~, (주모에게) 아주머니, 우리 청이 젖 좀 주시오. 나는 막걸리 한 잔만 더 주시오.

주 모 호호호. 조금만 기다리시오. 내가 소릿값으로 꾹꾹 눌러서 한 잔 내리다.

- 주모가 들어가면 김쉰동이 이야기가 시작된다. 따박골네와 주명창과 달릉개도 김쉰동이 이야기에 빠져든다. "그런 말이 있어?" "암만. 그렇지." 하며 이야기에 동참한다.

따박골네 부자 상봉은 그만허시고 아까 허던 야그나 해 봐요.

김쉰동이 참, 그렇지. 그것이 을해년 한여름이었지. 박진 어르신이 영암서 군수로 계실 적인디.

달릉개 또 그 얘기시네. (익숙한 듯 다른 일을 한다)

김쉰동이 부친 병환 나셨다는 소식을 듣자마자 관직이고 뭐이고 다 때리치고 올라왔지. 허, 근디 이를 어쩔 것이냐. 이 무렵에 어찌케나 비가 쏟아졌던지, 남천 물이 겁나게 불어서 다리가 다 떠내려가 버렸더라네. 하아, 근디 효자는 효자라. 말에 올라타고 겁도 없이 남천으로 뛰어들었다, 이것이여. (박진 흉내 내며) "강물이고 뭐고 나는 우리 아버지 봐야긋다."

따박골네 (걱정스레) 왜 다른 사람들이 말리도 안 했을까요?

김쉰동이 말리기야 혔지. 근디도 우리 아버지 봬야 헌다고, 봬야 헌다고, 어찌나 고집을 부리시던지….

주명창 (혼잣말로) 아아따, 꼭 옆에 있었던 사람멩이네.

김쉰동이 (주명창을 쏘아보고) 말 끊지 말고, 그냥 듣기나 하쇼. 여튼, 어디까장 얘기혔지? 응, 다들, "아이고, 아이고. 우리 군수님 인자 물에 휩쓸려 죽는구나." 했는디. …. 그, 때, 그 애타는 효심이 하늘님에게 감동을 준 것이지. 쏴아아, 쏴아아, 거칠게 흘러가든 전주천 물살이, 갑재기, 쩌어억, 쩍, 둘로 갈라지믄서 길이 열렸다, 이것이여.

따박골네 강물이 갈라졌으믄 거기서 물괴기도 좀 뛰고 그릿으까?

　　　　　내가 알았으믄 가서 물괴기 좀 잡아오는 것인디, 약 좀
　　　　　히먹게.

김쉰동이　이런, 참 숭악헌 여편넬세. 여튼, 쩌어억, 쩌어억, 마치 맨땅
　　　　　과 같이 되야서 강을 무탈허게 건넜다, 이것이여.

달릉개　에이, 참말로 그랬을라구요?

김쉰동이　아니랑게. 아니, 아닌 게 아니고, 기당게, 겨.

따박골네　아무리 그려도 어떻게 강이 쩍, 갈라져?

김쉰동이　허허, 베락 맞을 소리하고는. 달릉개 너, 저어기 정려각
　　　　　앞이 가서 "천벌 받을 짓을 혔습니다. 한번만 용서해 주
　　　　　십쇼." 빌고 와. 따박골네도 같이 가. 나는 먼저 갈랑게.
　　　　　자네, 꼭 가.

따박골네　으메, 또 삐짓는가비?

　• 김쉰동이가 지게를 메고 나가면 따박골네가 열무 짐을 이고 따라 나
　　간다.

김쉰동이　삐지기는…. (나가면서) 옹구 사려, 옹구 사려.

주명창　아따, 목청 좋네. 소리꾼으로 나섰으믄 명창 소리 들었을
　　　　　것인디.

김쉰동이　(돌아보며) 허허, 그려요? 옹구나 하나 드릴까?

주명창　나 같은 떠돌이가 그게 무에 필요하다고.

김쉰동이　(기어이 작은 거 하나를 챙겨 주며) 허허. 줄 게 이것뿐이라…. (달
　　　　　릉개 보고) 나는 갈란다.

달릉개　조심히 다녀오셔요. 따박골 아줌니도 열무 많이 파시고.

주명창　(김쉰동이 나간 자리를 보며) 얼매나 재미져? 저것이 소리여,

소리.

달룽개 갑재기 무슨 귀신 씻나락 까 자시는 소리여? 소리가 먼 줄
도 모름선. (일어서며) 돈 내고 먼저 갈 것잉게, 알아서 드쇼.

• 달룽개가 일어서 나간다. 주명창이 끝까지 마시고, 따라간다.

4막 〈창암과 붓〉

- 한벽당 옆 월당사숙. 이삼만이 대나무를 잘게 쪼개서 붓을 만들고 있다.
- 부채를 한 짐 짊어지고 과자 뭉치를 든 달릉개가 눈치를 보며 들어온다.

달릉개 선비님, 선비님.

이삼만 (지게에 있는 부채에 놀라서) 하나도 못 판 것인가? 부채 짐이 더 많아졌네!

달릉개 아닙니다. 선비님 말씀이 맞았습니다.

이삼만 다 팔았단 말인가?

달릉개 완판입니다, 완판! 선비님 처음 뵀을 때부터 예사 분이 아닌 건 짐작했습지요.

주명창 (술병을 흔들고 들어오며) 뚫린 입이라고 말은 잘허네.

이삼만 헌데 그 부채 짐은 뭔가?

달릉개 하하하. 부채에 글씨 쓰는 것을 좋아하시는 것 같아서….

주명창 예끼! 이놈이 재미를 들였구만.

달릉개 아니요. 그것이 아니라….

○노래 〈명부채에 명문이라〉

(달릉개) 명부채에 명문이라. 선비님은 글씨 연습하니 좋고, 나는 부채가 잘 팔리니 좋고, 전주 사람들은

귀한 부채 얻어 좋고, 이것이 일석삼조 아닙니까.

주명창 청산유수네. 떼돈 벌고 싶어?

달룽개 따로 할 일도 없는데, 돈이라도 벌어야지요. (붓을 꺼내며) 제가 좋은 붓도 한 자루 사 왔습니다. 아까 보니까 큰 붓이든 작은 붓이든 대나무 쪼개서 쓰시던디.

이삼만 맞네. 대나무를 가늘게 쪼개고, 또 쪼개면 붓이 되지. 대나무붓.

달룽개 어찌 그런 하찮은 것을 쓰십니까?

이삼만 하찮다니? 풀뿌리도 깨끗하게 씻어 묶으면 좋은 붓이 되고, 칡뿌리도 돌멩이로 몇 번이고 짓찧으면 보드라운 갈필(葛筆)이 되네. 나뭇가지로도 쓰고, 지팡이로도 쓰지. 다 하기 나름인 게야. 혹, 자네는 자네가 파는 부채도 하찮다고 여기는가?

달룽개 아닙니다. 전주부채는 임금님께 진상하는 귀한 물건 아닙니까? 단옷날에 임금님께서 정승 판서에게 하사하신다고 허잖아요.

주명창 전라감영에 선자청이 있는 것도 다 그 때문 아닌가.

이삼만 나랏님께 진상한다고 귀한 것이 아니네. 부채는 그냥 부채로 귀한 거야. 부채가 제 모습을 갖추고 제 바람을 내려면 복잡하고 까다로운 손길을 얼마나 많이 거쳐야 하는가. 그 손길을 수차례 거치면서 힘든 과정을 견뎌냈으니 얼마나 귀한가. 부채는 맑은 정성들이 담겨서 순한 바람을 내는 거라네.

주명창 맑은 정성이 순한 바람을 낸다, 참 멋진 말씀입니다.

달룽개 지는 뭔 말씀인지….

주명창 선비님 글씨도 그런 마음에서 나오는 것이겠지요?

이삼만 저는 아직도 멀었습니다. 얼마 전에 진나라 사람 주정과 유공권, 신라 김생의 글씨를 얻어 보았는데, 그때야 옛사람의 붓 다루는 본의를 살필 수 있었지요. 대가의 글씨를 밤낮으로 익혀 만 번이나 써 봤는데, 재주가 모자라 아직도 흉내만 내고 있습니다. 오늘도 내일도 다만 온 힘을 다 바쳐 공부할 뿐이지요.

주명창 공부는 끝이 없응게요.

이삼만 헌데 우리가 수인사도 없었습니다.

주명창 그렇군요. 인사가 늦었습니다. 이곳저곳 떠도는 소리광대 이온데….

달룽개 소리꾼?

주명창 (이삼만 보고) 이름은 달리 있는데, 사람들이 주, 태백이라고 합니다.

달룽개 (놀라서) 주… 태백! 기인 소리꾼, 명창 주태백?

주명창 그냥 주태백이여. (이삼만 보고) 하도 술을 좋아해서. 하하.

달룽개 (놀라서) 어쩐지 부채 팔 때랑 주막집서 술 시킴선 소리허는 것이 이상허다 했네. (주명창에게 인사하며) 명창님을 처음 뵀을 때부터 예사 분이 아닌 건 짐작했습죠.

이삼만 나도 그대 이름은 들어 봤소. 아주 특별한 소리를 한다고…. 그런데 여기는 어찌….

주명창 선비님 명성을 익히 듣고 존경하던 차에, (부채를 꺼내고) 글씨 한 점 얻으러 왔습니다.

이삼만 소리는 부채가 있어야 신명이 더하지. 헌데 그냥 써 주면

재미가 없고. 명성 자자한 그대의 소리를 들려주시면 어떨
까요?

주명창 제 소리를 들어주시면 제가 더 영광입지요.

이삼만 대신, 내가 운자(韻字)를 줄 터이니, 그것으로 새로운 소리
를 들려주시겠소?

달룽개 이몽룡이 변사또 생일잔치에서 높을 고, 기름 고, 두 운자
로 시를 지었던 것처럼 말입니까?

이삼만 비슷하네.

달룽개 헌데 판소리가 춘향가, 심청가, 흥부가, 적벽가, 변강쇠가,
장화홍련이 허는 것이지, 어찌 새로운 소리가 있습니까?

이삼만 소리꾼이 노래하면 다 소리 아닌가? 우리가 부채로 인연을
맺었으니, 부채와 소리를 가지고 해 보시겠소? 소리는 본
시 소리꾼 한 손에 쥘부채가 있어야 신명이 더하니.

O**노래** 〈소리꾼의 부채〉

(주명창) 소리꾼에게 부채라 허는 것은, 춘향가 헐 적으,
사랑의 징표인 거울과 옥지환이 되고, 채를 접어
휘두르면 암행어사 출두요, 육모방망이가 되고,
심청가 헐 적으, 심청이 얻어 오는 밥과 옷이 되
고, 흥부가 헐 적으 박 켜는 톱이 되고. 놀부 마누
라가 흥부 뺨에 휘두르는 밥주걱이 되느니.

- 소리를 듣던 이삼만이 부채에 '得筆天然 逸韻無跡'를 적는다.
- 달룽개는 넋을 읽고 바라본다.

(주명창) 소리꾼은 팽팽한 쥘부채 하나로 세상을 호령하고, 소리꾼 손에 쥔 부채는 그 소리에 너울너울 춤을 추는데, 부채가 펴고 접히면 듣는 이들 구곡간장 깊은 곳에서 눈물과 한이 울려 나오니, 소리꾼 쥘부채의 바람은 살갗을 스치는 게 아니라 시원스레 마음을 씻어 주는 바람인 것을, 그대는 아는가, 모르는가.

• 이삼만이 소리가 끝난 주명창에게 부채를 준다.

주명창 (부채를 펴보고) 득필천연 일운무적. 득도한 글씨는 자연 그대로이며, 빼어난 소리는 흔적이 없다…

이삼만 부채 한 자루에도 이 땅이 그대로 들어 있소. (부채를 펼치고) 부채는 이 땅의 강줄기를 닮아 부드럽게 곡선을 이루고, 이 땅의 산맥을 닮아 높고 깊지요. 부채에 먹이 담기고, 시화가 얹히면 부채 바람은 살갗을 스치는 게 아니라 마음을 씻어 줍니다. 마음이 절로 풀어지지요. 부채 한 자루나 소리 한 대목이나 다 마찬가지입니다.

• 주명창이 이삼만에게 절을 한다. 달릉개는 주명창에게 절을 한다.

주명창 큰 가르침 고맙습니다.

이삼만 오히려 제가 배웠습니다. 고맙습니다.

• 주명창이 나가면, 달릉개 따라간다.

달룽개　선비님 부채 좀 부탁합니다. (급하게) 명창님, 같이 가요. 저
　　　　좀 보고 가요.

이삼만　(홀로 남아서 나지막이) 부채 한 자루도 예고, 소리 한 가락도
　　　　예라네. 예의 길은 귀하고 천함이 없지.

· 자지러지는 고수의 북장단.

5막 〈명창과 전주대사습〉

• 전주천. 주명창이 앞서 걸으면 달릉개가 따라오면서 눈치를 본다.

주명창   (멈추고) 할 말 있어?

달릉개   아닙니다.

주명창   뜸 들이지 말고.

달릉개   명창님….

주명창   명창은 무슨….

달릉개   (무릎 꿇고) 소리 좀 알려 주십시오.

주명창   소리? 개 풀 뜯어 먹는 소리? 염소 하품하는 소리?

달릉개   그러지 마시고….

주명창   부채장사 안 혀?

달릉개   제가 어찌어찌해서 춘향가, 심청가, 흥부가는 어지간히 배웠는데, 춘향가가 깜박깜박하네요. 춘향가 좀 알려 주세요.

주명창   나는 춘향가 같은 거 잘 몰라.

달릉개   어찌 몰라요, 소문난 명창님이.

주명창   춘향가, 심청가 같은 거 잘 안 불러. 잘 못형게.

달릉개   꼭 부탁드립니다. 제가 꿈이 있거든요.

주명창   꿈?

달릉개   작년까지 저도 소리를 배웠습니다.

주명창   (앉으며) 소리를 혔어? 근디?

달룽개   대사습, 아시죠?

주명창   대사습 모르는 소리꾼이 있던가?

달룽개   명창님도 참가해 보셨죠?

주명창   내가 실력이 되간디?

달룽개   저도 참가했는데…. 작년 단오절에 전라감영에서 연 소리
경창대회에 나갔죠.

주명창   그려? 전주통인청대사습? 참 대단허네. 근디 나는 그런 건
별로여. 나는 대사습보다 전라감영이랑 전주동헌이랑 싸
우는 것이 더 재밌드만. 동헌허고 감영허고 이름난 광대들
서로 데리고 가것다고 난리 치는 거. 통인들끼리 쌈질허고,
한량들끼리 쌈질허고, 성안 사람이랑 성 밖 사람들끼리 니
가 잘했네, 내가 잘했네, 험선 설전허고, 투석허고…. 그게
뭔 짓인가 몰라.

달룽개   그래도 제가 참가해 보니까 전주 아전들이 제일이드만요.

주명창   그려? 대사습까지 나갔으믄 자네가 나헌티 소리를 갈차 주
야굿고만.

달룽개   아녀요, 아녀. 저는 창피만 떨었어요.

주명창   창피?

달룽개   말도 마세요. 정말 전주 사람들헌티 이골이 나요, 이골이.
제가 아주 작은 실수를 하나 했는데, 전주 사람들이 하도
모질게 혼을 내는 바람에 그냥 내려왔어요.

주명창   소리꾼이 소리를 시작혔음 끝을 봐야지, 올라가서 그냥 더
질더질, 허고 내려왔어?

달룽개   그렇게 됐어요.

주명창　　전주는 자고로 귀명창 천진게. 근디 뭔 실수를 했는가?

- 달릉개가 당시 사건을 재현한다. 김쉰동이와 따박골네가 객석에 들어와 유난히 나서 댄다. 주명창도 객석에 앉는다.

고 수　　다음 참가자는 아주 젊은 소리꾼입니다. 춘향가 초입 부분입니다. 큰 박수 주십시오.

- 달릉개가 좌중에 인사하고 소리를 시작한다. 박수 요란하다.

　　　○**노래** 〈춘향가 중에서〉
　　(달릉개)　도련님 분부 그러하옵시니 낱낱이 여쭈리다.
　　　　　　　동문밖 나가면 금수청풍 백구난 유랑이요. 녹림
　　　　　　　간의 꾀꼬리 환우성 제서 울어 춘몽을 깨우난 듯
　　　　　　　벽파상 떼오리는 왕왕이 침몰하여 은린옥척을
　　　　　　　입에 물고 오락가락 노난 거동 평사낙안이 분명
　　　　　　　허고 선원사 쇠 북소리 풍편에 탕탕 울려 객선의
　　　　　　　떨어져 한산사도 지척인 듯 석춘하는 연소들은
　　　　　　　혹선 혹후 어깨를 끼고 오락가락 노는 거동 도
　　　　　　　련님이 보셨으면 외도할 마음이 날 것이요, 남문
　　　　　　　밖을 나가오면 광한루 오작교 영주각이 있사온
　　　　　　　디 삼남 제일승지니 처분하여서 가옵소서.

김쉰동이　거참, 고놈 소리 잘헌다. 참 잘헌다. 송홍록이보다 더 잘헌다. 모홍갑이보다도 더 잘헌다. 이보쇼, 안 그려요?

달릉개 제가 오늘 아침잠을 설쳐서 소리가 좀 안 되는디, 그리도 천하명창이라는 모홍갑이나 송홍록이는 내 소리에 비허면 어림도 없죠. 여러분 안 그려요?

(달릉개) 이몽룡이 방자 말 듣고 얼굴에 화색이 돋더니,

따박골네 그렇지. 잘헌다. 참 잘헌다.

김쉰동이 송홍록이보다 더 잘헌다.

고 수 (북을 세게 두드리고) 예끼, 여보쇼. 송홍록은 자타가 공인하는 대가요, 가왕의 칭호까지 받은 공전절후(空前絶後)의 명창인디, 어찌 그리 무례한가. 자네가 소리를 잘헌다고 선배 소리꾼을 밟고 서려는 것인가. 무례가 막심하다.

• 달릉개가 소리를 다시 시작하지만, 잔뜩 긴장한 탓에 솔질 쌀쌀 부분만 계속 반복한다.

(달릉개) 늬 말을 듣더라도 광한루가 제일 좋구나. 광한루 구경 가게 나귀 안장 속히 지어 사또님 모르시게 삼문 밖에 대령하라.
예이.
저 방자 분부 듣고 나귀 안장 짓는다. 나귀 안장 지을 적에, 나귀 등에, 솔질 쌀쌀, 솔질 쌀쌀, 솔질 쌀쌀, 솔질 쌀쌀….

주명창 나귀 죽는다, 나귀 죽는다.

김쉰동이　나귀헌티 솔질 잘 해 주믄, 이뻐지겠네. 이뻐지겠네.

고 수　솔질 좀 그만혀. 나귀 등에서 피 나것네. 피 나것네.

주명창　허 참. 저 혹독한 솔질에 나귀는 필경 죽고 말 테니 차마 더 들을 수가 없구나.

김쉰동이　나귀 이뻐지겠네. 나귀 이뻐지것어. 잘헌다.

고 수　(김쉰동이 보고) 이보시오. 말이 되는 소리를 하시오, 말이 되는 소리를.

- 고수와 김쉰동이가 멱살 잡고 싸운다. 따박골네가 김쉰동이를 끌고 나간다.
- 달릉개가 부끄러움에 소리를 멈추고 퍼질러 앉는다.

주명창　허허 참. 네놈의 혹독한 솔질에 나귀는 죽고 말 테니 차마 더 들을 수가 없구나.

달릉개　어? 방금 이 말, 그때 들었던 것 같은디?

주명창　네 소리를 듣다가 어느 누가 이 말을 안 헐꼬?

달릉개　그때 맨 앞에서 나귀 죽는다, 나귀 죽는다, 소리소리 지른 사람? 아니죠?

주명창　그게 뭐시 중허냐, 그게 뭐시 중해?

달릉개　지헌테는 중혀요.

주명창　소리허다가 나귀 여러 마리 잡았지?

달릉개　나귀만 잡았겠습니까? 춘향이도 몽룡이 업다가 여러 번 고꾸라졌고, 토끼 업고 가던 별주부 등딱지에도 피고름이 맺히고.

주명창　근디 그때 송흥록 모흥갑보다 잘헌다고 했던 사람이….

달룽개	우리 아부지요. 우리 아부지는 시상서 제 소리가 젤로 좋대요.
주명창	하하하. 아버지를 봐서라도 더 열심히 공부해야지, 웬 부채 장산가?
달룽개	사람들 보기도 창피하고, 소리는 소질도 없는 것 같고.
주명창	그럼 왜 또 소리를 하려는 것인가?
달룽개	명창님을 뵈니 꿈이 다시 생각났구만요.
주명창	꿈? 그래, 자네 꿈이 뭔가?
달룽개	참봉이요.
주명창	참봉? 명창이 아니라 참봉?
달룽개	대사습 나가서 장원하면 한양 가고, 임금님 앞에서 소리를 허잖어요. 어전광대 소리도 듣고, 참봉 벼슬도 받고…. 저는 다시 일생을 걸고 소리 공부를 해서 어전명창, 참봉명창이 될 겁니다.
주명창	(일어서며) 어전명창, 참봉명창, 참 좋지. 소리 열심히 해서 참새를 허든, 봉황을 허든, 니가 알아서 해라.
달룽개	소리 좀 알려 주세요.
주명창	정승보다 명창 나기가 더 어렵다는 말도 모르는가? 벼슬자리 준다니까 소리허는 사람이 늘었다는 말을 듣긴 했는데, 정말 있는지는 자네 보고 처음 알았네.
달룽개	그러지 마시고요. 대사습 때 싸가지 없다고 소문나서 마땅히 가르쳐 줄 선생님도 없고…. 제가 모시는 동안 명창님 술은 절대로 안 떨어지게 할 테니 꼭 좀 부탁드립니다.
주명창	나는 명창 같은 거 꿈도 안 꾸는 사람이네. 자네는 자네 갈 길 가게.

달릉개　그러지 마시고요.

주명창　나는 자네 같은 사람 필요 없다니까. 정 필요허믄 옛날 스승 찾아가.

달릉개　돌아가셨어요. 정 아무갠디요.

주명창　(놀라고) 정 아무개?

달릉개　알어요?

주명창　소리허는 사람이 정 아무개를 모르겠나? …. 난 가네.

• 주명창이 뿌리치고 가면 달릉개가 따른다. 거칠게 한 소절씩 소리를 주고받으며 무대와 객석을 한 바퀴 돌고.

　　○노래 〈소리라 허는 것은〉

(주명창)　소릿길은 멀고도 먼 길이라.

(달릉개)　판소리는 춘향가가 제일인디,

남원 가던 이몽룡이, 삼례 숙소하고 한내, 주엽쟁이, 가리내, 싱금정 구경하고 숲정이, 공북루 서문을 얼른 지나 남문에 올라 사방을 둘러보니 소강남이 여기로다. 기린토월이며 한벽청연, 남고창종, 건지망월, 다가사후, 덕진채련, 비비낙안, 위봉폭포, 완산팔경을 다 구경하고 차차로 암행하여 내려올 제

(주명창)　호사가들 전주 땅을 가리키어 식재전주라. 남원 가던 이몽룡이도 전주 땅이 음식 재료 실한 것을 아는지라. "전주 귀경도 식후삼매경이라. 아무리 길이 바빠도 어찌 전주 음식을 그냥 지나치리오.

전주십미 다 못 먹어도 구경이라도 하여 보자."

주명창 그만 좀 따라와.

달룽개 지도 지 갈 길 가는 거요.

• 주명창과 달룽개가 무대와 객석을 한 바퀴 돈다.

달룽개 우리가 꼭 별주부전에 나오는 퇴생원하고 별주부 같으네요. 명창님은 퇴생원, 저는 별주부.

주명창 그래. 나는 생원이고, 너는 충신에, 전옥주부공신이냐?

달룽개 그믄, 뭐라고 해요. 우리가 춘향이 몽룡이도 아니고, 향단이 방자도 아니고, 근다고 흥부 놀부 형제도 아니고….

주명창 (멈추고) 묻것다. 니가 허고 자픈 소리가 뭐냐?

달룽개 허고 자픈 소리가 어딨어요? 아, 춘향가부터 갈치 달라고요.

주명창 다시 묻것다. 정 아무개헌티 뭘 배웠냐?

달룽개 춘향가, 심청가, 흥부가는 들은 귀로 다 익혔는디, 잘허든 못허고.

주명창 정 아무개가 너헌티 소리가 뭐라고 허드냐?

달룽개 뭐라고 허긴 뭐라고 혀요? 그냥 쪼깨 불러 보고, 따라 히라. 쪼깨 시범 보이고는, 왜 그것도 못 허냐, 험선 혼내고, 쪼깨 불러 보고, 돈 갖고 오니라, 쌀 갖고 오니라, 허고. 그냥 그릿지요.

주명창 정 아무개 허는 짓은 안 봐도 천 리다. 니가 참봉 타령허는 것도 다 보고 들은 것이 그것이것지. (일어서며) 가자.

달룽개 같이 가자고요? 제자로 받아 주시는 겁니까?

주명창	제자랄 것도 없다. 따라오고 싶으면 따라오고, 아님 말고.
달릉개	어디로 가실 겁니까? 심산유곡 아무 곳이나 좋습니다.
주명창	그냥 따라오느라.
달릉개	비가비 명창 권삼득이 득도했던 남원 구룡폭포로 가오리까?
주명창	시장 간다. 전주 남문시장.
달릉개	아, 쌀 사서 가실라고요?
주명창	사긴 뭘 사?
달릉개	그믄 왜요? 간 김에 뻘건 순댓국이나 한 사발 했으면 좋 것네.
주명창	왜라니? 소리 공부 시켜 달라면서?
달릉개	소리 공부하려면 새소리 요란허고, 산짐승 우는 깊고 깊은 산중으로 가야 허는 것 아녀요?
주명창	꼭 산중 폭포까지 가야 쓰것냐? 소리라는 것이 사람들 곁에 서 그이들 사는 모습 일러 줌선 서로 재미지면 그만이지.

• 주명창과 달릉개가 주고받으며 노래를 부른다.

ㅇ노래 〈소리가 무엇인가〉

(주명창)   소리가 무엇인가 소리가 무엇인가

춘향이 심청이만 소린가 흥부 놀부만 소린가

시장 가면 시장 소리 국밥집 가면 국밥집 소리

환갑집 가면 (달릉개: 환갑집 소리)

상갓집 가면 (달릉개: 상갓집 소리)

전라감영 가면 (달릉개: 니 죄를 니가 알렷다)

남문시장 가면 (달릉개: 맛난 순댓국 말고 가시오)

(주명창)	완산칠봉 오르면 (달릉개: 아따, 전주 경치가 겁나게 좋
	구만)
(주명창)	콩나물장사 만나면 콩나물타령 부르고
(달릉개)	기린봉 열무장사 만나면 기린봉열무타령 부르고
(주명창)	사람 곁에 서야 사람 소리 사람 곁에 서야 사람
	소리

주명창　자, 가자, 시장 가자. 소리, 소리 들으러 시장 가자.

- 노래가 끝나면 자연스럽게 퇴장했다가 다시 들어온다.

6막 〈시장 소리〉

- 남문시장. 장사꾼들이 들어와서 큰 소리로 물건을 판다.

주명창　저기 봐라. "나물 사오. 나물 사오. 고사리 사오, 취나물 사오, 호박고지 나물 사오." 얼마나 좋냐?

- 주명창과 달릉개가 관객과 〈시장에 가면〉 놀이로 한바탕 논다. 관객에게 시장에 가면 무엇이 있는지 묻고, 함께 상인 흉내를 낸다. 예를 들어, 〈전주십미〉를 활용해 "이보시오. 시장에 가면 뭣이 있소?" "콩나물이 있지." "그믄 그 사람이 뭐라고 하면서 팔까요?" "콩나물 사려, 콩나물 사려, 통통하고 고소한 전주 콩나물 사려." "난들난실 샛노란 오목대 청포묵 사려." "한 줄기에 스물두 통 신풍리 애호박 사려." "임금님 수라상에 오른 서원 너머 돌미나리 사려." 하는 식이다.
- 상처투성이인 김쉰동이가 빈 지게를 지고 힘없이 들어온다. 맞은편에서 오참봉이 백선을 흔들면서 나온다. 김쉰동이가 숨는다.

오참봉　(부채질하면서) 다들 글씨 써진 부채를 들고 댕기는디… 왜 내 부채만 허연 거야? (주위를 살피다가) 이놈들 봐라. 이놈, 저놈, 저짝 놈, 이짝 놈, 내 허락도 없이 나헌테 세금도 안 내고 장사를 해? 내가 혼쭐을 내줄 테다.

- 오참봉이 씩씩거리다가 나간다.
- 김쉰둥이 나오려다 다시 달릉개를 보고 몸을 숨긴다. 멀찍이 바라본다.

달릉개 (김쉰둥이 뒷모습을 보고) 아부지, 아부지. …. 아닌가?

주명창 전주 옹구장수가 다 니 아부지냐? (달릉개가 살피고 돌아서면) 어떠냐? 시장에 목청 좋은 사람들 많지?

달릉개 목청 좋다고 저것이 다 소리는 아닌게.

주명창 소리가 뭔디?

달릉개 (답답하다는 듯) 소리는… "춘향아, 내 수청을 들어라.", "예, 도련님, 준비하고 있사옵니다. 사랑 사랑 내 사랑아~." 하는 것 아닙니까?

주명창 춘향이가 변사또 수청을 드는지, 심청이가 달랑달랑 간 빼 준다고 별주부를 따라나섰는지, 이몽룡이 월매 붙잡고 수 작을 부리는지, 심봉사가 놀부 마누라 붙들고 여봐, 뺑덕이 네, 허는 것만 소리가 아녀! 오늘 시장 상인들이랑 불렀던 소리나 해 볼까?

○노래 〈전주십미〉

(주명창) 호사가들 전주 땅을 가리키어 식재전주라. 남원 가던 이몽룡이도 전주 땅이 음식 재료 실한 것을 아는지라.
"금강산도 식후삼매경이라. 아무리 길이 바빠도 어찌 전주 음식을 그냥 지나치리오. 전주십미를 다 못 먹어도 구경이라도 하여 보자."
다가산으 이팝나무 백설같이 차린성품

손에꼽는 열가지를 전주십미 하였난데
딱지하나 밥세그릇 금강참게 한내게
청정한속 전주천변 모래무지 지천이고
통통하고 고소하다 사정골으 콩나물
난들난실 샛노랗다 오목대으 청포묵
한줄기난 스물두통 신풍리으 애호박에
혀끝에서 사르르르 선왕골으 파라시라
연하고도 사각사각 기린봉으 열무배추
배보다도 더달다던 삼례봉동 둥근무시
임금님 수라상엔 서원너머 돌미나리
민초들 식후삼경 대흥리으 서초담배
전주십미 하나같이 한민족의 미식이라
하나라도 맛못보면 두고두고 한이되리

주명창　어떠냐? 좋지 않냐?

달릉개　쉽고 재미지고 존디, 그른 춘향가, 흥부가, 심청가는 소리
　　　　도 아니란 말입니까?

주명창　춘향가, 흥부가, 심청가가 소리가 아니라는 것이 아니라,
　　　　그 소리도 재미지게 하되, 이왕이면 우리 곁에 가찹게 사
　　　　는 사람들 소리를 하자는 거지.

달릉개　다들 허는 소리 허믄 되지, 뭣 허러 딴 소리 험선 어렵게
　　　　살아요?

주명창　하하하. 그러게 말이다. …. 달릉개야, 상인들이 어찌 사냐?

달릉개　물건 팔면서 살죠.

주명창　그렇지. 소리는 부르는 사람이 있고, 듣는 사람이 있지.

장사도 그렇다. 부르는 사람이 있고, 듣는 사람이 있지. 저이들은 내 물건 좀 사시오, 하는 소리로 살지. 지나가는 사람들이 제발 좀 내가 외치는 소리를 잘 들어줘야 하는데, 하는 심정으로 사람들을 부르고, 물건을 팔지. 얼매나 절박허냐?

달릉개 그믄 보부상이 최고 소리꾼이고, 상단은 소리패요?

주명창 에라이~. 느그 아부지는 옹구 팔 때 어떻게 말하냐?

달릉개 어떻게 하긴요. "옹구 사려, 옹구 사려. 내부쳐도 안 깨지는 옹구 사려. 한번 사믄 3대, 4대가 쓰는 옹구 사려." 이러지요.

주명창 니 청이 느그 아버지에서 나왔구나. 허허. 장터가 소리터여, 사람 모이는 곳이 소리터여. 꿈틀꿈틀험선 죽고 살고, 간절하고 절박헌 것이 소리여.

• 김쉰동이가 두 사람을 바라보다 "옹구 사려, 옹구 사려. 씻나락 담아 뒤도 쥐 한 마리 범접 못 헐 찰옹구 사오." 나지막이 중얼거리고, 쓸쓸하게 나간다.

달릉개 나는 도통 모르것어요.

주명창 (화내면서) 저리 가. 모르믄 말어.

• 주명창이 나가면 달릉개가 따라간다.

7막 〈왜망실 짓거리〉

- 남루한 장사꾼들이 큼지막한 소쿠리와 광주리를 이고 지고 끼고 메고 온갖 것을 펼쳐 놓고 장사한다. 아이 업은 따박골네가 좌르르, 보따리를 펼치고 열무를 판다.

따박골네 저그 자갈밭에 우시장이 섰는가? 딸랑딸랑 쇠방울 소리에 약장수, 창(唱)장수 목청도 드럽게 크네. (외치면서) 열무 사오, 배추 사오, 왜망실 짓거리 사오, 왜망실 짓거리 사오. 기린봉 줄기 따라 반듯반듯 큰 열무 사오. 어여쁘고 깨깟하고 다디달고 시원헌 열무 사오. 전주 사람 좋아하는 기린 언덕 배추 열무 사시오.

- 달릉개와 주명창이 들어온다.

따박골네 왜망실 짓거리 사오, 왜망실 짓거리 사오.
주명창 지꺼리? 짓거리? 그것이 무슨 해괴망측한 짓거리요? 전주를 전봇대라고 허는 같잖은 농지거리요? 전주를 이번 주, 지난주라고 허는 뻘짓거리요? 컹컹컹컹 개가 짖는 개짓거리, 욕지거리, 쌈짓거리요?
따박골네 전라도 사람이면 다 아는 전주 말이 짓거린디 어찌 몰라?

○노래 〈전주말〉

(따박골네) 　부침개는 적이요, 누룽지는 깜밥, 냉이는 나숭개,
　　　　　　 달래는 달롱개, 김치는 지(菹), 묵은 김치 묵은지,
　　　　　　 신 김치는 신지, 김칫거리는 짓거리, 이 말이 전
　　　　　　 라도 말이여.

(주명창) 　귀싸대기 귀빵매기, 개구리는 깨구락지, 귓구멍
　　　　　　 은 귓구녕, 형님은 성님, 어쭈는 음마, 나 참은 워
　　　　　　 따, 한번만 봐주라는, 아따 왜 그러씨요.

달롱개 　왜망실 것만 좋간디요? 무, 배추, 열무가 전주서 씨글씨글
　　　　 헌디.

따박골네 　니가 시방 몰라서 묻냐? 왜망실 짓거리는 인근까지 소문난
　　　　　 것이라. 키우는 것부텀 다르당게.

○노래 〈전주 열무가〉

(따박골네) 　앞산뒷산 언덕배기 어기영차 올라가서
　　　　　　 풀을뜯어 말려놓고 불싸질러 거름내고
　　　　　　 상추씨 배추씨 무씨 김씨이씨 박씨최씨
　　　　　　 아줌씨 아자씨 한움큼썩 씨를들고
　　　　　　 열무열무 던지놔도 반듯반듯 자라나고
　　　　　　 봄날이면 봄비 맞어 여름이면 뜨건 햇살
　　　　　　 짓거리라 지껄지껄 포기포기 어여쁘게
　　　　　　 버물버물 사각사각 아따, 아따, 고것 참 맛나것다

(주명창) 　열무김치 들어간다 아구리 딱딱 벌려라

(모두) 　열무김치 들어간다 아구리 딱딱 벌려라

달릉개　　농사지시니라 애썼것네요.

따박골네　암만. 그 징헌 그 세월 어찌 말로 다 헐까. 책을 써도 수백
　　　　　이요, 말로 하면 삼백육십오 일이 여럿이것지.

　　(따박골네)　　못난놈은 내가먹고 실헌놈은 이웃주고
　　　　　　　　단단허고 때깔존놈 장에내다 팔었는데
　　　　　　　　꼬끼요오 닭울기전 보리갈어 밥해놓고
　　　　　　　　후다닥딱 캐어다가 툭툭털어 다듬고는
　　　　　　　　따듬따듬 묶어주고 남문장으 팔러간디
　　　　　　　　이고지고 끼고메고 남문장으 팔러간디

따박골네　아이고, 그냥 무겁기는 오살맞게 무겁네. 가찹기라도 허믄
　　　　　좀 좋아.

달릉개　　왜망실 열무 사오, 왜망실 배추 사오, 왜망실 짓거리 사오,
　　　　　왜망실 짓거리요.

　　(따박골네)　　한길걸어 다시와서 다시한길 산에올라
　　　　　　　　후다닥딱 따듬따듬 이고지고 끼고메고
　　　　　　　　꼬꾸라져 코깨질판 이고진짐 내려놓으면
　　　　　　　　모가지는 뻐근뻐근 삭신골신 저려쓰려
　　　　　　　　걸린아는 징징대고 업은아는 자지러지고

따박골네　왜망실 열무 사오, 왜망실 배추 사오, 왜망실 짓거리 사오,
　　　　　왜망실 짓거리요.

- 주명창이 달릉개를 한쪽으로 데리고 간다.

주명창 잘 들어라. 내가 생각허는 소리랑, 니가 생각허는 소리는 하늘땅이여. 나는 사람들 사는 모습이 소리라고 생각헌다. 너랑 나랑 그것을 소리로 한번 혀 보자.

달릉개 왜요? 그냥 춘향가나 좀 알려 주시라니까요. 혹시, 모르는 것 아녀?

주명창 싫으믄 그냥 가든가.

- 오참봉이 포졸을 데리고 나온다.

오참봉 저것들이 허락도 안 받고 장사를 하다니, 내가 사또에게 누차 말했는데…. (부채를 흔들다가 포졸들에게) 뭐 하고 있어? 싹 치워 버리지 않고.

- 휘리리, 휘리리. 호루라기 소리.

주명창 모두들 피해야긋네. 포졸들 오네.

사람들 포졸이다, 포졸이다. 피해라.

- 달릉개가 망설이고 머뭇거리자 주명창이 소리를 시작한다. 따박골네를 비롯한 사람들의 행동에 따라 소리가 이어진다.

○노래 〈남부시장 호루라기〉

(주명창) 남문시장 이짝에 쭉, 저짝에도 쭉, 늘어섰던 장사

꾼들이 쥐떼같이 들이닥치는 포졸들을 피해 도
망을 가는디,
소쿠리에 담겨 있던 팥단이며 고구마대, 토란대,
호박덩이들이 이리 흔들리고 저리 떨어지고 이
리 밀리고 저리 쫓기고 쓸리고 밟히고 쓸리고 밟
히면서 비명, 비명을 지르는데.

· 따박골네가 허둥지둥 물건을 챙긴다. 오참봉이 그 모습을 보고 웃다가
거들먹거리면서 나간다. 오참봉이 나가면 포졸들의 행동도 멈춘다.

(주명창) 팔지 못한 열무 몇 단 주섬주섬 챙기는 둥 마는
둥 걷어 담던 우리의 따박골네, 아뿔싸! 자기 치
맷자락 제 발로 밟고 고꾸라져 와르르르 우당탕
탕 자그르르 열무들을 쏟아 버리고 말았는데. 그
대로 퍼질러 앉아 창조로 곡을 하는 우리의 따박
골네.

따박골네 아이고매! 이를 어쩔꼬. 아이고, 아이고, 내 팔자야. 징그럽
다, 징그러. 앞 남산 밤 대추는 아그대 다그대 열렸다드니.
아이고, 내 팔자야. 그 예쁜 것들에 공연시 바람 들다 봉게
살기만 더 팍팍허네.

(달릉개) 우리의 따박골네 눈물 바람 허더니만, 무시에 된
바람 들듯이 뭔 바램이 들었는지, 누구에게랄 것
도 없이 목이 쉬어 가며 악을 쓰는데,

따박골네 (포졸 보고) 호각 불면 다여? 아조, 호각만 불면 멋이든지 끝 나는 중 아능개비. 참말로. 먹고 좀 살것다고 여그까장 나왔는디. 에라 모르것다.

• 달릉개와 주명창이 따박골네에게 다가온다.

 (주명창) 따박골네가 한바탕 놀아 보는디,

따박골네 열무 사오, 배추 사오, 왜망실 짓거리 사오, 왜망실 짓거리요.

 (달릉개) 시원허다 물김치, 막섞었다 섞박지, 송송송송 배추김치, 파릇파릇 파김치, 고들고들 고들빼기, 연자줏빛 갓김치, 아삭아삭 오이소백, 어적어적 부추김치, 나박나박 나박김치, 사각사각 열무김치.
 (주명창) 묵은 김치, 시큼한 김치, 익은 김치, 삭힌 김치, 맛든 김치, 김치 김치 많다지만,
 (따박골네) 가늘고 푸른 왜망실 열무김치 푸릇푸릇 사각사각 어느 뉘가 당할거나.
 (주명창) 따박골네 노래할 적, 저어기 전주천 끄트머리서 노려보는 포졸 하나 있었으니, 덩치가 산만 헌 포졸 놈이 경중경중 다가와서 이렇게 묻던 것이었다.

주명창 아줌씨, 그것이 확실히 왜망실 짓거리가 맞소?

(달릉개)   우리의 따박골네, 뜬금없는 말짓거리라는 듯 눈
            을 똥그랗게 뜨고는 대장금이 정상궁에게 홍시
            로 훈계하듯,

따박골네 왜망실서 농사지은 짓거린게 왜망실 짓거리라고 허지, 왜
          망실서 농사지은 것이 아니믄 왜망실 짓거리라고 허것소?

(달릉개)   포졸 놈이 갑재기 얼굴에 화색이 돌더니만,

포졸1   아줌씨, 나 두 다발만 주소. 왜망실 짓거리가 참말로 맞나
          더만.
포졸2   (다가오며) 열무 아녀? 그전에 열무김치 담글 때…, 확독이
          있어. 고추 넣고 뭐 없는 사람이 쌀밥 섞어서 보리밥 착착
          넣고, 보리밥 넣고 막 갈아 가지고 거그다가 열무 해서 먹
          으면 그 열무가, 열무김치가 왜케 맛난가 몰라. 청국장에다
          된장국 끓여도 그렇게 구수혀, 걍. 암것도 안 넣어도 이상
          허게. 뜨물 좀 받아서 이렇게 끓여도 그게 맛있고….
포졸1   그저 오뉴월 복더우에 개 쎗바닥 늘어져도 찬 시암물에다
          가 보리밥 뚝뚝 깨서 말고, 왜망실 열무김치 한 가닥 쭉쭉
          찢어 얹어 먹으면 그거이 살로 가제, 그거이 살로 가. 그거
          다 주소.

(달릉개)   포졸들도 탐내던 왜망실 짓거리라.
            우리의 왜망실 아줌씨들, 이때부터 짓거리 팔 때
            에는 무조건 짓거리 앞에 '왜망실' 자를 붙였는

데, 포졸들 앞에서는 더 당당하게. 두루두루 봄
바람 불듯 두루두루 두루춘풍이라.

따박골네 열무 사오, 배추 사오, 왜망실 짓거리 사오, 왜망실 짓거
리요.

(달릉개) 짓거리 짓거리 짓거리 왜망실 짓거리
이쁘고 맛나고 반듯헌 왜망실 짓거리

주명창 하, 메기고 받는 소리, 찰지고 구성지다.

(모두) 이쁘고 맛나고 반듯헌 왜망실 짓거리 사요,
왜망실 짓거리요. 왜망실 짓거리 사요.

따박골네 댁네들 덕분으로 왜망실 짓거리 오늘도 다 팔았네. 완판이
여, 완판!

• 따박골네가 즐거워하는 사이, 주명창과 달릉개가 무대 한쪽에서.

주명창 어떠냐? 춘향이, 심청이만 소리가 아니지?
달릉개 네. 참 재밌네요. 이런 것이 소린가, 싶기도 하고….
주명창 그려, 이것이 소리여. 사람들 사는 소리, 푸지고 푸진 전주
소리다.

• 주명창과 달릉개 모두 크게 웃는다.

달룽개 그래도 저는 춘향이를 배워야 해요. 그리서 꼭 참봉을 해야 혀요.

주명창 나는, 니가 기언시 참봉을 고집허는 이유를 모르것다. (화내면서) 저리 가!

• 주명창이 나가면 달룽개가 달래면서 따라간다.

8막 〈박진 효자비〉

- 박진 효자비 정려각 앞.
- 술에 취한 오참봉이 효자비를 보고 발로 차고, 소변을 본다.

오참봉　이게 뭐여? 오참봉 나리가 가는 길을 막어? 이놈! 에이, 꼴
　　　　도 보기 싫은 돌뎅이 같으니. (발로 차고 아파한다) 이놈! 이
　　　　나쁜 놈! 감히 나한테 덤벼? 네놈에게 불벼락, 물벼락, 아
　　　　니, 오줌벼락을 내리리라.

- 김쉰동이가 이 모습을 보고 달려와 말린다.

김쉰동이　이러시믄 안 되는구먼요.
오참봉　(놀라서) 누구여? 천한 옹구쟁이? 이놈, 지금 뭐 하는 짓이냐?
김쉰동이　참말로 안 돼요. 효자비헌테 이러시믄 큰일 나요?

- 김쉰동이는 자신의 옷을 벗어 오줌이 묻은 정려각을 닦는다.
- 주명창과 달룽개가 들어와 이 모습을 본다. 달룽개가 달려가려고 하면
  주명창이 상황을 보고 말린다. 오참봉 말에 달룽개는 분노하고, 눈물
  을 흘린다.

오참봉 개돼지만도 못헌 놈. 그럼 네놈한테 쏴 주마. (오줌을 김쉰동이에게 갈긴다) 귀헌 것이다. 잘 받아라. 하하하. 담 시상에도 옹구쟁이로 태어나라. 천년만년 죽으나 사나 앉으나 서나 이승서나 저승서나 옹구쟁이놈 씨로 살거라.

• 오참봉이 나가면, 김쉰동이가 한참 바라보다가 비석을 다시 닦는다.

김쉰동이 지가 돌 깎는 사람으로 태어났으믄 더 크고 멋지게 만들었을 것인디. 흙으로 옹구 맨드는 개돼지로 태어났으니 어찌할 수도 없고…. (비석 곁에 앉아 한숨을 쉬고) 태생이 개돼지에다가 힘도 없고 가진 것도 없으믄…, 그냥 맞어야것지요? …. 지 아들은 옹구쟁이 안 시키고 꼭 참봉 벼슬을 시킬라고 혔는디… 왜, 궐에 가서 소리를 하도 잘해 가지고 참봉 벼슬 얻은 소리꾼이 있다고. …. 근디, 뭐, 인자 다 끝나 브릿어요. 우리 달릉개가 소리 작파하고 부채 장사 헌다고 말씀드릿잖어요. 오늘 그 많은 것을 다 팔았다능고만요. 다 어르신이 보살펴 주셔서…. 그래봐야 부채장수죠, 부채장수. … 인자 가야 쓰것네요. 우리 달릉개가 일찍 왔을라나? 먼저 자고 있어야는디 어쩔랑가 모르것네요, 효자라. 그믄 밤새 무탈하시고요.

• 김쉰동이가 절을 하고 나간다.

달릉개 에이 참말로 뭣 같은 세상.
주명창 인자 좀 알긋다. 니가 왜 참봉, 참봉 허는지.

달룽개 실력도 부족헌 지가 대사습을 왜 나갔겠습니까? (붙잡고 앉아 울면서) 저 같은 옹구쟁이 아들놈이 어디 참봉 벼슬을 꿈이나 꿀 수 있는 세상입니까? 근디 꿈을 꿀 수 있다고 하잖아요. 참봉 할 수 있다잖아요. 그래서 울 아부지도 저헌티 옹구장수 대물림 안 허고, 소리꾼 되라고, 명창 되라고, 어전명창 돼서 참봉 허라고….

주명창 하아, 니가 어전명창 돼서 참봉 소리를 들어도 시상이 지랄 같은디 뭔 소용이냐?

달룽개 그믄 지가 암행어사라도 돼야 헌단 말이요?

주명창 암만. …. 우리가 암행어사가 돼서 오참봉이란 놈을 혼내 줄까?

달룽개 우리가 뭔 힘이 있다고 혼을 내요. 어사출또 한번 해요? 봉서도 없고, 사목도 없고, 유척도 없고, 마패도 없고, 역졸도 없고, 나졸도 없고, 뭔 수로다가 출또를 혀요?

주명창 소리가 있잖어.

달룽개 그깟 소리로요?

주명창 니 꿈이 뭐라 혔지?

달룽개 참봉이요.

주명창 그려, 참봉. 뭘로 참봉 된다고 혔지?

달룽개 소리를 잘해 가지고요.

주명창 소리를 잘헌다는 것이 뭐여?

달룽개 내 소리로 사람들을 울리고 웃기고 혀야지요.

주명창 사람들 마음에 니 소리가 콕 백혀서, 기쁘고 슬프고 불안하고 초조하고 안달하고 뻘쭘하고 한숨 쉬고 분노하고 시원하고 눈물 나고 감격해야것지?

달롱개　(큰 소리로) 예. 소리는 그리야지요.

　　O**노래** 〈전주의 소리는〉
　　(주명창)　소리가 뭐냐?

세상 사는 얘기들이 가슴에 쌓여 온몸에 차는 것이 소리여. 옹구 사요, 옹구 사요, 열무 사요, 열무 사요, 평범한 사람들의 그저 그런 소리, 우리 엄니 고생 고생헌 소리, 우리 아비 노름허고 바람피운 소리, 누구나 무심히 지나치는 소리, 가차운 소리, 먼 소리, 웃긴 소리, 슬픈 소리, 한 맺힌 소리, 깊고 낮은 한숨 소리, 새소리, 물소리, 바람소리, 꽃잎 피고 지는 소리, 온갖 자연의 소리와 빛깔.

아주 낮은 골짜기에 물이 모이듯이 그렇게 많은 이야기들이 가슴 저 밑바닥으로 들어와서 무수하게 쌓이고, 그것들이 흩어졌다 뭉치고 뭉쳤다가 다시 흐트러짐선 어우러지는 이야기들. 그것들을 사무치게 갈고 오래오래 삭히고 묵혀서 한마디 한마디 꺼내는 것이 소리여. 그것이 전주 소리여.

　• 신비롭고 감미로운 음악.

주명창　모두 불러라. 이제 우리는 오참봉이 꿈속으로 들어간다.
달롱개　꿈이요?

주명창 그려, 꿈. 니 꿈, 내 꿈, 니 아버지 꿈, 우리 모두의 꿈. 소리
　　　　　로는 안 되는 것이 없어. 전주 소리가 뭔지 알려 주마.

- 김쉰동이, 따박골네, 주명창, 달룽개 등이 비장한 표정으로 한곳으로
  모인다.

9막 〈전주 소리〉

- 무대 한복판에 오참봉이 이불을 뒤집어쓰고 자고 있다.
- 주명창, 달릉개, 김쉰동이, 따박골네가 주위를 빙빙 돌면서 그를 깨워 골려 준다. 주변에서 웃음과 소란. "니 죄를 알렷다!", "이실직고하렷다!", "도무지 뉘우치는 기색이 없군!", "매우 쳐야지!", "매우 쳐라!" "쳐라!" "허허어. 이러언 엄살 좀 보라지!" 등등.

  ○노래 〈오참봉 네 이놈〉
  (주명창)　　저기 저놈이 놀보같이 욕심 많은 오참봉이렷다
  (김쉰동이)　아니요, 아니요. 놀부보다 한참 더 나쁜 놈이오.
  (주명창)　　저기 저놈이 변사또같이 악랄헌 오참봉이렷다
  (따박골네)　아니요, 아니요. 변사또보다 한참 더 숭악헌 놈이오

오참봉　(잠에서 깨고) 네놈들은 누구냐? 여기는 어디여?
주명창　네놈 꿈속이다.
오참봉　꿈? 내 꿈? 그럼 썩 꺼져라, 이놈들. 어, 너 옹구장수? 감히, 감히 내 꿈에 나타나? 너는 그 아들놈? 너는 열무장수?
주명창　니 죄를 니가 알렷다.
오참봉　죄라니? 그 무슨 해괴망측한 소리?

주명창   백성들이 헐벗고 굶주려도 벼슬아치들은 너 나 할 것 없이 백성의 고혈을 빨아먹는 데 급급한 세상, 너도 더했으면 더했지, 조금도 부족함이 없구나.

오참봉   이놈들아, 내가 오참봉이여, 오참봉. 전라감사, 사또, 아전 나리님들하고 술도 마시는 내가 오참봉이여, 오참봉.

따박골네   이놈 보소. 말허는 싸가지가 멕아지네. 전주 사람 아고똥헌 성질을 함 뵈 줘야긋어. (열무로 친다)

(**주명창**)   사람의 탈을 쓰고 태어나 사람 곁에 머무르면서 사람답지 못한 행실만 일삼으니 어찌 네놈을 사람 곁에 둘 수 있으리오.
태어난 날부터 도적 심사를 품고 나며 한 번도 쉬지 않고 약헌 사람 괴롭히고 피를 말리고 주변 사람 이간질에 악덕고리 매관매직까지 모진 악행만 일삼으니 도저히 용서할 수 없구나.

오참봉   어디 나만 그러는가.

주명창   저놈이 정신 차리려면 아직 멀었구나.

• 오참봉을 혼내는 소리가 춤처럼 이어진다. 사설에 따라 행위들이 이어진다. 오참봉 정신이 얼얼하다.

(**사람들**)   무슨 벌을 내리리까.

(**주명창**)   저기 저놈을 덕석에 말아서 매우 처라.

(**달릉개**)   임진난에 전주성 지킨 의병들이 대창으로 똥구

녘을 쑥 찌르고 돌멩이로 대글빡을 팍 쌔리고 어
사출또 역졸들 달려들어서 패대기를 치니 온몸
이 욱신욱신 팔다리가 쑥씬쑥씬 놀부 마누라가
흥부 싸대기 때리듯 밥주걱 들고 싸다귀를 올리
니 볼따구니가 얼얼얼얼.

오참봉 이놈들이 나 죽이네. 여봐라! 이놈들이 오참봉 잡네.
주명창 바다를 발로 차서 파도를 일으키듯이 산을 들어 옮겨 봉우
리를 깨트리듯이.

(달릉개) 변사또가 춘향이 양다리를 묶고 닦달하듯 주리
를 틀고 변강쇠가 지 심을 못 이겨 장승 뽑아 상
하좌우 패대기를 놀부가 흥부 쫓아내듯 싸리빗
자락으로 싹싹 쓸어내고 흥부 마누라 열두 자식
밥 달라고 귓구녁서 징징징징 흥부가 제비 새끼
다리 고치듯 꽉꽉 쪼이고 옹녀가 농을 치고 월매
가 병졸들 데리고 놀듯 풍장을 놓으니 혼신이 도
망 도망을 가는구나.

주명창 목마른 말이 시냇물로 달려가듯이, 성난 사자가 바위를 긁
듯이,

(달릉개) 전주 사람 온 힘 모아 소리 가락으로 호통을 치
니 오참봉이 귀가 멍멍, 눈알이 뱅뱅, 대굴빡이
팽팽, 혼신이 도망가는구나.

주명창　　제비들이 몰려온다. 제비들이 몰려온다.

　(달룽개)　　제비들이 몰려와서 똥오줌을 한 바가지, 두 바가
　　　　　　　지, 세 바가지. 저기 똥 봐라 똥. 오참봉이 똥이 됐
　　　　　　　네, 똥바가지 오참봉이라.

오참봉　　그만, 그만! 알겠소, 알겠소.
주명창　　전주 사람들 앞에서 죄를 고하고 용서를 빌 것인가?
오참봉　　용서를 빌겠소, 용서를 빌어.
따박골네　아이고, 그냥 속이 다 후련하네요.
김쉰동이　오랜만에 신명 났다. 이게 참으로 얼마만이더냐.

- 한바탕 춤사위와 노래가 끝나면 주명창을 뺀 출연진들도 모두 쓰러
  진다.

10막 〈에필로그〉

· 주모가 급하게 들어온다.

주 모 (뛰어오면서) 오참봉 댁에 난리 났어, 난리! 난리, 난리. 그 집
서 지금 사람들에게 곡식을 나눠 주고 있어. 그것도 허연
쌀을. 그게 뭔 일인지는 나도 몰러, 몰러. 그냥 듣장게 간밤
에 먼 일이 난 모냥이여. 오참봉이 곤허게 자는디 거그서
그냥 변사또가 나와 가꼬 주리를 틀고, 놀부 마누라가 밥
주걱으로 귀싸대기를 때리고, 월매가 풍장을 놓고, 그냥,
그릿대.

· 따박골네와 김쉰동이가 들어온다.

따박골네 무신 일이디야?

김쉰동이 시방, 그것이 뭔 말이여?

주 모 아, 몰라. 사람들이 그것이 다 효자비 땜시 그런 것이라고
그러데? 그 썩을 놈이 어젯밤에 거그다가 오줌 눴대.

따박골네 (김쉰동이 보며) 나 어제 아주 재미진 꿈을 꿨는디… 아무리
그리도….

김쉰동이 (따박골네 보며) 그것이 꿈이 아니었어?

주 모   그것만이 아녀. 조만간에 조선 팔도 소리꾼들을 겁나게 모

아서 크게 잔치를 벌인다고 혔다네.

김쉰동이   하하하. 오참봉이 참, 뭣 돼 브릿네. 야야, 우릴 달릉개 어

딨냐? 너는 참봉 허지 마라. 참봉 허믄 뭣 된다. 하하하. 인

자 다시 시상에 부러울 거이 없네.

• 주명창과 달릉개 들어온다.

○노래 〈꽃심 전주〉

   (주명창)   마한의 작은 왕국, 백제와 후백제 거쳐, 고려와

조선, 수천 년 세월이 청초명미 흘렀는데, 전주

사람 꼿꼿허고 당당헌 기운은 변함이 없어라.

그때나 지금이나 낮은 들서 일하는 사람들이 바

라는 세상은 한 가지라. 사람과 사람의 높낮음이

없고, 서로 오가는 데 문턱이 없고, 대문이 있어

도 잠그지 않고 편안하게 사는 고장. 너도 나도

우리 모두 손잡고 잘 사는 전주의 꿈이라.

   (달릉개)   천 년이 가고 다시 천 년이 지나도 가슴에 꽃심

있어 피고 지고 다시 피어. 맑은 흥결처럼 춤사위

로 돋우는 곳, 아, 너울너울 푸르게 일렁이는 천

년의 서정이여. 천 년을 다져 온 전주의 힘, 길고

긴 천 년의 바람이 다시 부는구나. 꽃의 힘, 꽃의

마음, 꿈꾸는 전주이어라.

   (모두)   꽃의 힘, 꽃의 마음, 꿈꾸는 전주이어라.

녹두장군 한양 압송 차(次)

· 2013년 전주한옥마을 상설공연
· 2017년 전북문화콘텐츠 융복합 사업(전주영상위원회) 선정
· 2020년 영화 〈아지트〉 원작

제작: 애기보따리, 전주시
연출: 정진권
출연: 고조영 · 김광용 · 김종진 · 박종원 · 백호영 · 이덕형
이병옥 · 이부열 · 이용선 · 이종화 · 정민영 · 정진수
최경희 · 편성후 등등

공연 현황
· 2013년 4월 27일 ~ 9월 7일(매주 토) 전주한옥마을

1막 〈전주아리랑〉

- 무대 배경은 반이 접혀 있다. 작품이 끝날 무렵, 등장인물들과 관객이 줄을 잡아당기면 접혀 있는 부분이 올라와 그림이 완성된다.
- 엿장수가 나와 관객과 놀기 시작한다. 객석에는 알음알음한 사람들로 미리 여러 장사치를 둔다. 이들은 엿장수가 등장하면 "뻥이요~", "나물 사오, 나물 사오~", "참빗 사오, 참빗 사오~" 등등 장터에서 나올 법한 다양한 소리를 내고, 엿장수에게 엿을 사며 흥정도 한다. 공연 중 "엿장수 맘대로" 등등 엿장수의 울림소리에 추임새나 후렴을 맞춘다.
- 엿장수 부인인 정읍댁도 객석에 있다.

엿장수　(큰 소리로) 엿 사시오. 엿 사시오. (노랫가락으로) 엿 사시오, 엿 사. 엿을 사시오. 엿을 사. 혼자 먹다 웃음 나고 둘이 먹다 정분나는 엿 사시오, 엿 사.

정읍댁　(객석에서) 거기 잘생긴 아저씨, 엿 한 개, 아니, 열 개만 줘요. 근디 셋이 먹으믄 안 되남?

엿장수　셋이 먹으면 큰일 나요. 쌈 나. 서로 먹을라고. 내가 파는 엿은 둘이서 양쪽에 입을 대고 쪽쪽쪽쪽 짝을 맞춰서 먹어야 혀. 그래야 겁나게 맛나고, 먹다 보믄 맛난 것이 또 생겨. 애들은 귀 막아라, 잉. (객석을 훑어보고) 아따, 많이 오셨네. 뭣 허러 오셨소? 전주한옥마을 놀러 왔소? (큰 소리로)

공연 보러 왔다고? 녹두장군 거시기? 거시기가 아니라 뭐시기? (정읍댁 보고) 그 공연이 참말로 재미지다던디.

정읍댁 정말로 재미져요? 눈물 콧물 한 바가지 빼는 겨? 아님, 배꼽을 빼는 겨?

엿장수 눈물도 빼고, 콧물도 빼고, 배꼽도 빼고, 엿가락도 쭉쭉 빼지. (관객에게) 공짜로 보실라고 그라지요? 그믄 엿이라도 사는 것이 문화 시민 아니것어? 이 엿 안 사믄 우리 녹두장군님 코빼기도 구경 못 헐 텐디. (관객에게) 누구 맘대로? (정읍댁 · 관객: 엿장수 맘대로) 내가 그 공연을 쪼까 아는디 중요헌 디만 알리 줄까, 말까? 엿가락 하나 사믄 알리 줄 수도 있는디.

정읍댁 미리 알려 주면 재미없지.

엿장수 참말로 그러것고만. 뉘신지 몰라도 참 얼굴맨치로 똑똑허시네. ….. 그믄 한 개도 안 가르쳐 주야지. 아녀, 아녀. 이렇게 해야긋네. 엿 사는 사람은 안 알려주고, 엿 안 사는 사람은 살짝 가서 알려 줘야지. 누구 맘이냐고? 엿장수 맘대로지. 살 겨, 안 살 겨?

• 객석을 돌면서 엿을 판다.

엿장수 (엿을 팔면서) 여러분 오늘 신문 봤소? ○○이가 ○○ 됐다듬만. 세상이 어찔라고 그라는지 모르것소. 옛날 같으믄이사 녹두장군 모시는 동학농민군맹이로 질끈, 흰 띠 동여매고, 착착, 대나무 깎아서 죽창 만들고, "나쁜 놈들 때리잡고, 존 세상 만들러 가자!" 험선 나서 보것구만. 내가 지금은 엿가

　　　　　　락 팔고 댕기지만 왕년에 한가락 헌 사램이여. 못 믿것다
　　　　　　고? (정읍댁 보고) 임자, 내가 왕년에 한 성깔 했어, 안 했어?

정읍댁　암만. 이 냥반이 예전에 방구 좀 뀌었지. 성질이 얼매나 더
　　　　　　럽던지. (관객 한 명 잡고) 술이 웬수지, 술이 웬수여. 그짝 남
　　　　　　편도 그런다고? 어쩌까, 잉. 우리 남편은 그리도 지금 새사
　　　　　　람이 돼 가고 있어. 늙었능개벼.

엿장수·정읍댁　(마주 보고) 오마나. 들켰네.

엿장수　(관객 보고) 그려, 그려. 내가 엿 많이 팔라고 숨겨 놓은 마누
　　　　　　라여.

정읍댁　(나오며) 다 들켰응게 인자 엿 그만 팔고 빨리 진행부텀 허쇼.

엿장수　여러분 공연 빨리 보고 싶소? (무게 잡고) 올해는 동학농민
　　　　　　혁명 ○○○주년. 우리 녹두장군 전봉준 장군이랑 손화중
　　　　　　장군, 김개남 장군 이하 그 귀한 목숨이 억울허고도 원통
　　　　　　도 허게 일본 노무 시키 칼자루에 쐭, 돌아가신 지는 백 허
　　　　　　고도 씹팔 주년. 여러분! 프랑스 대혁명, 프랑스 대시민혁
　　　　　　명 들어 보셨지요? (관객: 네) 여러분! 동학대혁명 들어 보셨
　　　　　　나요? 그래요. 동학혁명까지는 들어 봤지만, 동학대혁명은
　　　　　　안 들어 봤지요? 우리는 왜 다른 나라 시민들이 들고 일어
　　　　　　선 혁명에는 '대' 자를 붙이면서, 우리 민족이 들고 일어선
　　　　　　혁명은 난리고, 민란이라고 했을까요? 프랑스 시민혁명은
　　　　　　대단한 민중의 혁명이고, 조선의 동학농민혁명은 도적들
　　　　　　의 난리입니까? (관객: 아니요) 더 말하믄 내 입만 아프고 혈
　　　　　　압만 올라가니 각설하고. (무대 쪽 보며) 아! 이 길 끝은 저기
　　　　　　저 무대의 시작이라. 저 길 끝에 도착하면 드디어 막이 열
　　　　　　리나니. (관객에게) 누구 맘대로? (관객: 엿장수 맘대로) 모두 나

　　　　　를 따르라.

정읍댁　여러분 박수 소리에 일 년씩 일 년씩 뒤로 갈 것이니까 알
　　　　　아서 잘들 치쇼.

・ 엿장수와 정읍댁이 박수에 맞춰 객석을 돌아 무대 쪽으로 간다. 발걸
　음은 가볍고 경쾌하다. 〈전주아리랑〉 후렴 대목을 빠르게 부른다.

엿장수　(무대 앞에서 급정거하듯 멈추고) 아따, 딱 일 년 남았는디 힘들
　　　　　어서 못 가것네. 방금 내가 부른 노래가 뭔 줄 아쇼? 이것
　　　　　이 바로 '전주아리랑'이라고 허는 것인디 여러분이 엿을
　　　　　많이 팔아 줬응게 이 노래라도 알려 줘야겠네.

・ 엿장수와 정읍댁이 관객에게 전주아리랑을 알려 준다.

　　○**노래** 〈전주아리랑〉
　　　　　　수천 년 온의 정신 꽃심으로 돋고
　　　　　　너울너울 일렁이는 천년의 서정이여
　　　　　　아리랑 아리랑 꽃심아리랑 아리랑 아리랑 꿈꾸
　　　　　　는 전주

・ 엿장수가 무대에 한 발 올리면, 선무사 등장한다.

2막 〈봉준이 온다!〉

- 1895년 겨울, 하늘빛 명석하고 차갑게 시린 날, 전주 남문 장터.
- 주모가 퍼질러지고 앉아 관람객을 붙잡고 신세를 한탄한다. 그러나 결국은 흥에 겹다.

O노래 〈어이하리 어이하리〉

(주모)　　　어이하리 어이하리 이내신세 어이하리

　　　　　　　땅을보면 한숨이요 하늘보면 눈물이라

주 모　　우리 녹두장군 돌아가시는 마당에 이판사판 나도 죽을 판이오. 치도곤을 치든 효수를 허든 맘대로 허시오.

　　　　　　　우리조선 사판이요 어찌허여 사판인가

　　　　　　　도망가신 전주원님 다시오니 개판이요

　　　　　　　전주원님 다시오니 육방관속 먹고쌀판

　　　　　　　육방관속 먹고싸니 백성들은 뺏기는판

　　　　　　　백성들이 죽어나니 조선팔도 망하는판

주 모　　놀판, 난장판, 지랄판에 녹두장군 잡혔으니 조선 백성 죽을 판이라오.

- 선무사가 사람들을 비집고 들어와 크게 소리친다.

선무사 (큰 소리로) 봉준이 온다! 봉준이 온다! 모이시오, 모이시오. 전주성 백성들은 모두 모이시오. 지금 동학당의 거두 전봉준이 담양에서 일본군에게 인계되어 전주로 오고 있소. 전봉준이 궁금커든 모두 모이시오.

- 선무사의 등장에 놀란 엿장수 부부는 이곳저곳 뛰어다니다가 객석으로 숨었다가 나타난다.

엿장수 이보시오, 나으리. 사람들은 왜 모이라고 하신 거요?

선무사 내 말을 귀로 안 듣고 코로 들었느냐? 전봉준이 이곳 전주성 밖을 지나가니 구경이나 하라는 것 아니더냐?

정읍댁 그것이 뭔 존 귀경이라고 귀경을 혀요, 귀경은? 죽으러 가는 양반, 봐야 속만 상헐 텐디.

선무사 그러면…, 안 보면 되네.

엿장수 아닙죠. 보기는, 아니 뵙기는 해야지요. (관객 가리키고) 다들 그 냥반 뵐라고 멀리서 오셨는디. (정읍댁에게) 자네가 후딱 가서 얼매만큼 오셨는지 보고 오소.

- 정읍댁이 무대 한쪽으로 쏜살같이 뛰어가서 멀리 바라보는 시늉을 한다.

엿장수 그나저나 나으리, 전봉준이가 뭐요, 전봉준이가. 장군님이 당신 친구요? 어찌 고로코롬 말씀을 싸가지 없이 허시오.

선무사   허허, 방자하다. 그러는 너는 누구냐?

엿장수   너? 너? 아하, 나리님 주둥이가 엿가락 쪽쪽 빨듯이 싸게 돌리는 주둥이로구나.

선무사   허허, 방자하구나.

엿장수   나는 방자가 아니고, 엿장수요, 엿장수.

선무사   네, 이놈.

엿장수   이보시오, 나리, 잘 보시오. (관객에게) 전봉준이라고 해야 혀, 아님, 전봉준 장군님이라고 해야 혀? (답변 듣고) 보쇼. 이 사람도 다 아는디.

선무사   전봉준은 죄인이거늘 어찌하여 장군의 호칭을 한단 말이냐? 보아하니 너도 동학당 일배가 분명하다. 잡아서 치도곤을 쳐야겠다.

엿장수   (놀라서) 아이고, 나으리. 저는 개뿔도 뭣도 아닌 사람이오. 그냥 엿 팔아서 끼니나 때우는 놈입니다요. 나으리, 엿 좀 드실라요?

• 정읍댁이 멀리서부터 울면서 들어와 퍼질러 앉는다.

정읍댁   아이고, 아이고. 우리 장군님! 어쩔거나, 우리 장군님. 어쩔거나. 가보세, 가보세, 허더니만 을미적 을미적, 결국에는 병신 돼서 못 가시는구나.

선무사   네 울음이 무척이나 처량하구나. (큰 소리로) 너도 동학당이 분명허렸다.

정읍댁   이보쇼, 나으리. 동학당이든 서학당이든 그것이 중헌 것이 아니요. 저어기 날망서 전봉준 장군님이 2인교 타고 오시는디….

엿장수 아따, 역시 장군님이라 대접이 틀리구만.

정읍댁 이 철없는 양반아. 그것이 아니라 장군님 다리도곤 다쳐가 꼬 실려 오는 것이여. 그 냥반 피골이 상접이고, 몸뚱이가 얼매나 가벼운지 교꾼놈들이 그 냥반을 던져놓고 받아놓 고 던져놓고 받아놓고 험선 오드랑게.

엿장수 암만, 그럴까? (멀리 바라보다 머리를 위아래로 들었다 놓았다 하며) 참말이네. 저 잡것들이 공기놀이하는 것맨치로 던졌다가 받았다가 던졌다가 받았다가 허네.

선무사 (멀리 보며. 울분) 듣자 하니, 일본군 압송대장 심뽀가 놀부 성 님에 변학도 스승이라 전봉준에게 갈 음식까지 다 뺏고 굶 긴다 하더니만.

엿장수 저런 시궁창에 쉰밥 말아 멕일 놈을 봤나. 어쩔꼬, 어쩔꼬.

정읍댁 우리 장군님 서울 가시는 길에 밥이라도 한 끼 지어 올렸 으면 좋것네.

엿장수 아니네, 아니여. 수삼 일을 굶었대도 자네 솜씨를 어디다 댄당가! 지금 여기는 맛의 진리, 맛의 올가미, MSG도 없을 것인디.

정읍댁 참말로, 그른 어쩐다요?

• 엿장수와 정읍댁은 고민하는 듯 신중한 표정으로 선무사를 맴돈다.

정읍댁 우리가 그 냥반 뜨신 밥 사 자시게 서울 가시는 노자라도 보텔까요?

엿장수 노자? 그거 좋은 생각일세. (선무사 보고) 헌데 그래도 됩니까요?

선무사 못 할 것은 아니지.

정읍댁 그럼 됐네. 여그 전주 사람들이 야박허든 않응게 다 같이 걷자고 헙시다.

선무사 그것도 못 할 것은 아니지.

엿장수 그럼 서둘러서 전봉준 장군 서울 가시는 노자를 걷읍시다.

선무사 여기 모인 백성들에게 이르노라. 이곳 전주에서 한양까지 족히 열흘은 걸릴 터. 전봉준에게 따뜻한 국밥이라도 먹일 수 있도록 노잣돈을 대는 것은 어떠신가?

엿장수 잠깐! 근디 나으리를 어찌 믿고 돈을 낸다요? (관객에게) 저 사람 믿을 수 있을까요? (관객: 믿읍시다) 좋소. 그럼 한번 믿어 봅시다.

선무사 노잣돈을 내는 백성들에게는 잠시나마 죄인의 손이라도 잡을 수 있도록 내 허락을 할 것이다.

정읍댁 오늘 엿 판 돈 다 넣어야 쓰것네.

엿장수 돈 낸 사람들은 저기 저 사발통문에 이름을 적으시오.

- 엿장수와 정읍댁이 통을 들고 객석을 돈다. 사람들에게 이름을 쓰게 한다.

엿장수 서울 가는 전봉준 장군 노잣돈을 걷습니다. 장군님께 밥 한 끼 대접할 비용이면 충분하니, 좋다 싫다 말들 말고, 짜 다 싱겁다 투정 말고 서둘러 내시오. 오천 원이면 콩나물 국밥이요, 만 원이면 비빔밥, 이만 원이면 비빔밥 정식, 오 만 원이면 오모가리탕, 십만 원이면 한정식이라. 내는 만큼

복 받으리. 백 원, 오백 원, 천 원, 이천 원도 정성 담아 받
으리다.

선무사 이보게, 사람들에게 그냥 내라 하니 소득이 시원찮네. 자네
가 노래라도 하는 것이 어떠한가?

• 정읍댁이 〈전주아리랑〉을 부르는 사이, 엿장수와 선무사 돈을 걷는다.

선무사 이만하면 노잣돈은 충분하고, 이제 문제는 밥이오.

엿장수 밥? 밥이 문제라니? 뭔 밥? 찬밥, 더운밥, 선밥, 눌은밥, 된
밥, 쉰밥, 뭔 밥? 익은 밥 먹고 설은 소리 허는 밥?

정읍댁 그것이 아니고, 오늘 여그 전주서 뭔 밥을 대접허느냐, 허
는 말이것지요.

엿장수 유네스코 음식창의도시 전주에서 뭔 걱정이여?

정읍댁 왜 걱정이 안 돼? 어젯밤 술을 자시지도 안 혔을 터. 콩나
물국밥은, (관객과 함께) 패스. 한정식은 음식 가짓수는 많으
나 차리는 시간이 오래 걸리니, (관객과 함께) 패스. 오모가리
탕은 보양식으로 최고이나 전주천에 가서 동자개와 피래
미 잡아야 허니, (관객과 함께) 패스.

선무사 그럼 어찌한다? (객석 보고) 전주 백성들에게 묻겠소. 전봉준
에게 무엇을 먹이면 좋겠소. (관객들: 전주비빔밥!!!)

엿장수 그거 좋네, 전주비빔밥. 갖은 채소 고명 얹어 맛도 좋고 영
양 만점! 제가 전주 장터에서 비빔밥을 제일 잘 비비는 사
람을 찾아보겠습니요.

• 엿장수와 정읍댁은 관객들을 비집고 다니며 주모를 찾는다.

엿장수   전주비빔밥 잘 비비는 아주머니 어디 없는가?

주 모   (객석에서 주모가 나온다) 여기 있네. 내가 그 아주머니일세.

3막 〈녹두장군 비빔밥뎐〉

• 경쾌한 음악과 함께 엿장수가 주모를 데리고 온다.

선무사 자네가 전주에서 비빔밥을 가장 잘 비벼 낸다는 주모인가?

주 모 전주 고을 손맛 좋은 여편네들 지천이지만, 비빔밥 잘 비벼 올리는 년은 이년뿐인 줄로 아뢰오.

선무사 자네는 혹시 전봉준을 본 적이 있는가?

주 모 전주 고을 백성이믄 안 본 사람 없지요. 작년 9월 전주서 농민군 모집할 때는 맨날 봤는디요. 하이고, 그때 얼매나 사람이 많던지 전주 백성이 곱절은 됐지요. "줄을 서시오. 줄을 서시오." 제가 그때 사람들 줄 좀 세웠는디….

선무사 자네도 동학에 가담했다는 겐가?

주 모 아니, 밥 먹것다고 밀려온 사람들 줄을 세웠지요. 우리는 그런 날이 대목 아닙니까? "이번 거사에 응하지 않는 자는 불충무도라. 충의의 선비로서 창의의 뜻을 함께하자." 뭔 말인지는 잘 모르지만 얼매나 멋졌는디요.

선무사 괴수 전봉준이 그리 멋지던가?

주 모 아니, 제가 만든 비빔밥이 멋지다고요.

선무사 자네가 만드는 비빔밥은 어떤 비빔밥인가?

주 모 (무릎) 뜻풀이니까 글자 연하게 곤 물로 지은 허연 쌀밥에

십여 가지 제철 채소 고명으로 얹어 놓고, 맵고 찰진 고추
장 한 숟가락 척, 올린 밥이지요.

선무사 내가 어디서 듣기로 전봉준이 전주 머물 무렵, 전주비빔밥
을 즐겼다고 하던데?

주 모 하믄요. 제가 밥을 하늘 높이 고봉으로 쌓아 올려 드렸는
데도 밥알 하나 남김없이 쓱쓱 싹싹 비우고는, 그 그릇에
다 찬물 한 사발 떡허니 붓고, 새끼손가락으로 홰홰 저어
서 꿀꺽꿀꺽 잘도 드십디다.

엿장수 비빔밥에 물을 부어?

주 모 아니, 다 드시고 나서.

엿장수 그렇다고 해도….

주 모 밥알 귀한 줄 아는 사람은 다 그렇게 먹습디다. 내가 우리
녹두장군 살째기 오셨을 적, 형형색색 비빔밥을 어찌 비벼
드렸는지 말해 드릴까요?

○**노래** 〈전주비빔밥〉

(주모)　　동쪽으로 봄이 와서 천지가 푸르거니
　　　　　푸른 호박 살짝 삶아 웃저지로 얹어 놓고
　　　　　서산 너머 해가 진 뒤 흰빛이 비치나니
　　　　　도라지난 하얀 분의 치장허고
　　　　　남쪽 세상 여실 적으 붉은 피 흘렸으니
　　　　　붉은 뿌리 당근 채로 가립지요
　　　　　한양땅으 대소신하 음침하고 흉악허니
　　　　　검은 나물 고사리난 꼭꼭 씹어 삼키소서
　　　　　채소 나물 이팝들이 서로 잘나 섞잖으면

찬지름 고루 뿌려 쓱싹쓱싹 드사이다

엿장수   거참, 듣기만 해도 맛나네.

주 모   맛나지, 맛나. 헌데, 우리 녹두장군님이 만들어 주신 비빔
밥은 더 맛나지요.

엿장수   녹두장군님이 어떤 비빔밥을 만들어 주셨소?

      (주모)   아비는 아비요 자식은 자식이나 임금은 임금이
아니요 신하는 신하 아닌 시덥잖은 세상이라, 전
주비빔밥 사방팔방 제철 채소 채운 뒤에 한가운
데 비웠더니, 녹두장군 가운데 빈 비빔밥을 한술
뜨시고는 가로되,
가온데난 황토 빛깔 본래부터 땅의 자리
땅은 곧 백성이요 노랑도 곧 백성이라
전주천변 달구새끼 계란 하나 놓았거든
오방색의 노른자로 그 빈 땅을 채우시게

주 모   전봉준 장군께서 그 빈 곳에 노란빛 노른자로 화룡점정 찍
어 주셨지요.

    • 주모는 한쪽으로 가서 비손한다. 처량하다가 즐겁다.

주 모   장군님. 새 세상 열리도락 노른자 황포묵 한데 올려 비나
리 헐지니 임금이 백성에 섞이고 백성이 임금에 섞이기를
비비고, 비비고 또 비비나이다. 동학의 꿈 대동세상 밥으로

다 이루소서

　　　부디 빌고 비나이다 장군님전 비나이다
　　　동학의 꿈 대동세상 밥으로다 이루소서

• 선무사는 한쪽에서 그 모습을 보고 측은해한다.
• 주모의 노래가 마무리될 무렵. 멀리서 들려오는 소리.

(E · 사람들)　전봉준이 온다! 전봉준이 온다!

4막 〈선무사〉

- 2인교에 실린 전봉준이 압송대장과 함께 등장한다.

압송대장 (전봉준 보고) 다리를 다쳐 호강하는구나. 말 꼬리에 묶어 질
질 끌고 가야 할 것인데.

- 주모와 엿장수가 마중을 하러 가듯 옆에 붙어 따른다.

주　모 (전봉준의 옆을 따라가며 교꾼들에게) 살아도 귀하고 죽어도 귀
한 몸이시니 솔찬히 아깝고 아깝게 다루시오. 안 그러면
전주 바닥에서 물 한 모금도 얻어먹기 힘들 것잉게. (전봉준
보고) 장군님, 장군님, 쇤네, 알아보시겠습니까?

- 전봉준, 고개를 숙인 채로 끄덕인다.

엿장수 아이고, 이 썩어 문드러질 놈들. (살피며) 피부가 솔찬히 상
했네요, 잉. 증말로 쫄쫄 굶겼는갑네. 먹고 죽은 귀신이 때
깔도 좋다던디, 우짜까, 우짜까.

압송대장 (혼잣말하듯) 죄인의 때깔이 좋아서 무엇 할까? 죄인 피부가
좋다고 사형이 집행유예로 감하는 것도 아니고. (자신의 말에

놀라, 엿장수 보고) 더러분 조센징. 저리 썩 꺼져라.

엿장수 (피하며, 중얼중얼) 내가 뭐 동네 개새끼도 아니고, 뭘 꺼지라
마라 헌대?

- 엿장수와 주모가 비켜서면, 선무사가 행렬과 압송대장 앞에 선다.

선무사 (큰 소리로) 행렬을 멈춰라! 행렬을 멈춰라!

압송대장 너는 또 뭐냐? 네가 뭔데 죄인의 호송을 멈추라 하는가?

- 2인교가 무대 중앙에 선다.

선무사 그대가 일본군 압송대장이오?

압송대장 그렇다.

선무사 나는 조선 정부에서 파견한 선무사요.

압송대장 조선 정부의 선무사?

선무사 죄인을 어찌 호송하는지 살피러 왔소이다.

압송대장 조선 정부는 폭도의 진압과 군의 지휘권을 우리 일본군에
게 넘겼다.

선무사 알고 있소. 그렇다고 해도 우리가 관리 못 할 일은 아니오.

압송대장 국제법이 그러하던가? (관객들 앞에서 표정을 바꿔) 자, 조센징
들은 보아라. 우리 대일본 제국은 국제법을 중시하는 문명
국가이기에 죄인 호송에 최선의 예를 갖추고 있다.

- 선무사가 고개를 숙인 전봉준을 살핀다.
- 엿장수는 극의 흐름을 방해하지 않는 범위에서 선무사의 말에 추임새

를 하거나 압송대장의 말에 토를 단다. 시선은 객석을 향하고, 혼잣말 하듯 웅얼거린다.

선무사   대체 죄인 관리를 어찌 한 것이오? 다리 상처는 치료하였소?

압송대장   조선의 벼슬아치가 동학의 괴수를 걱정하다니…. 당신 선무사 맞소?

선무사   나는 조선 임금의 명을 받은 선무사요.

압송대장   증표를 보이시오.

선무사   (뭔가를 내보이며) 자, 여기 우리 임금께서 하사한 증표가 있다. 다시 묻겠다. 죄인의 상처는 치료하였는가?

압송대장   어차피 곧 죽을 목숨이다.

엿장수   (객석 보며) 참말로 야박스럽네, 야박스러.

선무사   듣자 하니, 밥도 물도 주지 않는다고 하던데….

압송대장   나는 죄인의 호송을 하달받았지, 죄인에게 밥과 물을 먹이라는 명령은 받지 못했소.

엿장수   (객석 보며) 저놈은 똥 싸고 즈그 어매가 밑구녕 닦으라고 혀야 닦을 놈이구만.

선무사   국제법에 죄인을 그리 대하라고 돼 있소?

압송대장   국제법이…? 글쎄올시다. 죄인에게 밥을 주고 싶어도 줄 밥도 없고, 사 먹일 돈도 없소.

선무사   우리가 죄인의 밥값을 댈 터이니 호송하는 길에 밥을 먹이시오.

사람들   먹여라! 먹여라!

압송대장   (객석을 보고) 빠가야로, 조용하지 못해? 한마디만 더 하면 모두 동학교도들로 간주해 즉결 처형하겠다.

선무사 내가 당신들과 함께 가겠다.

압송대장 동학 괴도 압송은 우리 일본군의 몫이다. 허락할 수 없다.

선무사 당신의 허락을 받을 이유가 없다.

압송대장 그렇게 할 일이 없던가?

선무사 전주 땅 백성들이 충분한 노잣돈을 모아 주었다. 그에 보답하려는 것뿐이다.

전봉준 (고개를 들고) 이보시오. 이제 죽을 몸, 헐벗고 굶주린 백성들이 도처인데 내 몸 하나 배부르자고 그럴 수는 없는 일이오.

선무사 그대는 지금 어떤 선택권도 없다.

- 선무사가 전봉준의 시선을 피하면서 심문한다.

선무사 우선 죄인을 확인해야겠소. 너의 이름은 무엇인가?

전봉준 전봉준이오.

선무사 너는 전라도 동학의 괴수라는데 그러한가?

전봉준 애당초 의를 물어 군사를 일으킨 것이오.

선무사 작년 3월 고부에서 백성을 모은 것은 무엇 때문인가?

전봉준 고부 군수가 권력을 남용하고, 강제로 세금을 거둔 뒤 수탈과 착복을 일삼았으며, 백성들을 강제로 부역시켰소. 정해진 것 외에 가렴(苛斂)한 것이 수만 냥이었으므로 민심이 원한에 맺혀 군사를 일으켰소. 이 외의 허다한 조목은 가히 입에 담기도 부끄럽소.

선무사 너는 어떤 피해를 보았는가?

전봉준 없소.

압송대장 (나서며) 거짓말 마라. 일대 백성이 모두 수탈을 당했는데 너는 왜 피해를 보지 않았는가?

전봉준 (압송대장을 노려보며) 내가 가진 전답은 세 마지기뿐이요. 또한, 선비의 몸으로 아침에는 밥을 먹고 저녁은 죽으로 사는 터인데 수탈당할 것이 어찌 있었겠는가?

압송대장 (선무사를 가로막고 나서며) 피해도 없으면서 난을 일으켰다고?

전봉준 백성들의 원한이 하늘에 닿았기에 탐관오리의 학정을 없애고자 했을 뿐이다.

압송대장 너 개인의 안위를 위한 것 아니냐?

전봉준 일신의 피해를 면하려고 군사를 모았다면 그것을 어찌 사내대장부라 하겠는가?

압송대장 말이 되는 소리를 해라.

전봉준 하하하. 네놈들이 어찌 그 뜻을 알 수 있으리.

압송대장 누구와 공모했는가?

전봉준 나에게 동지는 있으나 나를 종용한 이는 없다.

압송대장 쓴맛을 봐야 말을 제대로 하겠구나.

선무사 심문하는 사람은 나요. 압송대장은 끼어들지 마시오.

압송대장 (무시하며) 아무래도 이놈 손톱 사이에 죽침을 꽂아야 바른말을 할 것 같구나.

선무사 전주에 입성할 때 전라감사는 없었는가?

전봉준 전라감사는… 우리 군사가 오는 것을 보고 도주했소.

압송대장 도주? 하하하. 조선의 관리라는 자는 도주했다?

선무사 (압송대장의 말을 무시하고) 전주성을 선택한 이유가 무엇인가?

전봉준 전주는 전라감영의 소재지며, 전라도의 수부(首府)요. 태조대왕의 영정을 보관한 경기전이 있고, 시조와 시조비의 위패를 봉사한 조경묘가 있는 영지이기 때문이오.

선무사 그렇다면 정부군을 전주성에 들어오게 한 이유는 무엇인가?

전봉준 정부군이 용머리고개에 진을 치고 성을 향해 대포를 쏘아 경기전과 민가를 파괴했소. 전주성이 더 피해를 보면 안 되겠기에 우리는 그들의 입성을 허락했고, 다행히 그들은 우리가 바라는 것을 해주겠다고 말하므로 해산했소.

선무사 그 뒤에는 무엇을 했는가?

전봉준 각기 집으로 돌아가 농사에 힘썼으며, 일부 무리가 민가를 약탈한 일도 있었다고 하오.

압송대장 (끼어들며) 그렇지. 너는 또한 그 무리의 괴수였겠지?

전봉준 그런 일 없다.

선무사 (빠르게 끼어들며) 일본군 대장은 그 입을 다물라. (전봉준에게) 지난해 9월 다시 군대를 일으킨 이유는 무엇인가?

전봉준 일본이 개화라 칭하면서 일언반구 동의도 없이 백성에게 몹쓸 것들을 전파하고, 격서(檄書)도 없이 군대를 도성에 끌어들여 밤중에 왕궁을 격파해 왕을 놀라게 하지 않았소. 초야에 묻혀 있어도 임금을 섬기고 나라를 사랑하는 마음은 있소. 우리는 일본군에게 그 사실과 책임을 묻고자 했소.

압송대장 동학교도 따위가 우리 대일본군에게 대항한단 말인가?

선무사 (빠르게) 그대는 입을 다물라. 너희 말로 해야 알아듣겠는가?

압송대장 너희 동학비도들은 결국 지지 않았느냐? 하하하.

선무사 (화내며) 빠가야로! 입을 다물라 일렀다.

• 선무사의 말에 격분한 압송대장이 칼을 빼 겨눈다. 선무사도 칼을 빼

겨눈다.

사람들　빠가야로!!! 빠가야로!!!

- 둘러선 백성들을 보고, 압송대장과 선무사는 잠시 대치하다 칼을 접는다.

전봉준　우리는 일본군과의 전투에서 패했다. 그러나 우리의 패배가 조선의 패배는 아니며, 조선 백성의 패배는 더더욱 아니다.

- 전봉준이 말하는 동안 압송대장은 선무사의 지적을 비웃듯이 얄밉게 선무사를 놀린다.

선무사　(압송대장에게 크게 화내며) 백성을 선무해야 할 책임은 나에게 있다. 만약 다시 한번 참견하고 나선다면 그 입을 찢어 버리겠다.

사람들　잘한다! 잘한다!

- 압송대장과 선무사가 다시 칼을 꺼내 겨룬다. 그러나 곧 선무사가 칼을 거둔다.

압송대장　왜 칼을 거두는가? 조선에는 무사도 정신마저 없는가?

선무사　상대할 가치가 없어서다.

- 주모가 급하게 나온다.

주 모 대장 나으리, 대장 나으리. 전주 아전님네들이 대장님을 모
시겠다고 합니다. 전주천변 한벽루에 상을 봐 두었습니다.

압송대장 그래? 그러고 보니 시장하구만. (으스대며) 선무사, 그대는
계속 심문하시오.

주 모 (다정하게) 대장 나으리, 일본 놈들은 매운 걸 못 먹는다면
서요? 제가 안 맵게 오모가리탕을 끓이라고 말하리다. 까
시가 단단히 박힌 놈으로다. (관객들 보고) 목에 꽉 찔려 디
지게.

- 압송대장을 데리고 나간다.

압송대장 (나가다 멈춰서 군사들을 향해) 너희들은 지금부터 전주성을 샅
샅이 뒤져라. 동학의 경전이나 명첩만 소지했어도 즉시 체
포하라. 아니, 현장에서 사살해도 좋다. 농민군인지 일반
백성인지 구별이 가지 않는다면, 그냥 농민군이다. 자, 출
발해.

- 세 사람 나가면, 선무사가 전봉준 앞에 선다.

전봉준 (허공을 향해) 너희들은 나의 원수요, 나는 너희들의 원수니
너희들은 마땅히 나를 죽일 것이다. 여러 말 필요 없다. 나
는 죽음을 기다린 지 오래다.

- 선무사는 압송대장이 사라진 것을 다시 확인하고, 모자를 벗고, 전봉준에게 큰절한다.

선무사　형님, 형님. 저 민중이올시다. 손민중이요. 형님을 지키지 못한 못난 동생 민중이요.

전봉준　민중이? (자세히 살피고) 손 장군, 잡히지 않았구려. 다행이오.

손민중　형님을 구하려고 선무사 노릇을 했소.

전봉준　너무 위험하다. 네 얼굴을 아는 이들이 적지 않을 것인데….

손민중　형님, 형님의 한이 서린 우금치나 문경새재 어디서든 놈들 감시가 소홀해지는 때가 있을 것이오. 그때 반드시 형님을 구출하겠소.

전봉준　아! 아니다. 그만두어라.

손민중　무슨 말씀이오? 뒷일을 도모해야 하지 않소?

전봉준　뒷일? 뒷일이라….

손민중　우리가 공주성만 먼저 점령했어도 달라졌을 거요.

전봉준　그랬겠지. 허나, 우리가 부족했던 것도 사실이다.

손민중　제가 형님을 도와 공주에 갔어야 했는데, 죄송합니다.

전봉준　너는 바다를 지키지 않았느냐.

손민중　간악한 일본의 계략에 당한 겁니다.

전봉준　누구를 탓하겠느냐? 우리가 그들보다 영악하지 못한 것을….

손민중　형님, 공주에서 패한 뒤 왜 다시 거병하지 않으셨습니까?

전봉준　일본군과 접전 후 일만의 군사가 삼천으로, 다시 오백으로 줄었다.

손민중　다시 모으면 되지 않습니까?

전봉준　김제 금구에서 모집했지만, 기율(紀律)이 없어 다시 싸울 수 없었다.

손민중　작년에 전주화약을 맺지 않고 조금만 더 나아갔다면….

전봉준　그래. 조금만 더 전진했다면 조선 왕실을 직접 만날 수도 있었겠지. 그러나 우리는 조선 사람이다.

손민중　(흥분하며) 형님, 개남이 형님을 밀고한 것도 양반 놈들입니다.

전봉준　알고 있다. (크게 한숨 쉬며) 저어기, 저 초록바위 아래에서 죽었다지?

손민중　아! 개남이 형님이 효수되고, 양반 놈들이 뼈와 살을 발라 지들 선조의 제사상에 올렸답니다. 형님 구출한 후에 그놈들 잡아 죽이고 저도 죽을랍니다.

전봉준　(눈을 지그시 감고) 그들을 용서해라.

손민중　용서라니요. 용서라니요.

전봉준　그들 역시 힘없는 조선 백성이다. 그들에게도 사연이 있겠지.

손민중　형님은 언제까지 부처 같은 소리만 할 겁니까?

전봉준　민중아, 어서 떠나거라. 너라도 목숨을 부지해라.

손민중　개남이 형님도 죽고… 형님마저 죽는다면 이깟 목숨 무에 그리 아깝겠소. 차라리 저 일본군 대장을 죽이고 나도 형님의 뒤를 따르겠소.

전봉준　그런 소리 말아라. 귀히 쓰일 목숨이다.

손민중　귀하긴 무엇이 귀하오. (큰 소리로 부르짖으며) 오로지 백성을 위해서 힘을 다했건만, 왜 우리는 왜놈들의 손에 사형을 당해야 한단 말인가? (전봉준에게 다가가) 형님, 조금만 기다리시오. 동지들을 다시 모아보겠소. 나는 형님을 꼭 구출해야겠소.

전봉준 민중아, 민중아!

- 손민중이 밖으로 나간다.

5막 〈당신들의 선혈〉

• 홀로 한탄하는 전봉준. 시를 암송한다.

전봉준 (읊조리듯) 때를 만나서는 천지가 모두 힘을 합치더니, 운(運)
이 다하매 영웅도 스스로 도모할 길이 없구나. 백성을 사
랑하고 의(義)를 세움에 나 또한 잘못이 없건마는 나라를
위한 붉은 마음을 그 누가 알까?

• 전봉준이 다친 다리를 붙잡고 신음한다.
• 주모와 엿장수가 비빔밥 한 그릇을 들고 급하게 들어온다.

주 모 (관객들에게) 조선놈이나 왜놈이나 술 처먹응게 다 똑같데.
술 취헌 게 우리 집 양반보다 더 개 같어.

엿장수 대장 놈은 야물드만요. 죄인 호송 중이라고 술은 입에 대
도 안 허고 어디로 후다닥 가버리드만.

주 모 딱, 본게 개꽌디… 어찌 똥을 참았으까? (객석에 있는 보두네
신부를 보고) 버드나무 신부님 아니여?

보두네 네, 안녕하세요. 보두네입니다.

주 모 긍게, 보드, 버드나무 신부님. 언제 돌아오싯대? 난리 났다
고 싹 다 가 버릿잖여. 인제 돌아오시는 거요?

보두네 네. 이제 완전히 돌아올 겁니다.

주 모 그때, 잘 도망갔어요. 아마 여그 계싯으믄 큰일 치렀을 거여.

엿장수 (둘러보며) 그나저나 아까 그 모자 쓴 냥반은 어디로 갔다야. 돈 갖고 튄 것 아녀?

- 주모가 조심스레 전봉준 앞으로 간다. 큰절을 하고 비빔밥을 올린다.

주 모 장군님께서 전해 주신 전주비빔밥 녹두장군 편으로 한 그릇 올립니다. 개미지게 드셔요, 잉. (나가면서) 엿장수 양반, 거서 있지 말고 우리 녹두장군님 비빔밥 잘 비벼 드시게 옆에서 시중 좀 잘 들어.

엿장수 내가 비비는 것은 선순게 걱정 마쇼. (관객에게) 시방이나 옛날이나 돈이믄 안 되는 것이 없당게. 일본 놈 쫄짜 군인헌티, 아까 여러분이 걷어 준 돈을 쪼까 덜어서, 빤스나 한 장사 입으라고 쥐어 중게, 그놈이 그러듬만. 소원을 말해 봐. 그래서 내가 그릿지. 전봉준 장군헌티 비빔밥 한 그릇 주고 싶다고. 혔더니, 기냥 갖다가 드리라고 허더라고. 참 쉽데. 근디 이것을 왼쪽으로 비벼야 혀, 오른쪽으로 비벼야 혀? 기냥 가운데서 파 버려? 확, 뒤집어?

- 주모는 나가고, 엿장수는 옆에서 비빔밥 비비기에 몰두하면서 대화에 낀다.
- 보두네 신부가 전봉준에게 다가와 자신의 옷을 찢어 다리를 묶어 준다.

전봉준 그대는 누구요?

보두네　나는 전주에서 신의 축복을 전하는 신부 보두네입니다.

전봉준　물러가시오. 나는 그대의 선의를 받지 않겠소.

보두네　나는 당신의 친구입니다.

전봉준　상대를 괴롭히거나 소유하려는 자는 친구가 될 수 없소.

보두네　왜 그런 말을 하십니까?

전봉준　세상을 어지럽고 무질서하게 만든 것은 부패한 고관들이
　　　　며, 조선을 침략하려는 왜놈과 양놈들이오. 일본과 서양 오
　　　　랑캐들은 교대로 침략해 우리 임금과 백성을 위협했소. 내
　　　　앞에서 물러나시오.

보두네　우리는 조선에 천주의 뜻을 전해 주고 싶었을 뿐입니다.

　• 엿장수가 비빔밥 그릇을 들고 슬그머니 다가온다.

엿장수　말씀 중에 대단히 죄송한데요, 신부님이 훌륭허신 분인 줄
　　　　은 알것으나, 프랑스에 연락해서 병인년에 강탈해 간 우리
　　　　문화재나 내놓고 말씀하시면 좋겠네요.

보두네　무슨 말씀이십니까?

엿장수　강화도에서 약탈해 간 외규장각 도서는 몇 년 전에 돌아왔
　　　　는데요, 우리 것 뺏아간 도적들이 우리 것을 우리헌티 대여
　　　　해 준답디다. 근디 그것도 145년이나 걸렸어요. 아직도 직
　　　　지심경이랑 돌려주실 것이 겁나게 많아요. 모르시믄 그냥
　　　　알고나 계시라고요. 두 분 말씀 중에 대단히 죄송했습니다.
　　　　(중얼중얼) 이거 다 비볐는데…. 장군님 식사허셔야 헐 텐디.

보두네　당신은 왜 동학에 입교했습니까?

전봉준　사람의 마음을 지키고, 하늘님 공경을 가르치기 위해서요.

보두네   당신은 정치적인 목적을 위해 동학을 이용한 것은 아닙니까?

전봉준   당신의 나라에서는 당신들이 모시는 하늘님을 두고 전쟁을 하는지 모르겠소만, 우리는 그렇지 않소. 동학은 조선 땅에서 자연히 일어난 것이며, 그것에 종교와 정치의 구분이 있을 수 없소. 우리의 거병은 백성의 한이고 원이오. 잘못된 나라를 바로잡고 도탄에 빠진 민중을 구제하겠다는 것이 곧 보국안민(輔國安民)이오.

보두네   인내천(人乃天)은 무엇입니까?

전봉준   넉넉한 사람과 가난한 사람, 지식이 있는 사람과 없는 사람들이 서로 돕고 아껴야 한다는 것이오.

보두네   그건 우리와 같습니다. 귀천이 따로 없고, 모든 사람은 자기 안에서 가장 성스러운 존재인 하나님을 모셔야 합니다.

전봉준   아니오. 당신들은 어떤 한 사람만을 하늘의 아들이라고 주장하는 걸 들은 적 있소. 아니오. 결코 그런 것이 아니오. 모든 백성이 하늘의 자식이오. (격양되며) 아니오. 모든 사람이 곧 하늘이니 사람 섬기기를 하늘 섬기듯 하라, 어린아이도 여자도 양반도 농민도 상민도 노비도 백정도 모두 하늘님으로 대접하라, 사람뿐 아니라 풀 한 포기, 나무 한 그루, 벌레 한 마리 모두 하늘님이니, 하늘과 사람 그리고 만물을 두루 공경하라, 그게 인내천이오. 보두네, 당신이 포교해야 할 것은 바로 그것이오.

보두네   당신들은 척양척왜(斥洋斥倭)를 주장하지 않습니까?

전봉준   척양척왜는 누구 한 사람의 주장이 아니오. 그것은 만백성의 바람이오. 자! 저기를 보시오.

- 반대편에서 어느 여인으로 분한 정읍댁이 퍼질러져 앉아 있다.

여 인   지랄도, 지랄도…. (새를 쫓는) 훠어이, 훠어이. 니들은 또 뭔
존 일 있다고 그리 쉬도 않고 울어 쌓냐? 하늘님, 우리 촌
사람들 팔자가 어떤지 모르시우? 여름 한철이나 겨우 시껴
먼 꽁보리밥 얻어먹지, 여니 땐 편편 굶구 지내우. 옷이 어
디 변변허우? 삼복에 무명것 친친 감구 살지, 동지섣달 맨
발에 홑고쟁이 입구 더얼덜 떨고…. 그러구서두 일은 육즙
나게 허지요! 머, 말이나 소 같지요! 도무지 사람 꼴루 뵈
들 않는걸! … 그렇게두 못 얻어먹구 헐벗구 뼈가 휘게 일
을 하구 그러구두 밤낮없이 뺏기는디. 이놈의 신세, 차라리
개만두 못하지… 흥부 새끼들처럼 제비 다리 부러지는 날
만 기다리고 있으얄랑가. … 애아부지라도 있으믄 싸라기
한 되라도 빌리 와서 콩나물죽이라도 쑬 판인디….

ㅇ노래 〈달아 달아 밝은 달아〉
(정읍댁)   시상살이 심난허다 밤길도곤 무섭구나
달아달아 밝은달아 중천엘랑 높이떠서
내낭군을 비춰다오 내님앞길 밝혀다오
달빛아래 녹두꽃아 허허벌판 잠깨워라
내낭군을 비춰다오 내님앞길 밝혀다오

- 압송대장이 전봉준과 보두네 쪽으로 뛰어 들어온다.

압송대장   내가 그럴 줄 알았다. (보두네 멱살 잡고) 너, 이놈! 네가 황해

도 애기접주지?

- 당황하는 보두네. 주모가 압송대장을 쫓아 들어온다.

주　모　대장 나리, 대장 나리. 그 냥반은 신부님입니다.

압송대장　무슨 소리야! 황해도 애기접주가 전주에 출몰했다는 첩보를 입수했다.

주　모　그 냥반은 불란서서 온 천주교 신부요. 그 냥반 건딜면 큰일 나요. 전쟁 나요, 전쟁.

압송대장　불란서? (훑어보고) 이봐! 저자는 아주 잔악하고 무도한 동학비도의 괴수다. 가까이하면 물릴 수도 있으니 멀리 떨어져라.

보두네　(압송대장) 잠시, 잠시만 저 사람과 이야기할 시간을 주시겠습니까?

전봉준　나는 할 말이 없소.

압송대장　죄인은 조용히 하라.

주　모　(비빔밥을 보고) 내가 이럴 줄 알았어. 우리 신부님은 다 좋은디 말이 너무 많어. (보두네 보고) 계속 말 시켰죠? (엿장수 보고) 자네는 머 혔어. 잘 드시게 허랑게.

- 주모와 엿장수가 한쪽으로 옮겨 옥신각신하면, 보두네는 전봉준 앞에 무릎을 꿇고 기도하듯 말한다.

보두네　내가 지금은 그대의 말을 다 이해하지 못합니다. 내 나라에서 약탈해 갔다고 하는 그대들의 문화재를 돌려드릴 능력도 없습니다. 대신 내가 가진 모든 것을 전주와 전주 사람들을 위해 내놓겠습니다. 그리고 오랜 세월 변하지 않을 성당을 세우겠습니다. 천주교 순교자들과 당신들의 선혈이 어린 저 남문 밖 성곽의 돌로 성당을 쌓겠습니다. 그리고 가장 가까운 곳에서 그대들을 위해 기도하겠습니다. 이것이 내가 할 수 있는 모든 것입니다.

전봉준   하늘은 당신에게 있소. 당신의 마음, 그 속에 있소. 하늘을 키우시오.

• 보두네, 쓸쓸하게 사라진다.

6막 〈청년 김구를 구출하라!〉

• 엿장수와 정읍댁이 각각 반대편에서 나타난다. 두 사람은 오래 헤어졌다 만나는 연인처럼 "임자!" "서방님!" 하면서 부둥켜안는다.

엿장수　임자, 어디 있었는가?

정읍댁　어딨긴 어딨어. 내내 장터 귀경 댕겼지. 그 잠깐도 못 참어? 어쩌까, 잉. 그른 나를 아예 호주머니에다가 넣고 댕기등가.

엿장수　내가 아까 자네랑 똑같이 생긴 사람을 봤네.

정읍댁　그새를 못 참어서 또 딴 여자헌테….

엿장수　아녀, 아녀. 나는 자네가 옆에 없으면 세상 모든 여자가 다 자네처럼 보이능가벼.

정읍댁　(어이없음) 이것이 말이여, 막걸리여? 좋은 말이여, 나쁜 말이여, 뭐여?

엿장수　그건 그렇다고 허고. (보두네가 사라진 쪽을 가리키며) 자네 저 양반이 누군지 아는가? 보두네 신부라고 저기 전동성당 세운 신부님이여. 내가 오늘 존 귀경을 많이 허는고만.

정읍댁　전봉준 장군이랑 보두네 신부랑 잘 아는 사이였는가 비네?

엿장수　그런가? 아녀, 그건 아닌 것 같은디. 여튼 전봉준 장군은 전주 지나서 한양에 갔고, 보두네 신부는 전주서 전도헸응게 만났을 수도 있것지, 뭐.

정읍댁 (압송대장을 보고) 저놈 봐요. 발정난 망아치맨치로 왜 저리 씩씩거린대?

엿장수 전주에 누가 왔대.

정읍댁 누가?

엿장수 몰라? 황해도서 애기접주가 왔대.

정읍댁 애기접주가 뭐여?

엿장수 나이가 어린 접준게 애기접주라고 혔것지.

정읍댁 아따, 우리 서방님이 겁나게 유식해졌고만.

엿장수 그나저나 아까 그 선, 선 머시기….

정읍댁 선 씨?

엿장수 그려, 선 씨. 그 선 씨는 왜 안 보여? 이놈의 자식이 돈 갖고 튄 거 아녀?

정읍댁 아까 저잣거리서 막 뛰어가는 거 봤는디.

엿장수 틀림없네. 이놈이 도망갈라고 연습하는감만. 그것이 어떤 돈인디. 임자, 어여 잡으러 가드라고.

- 엿장수와 정읍댁 나가면, 한쪽에서 씩씩거리던 압송대장이 전봉준에게 다가간다.
- 객석의 주모 옆에 김구가 있다. 압송대장 말에 화가 난 김구가 자꾸 앞으로 나가려 하면 말린다.

압송대장 저 양놈과 무슨 이야기를 했느냐? 지금 동학 접주 한 마리가 전주에 침입했다는 소문을 들었는데, 혹시 그 이야기를 한 것은 아닌가?

전봉준 듣고 싶은가? (호통치며) "망령되이 탐욕의 마음을 가지고 남의 나라에 웅거하여 공격을 장기로 삼고 살육을 근본으로 삼으니 진실로 무슨 마음이며, 끝내는 무엇을 하려는가. 안위의 기회는 너희들이 스스로 잡는 것이니 후회하지 말라. 우리는 두말하지 않겠노니 급히 너희 땅으로 돌아가라." 이렇게 일렀다.

압송대장 이놈이 아직도 정신을 못 차렸군.

• 압송대장이 전봉준에게 폭력을 행사한다.

압송대장 아까 선무사라고 했던 자가 혹시 동학 접주 아닌가?

전봉준 모른다. 아니다.

압송대장 그자가 수상해. 아무리 봐도 정부 관리는 아닌 것 같았는데….

전봉준 그자가 동학의 접주라면 당신 앞에 나설 일이 있겠는가.

압송대장 모르는 일이지. 동학 하는 것들은 겁대가리를 상실한 놈들이니까.

전봉준 남의 나라 일에 상관 말고 네놈 나라로 돌아가라.

압송대장 대일본 제국의 군인은 조선에 거주하는 일본인들을 보호해야 한다.

전봉준 우리는 무장하지 않은 일본인을 살상하거나 공격한 사실이 없다.

압송대장 대일본 제국은 조선에 중대한 사건이 발생하면 청국과 공동으로 출병한다는 조약을 맺었다.

전봉준 청일 양국 군대의 출병은 말이 안 되는 것이다. 우리는 일본군이 출병하기 전에 전주화약을 체결했고, 전주성에서 자진 철수하고 해산했다.

압송대장 지난해 가을 조선 정부는 농민 폭도들의 진압을 우리 일본 군에 위임했고, 군의 지휘권도 넘겼다.

* 선무사 들어온다. 내내 기회를 살피지만, 압송대장의 폭력성이 심해져 쉽지 않다.

선무사 진압을 의뢰받았어도 그 처벌은 조선의 법을 따라야 한다.

* 압송대장이 선무사를 유심히 살피며 선무사 주위를 돈다.

압송대장 도망간 것 아니었나? 우리 일본군이 무서워 도망간 줄 알 았는데.

선무사 조선 민중에 대한 사법권은 어디까지나 조선 정부와 조선 군대에 있다.

압송대장 조선 정부에서 파견 나왔다, 이건가? 국제법에 따르라.

선무사 너희는 조선의 국내법과 사법권을 무시하고 있는 것이 아 니라 국제법까지 무시한 것이다.

전봉준 너희는 비전투원인 동학의 신자들마저 모조리 학살했다. 일본 정부의 책임을 엄중하게 물어야 할 이유가 여기에 있다.

압송대장 뭐야? 둘이 한통속이야? 조센징은 다 똑같군. 우리 대일본 제국은 문명국가이며, 당신네 조선은 약소 비문명국임을 명심하라.

전봉준 (큰 소리로) 지난해 여름, 조선의 임금이 계신 경복궁을 불법으로 점령하고, 임금을 억류한 것이 문명국가에서 행할 일이더냐?

압송대장 조선의 관리들이 원한 것이다.

김 구 (객석에 있다가 앞으로 나서며) 허, 미친놈이로다. 당치도 않은 말 그만두어라.

압송대장 뭣이라? 미쳐?

• 주모가 김구를 말려보지만 소용없다.

김 구 어디서 거짓을 말하느냐. 너희들은 애초부터 청국과의 전쟁 구실을 만들기 위해 조선 내정을 공동으로 개혁하자고 제안했던 것이다. 그것은 우리 조선 정부의 주권을 무시하는 것이며, 조선의 백성을 업신여긴 것이다.

압송대장 (자세히 보며) 어린놈이 겁도 없이 잘도 지껄이는구나.

김 구 내가 아직 나이가 어려 사고는 부족하나, 인간의 도리와 상식은 안다.

압송대장 (김구 주변을 돌며) 별스러운 놈이로다. 어디에 사는 누구냐?

김 구 나는 황해도 해주에 사는 김구다.

압송대장 (떠보려는) 김구? 김구? 네놈이 팔봉접주 김구란 말이냐?

김 구 그렇다. 동학군 선봉장으로 해주성을 공략한 팔봉접주 김구다.

압송대장 (놀라서) 저놈을 잡아라. 저놈은 동학의 비도(匪徒)다.

김 구 네 이놈! 비도라니…. 적반하장이다.

- 압송대장 등이 김구를 폭행하고 무릎을 꿇린다.
- 그사이 아무것도 할 수 없는 선무사는 자괴에 빠진다. 선무사가 나가면, 엿장수와 정읍댁이 선무사를 쫓아 무대를 가로질러 나간다.
- 엿장수가 따지면, 선무사가 엿장수 부부에게 무언가를 부탁하는 듯한 행동들.

압송대장 동학 비도들은 정말로 간덩이가 다 부었구나. 내 앞에서 동학교도임을 말하다니…. 무모한 놈이로다.

김 구 네 이놈! 인간이 되려면 아직도 멀었구나. 임진년의 반성이 아직도 부족하더냐?

압송대장 임진년? 하하하. 대일본 제국에 난도질되었던 조선을 말하는 것이냐?

김 구 너희들은 늘 진상을 은폐하고 날조하기에 급급하구나. 네놈 나라에 혹시라도 상식이 있는 지식인이 있다면 부끄러움을 느끼리라.

압송대장 지식인들은, 일본 국민 모두가 더 자랑스러워하도록 하겠지. 하하하. 오늘은 수확이 아주 좋구나. 접주를 한 마리 더 잡았으니. 오늘은 아주 기분 좋은 날이로다.

- 압송대장이 김구를 다시 폭행한다. 전봉준의 옆에 무릎을 꿇린다.

압송대장 자, 네놈들이 얼마나 어리석은지 이야기를 나눠 보거라. (군사들 보고) 이놈들아, 네놈들이 휘젓고 다녀 봐야 헛것이다. 잘 봐라. 나는 앉은자리에서 접주 한 마리를 잡은 분이시다. 하하하. (나가면서) 그나저나 선무사 이자는 또 어디로 사라졌는가? 그자가 동학의 접주가 아닌 것이 밝혀졌으니 그나마 다행이군.

- 압송대장 나간다. 반대편에서 선무사와 엿장수 부부가 들어와 관객에게 돌멩이를 나눠 준다.

전봉준　자네가 황해도의 애기접주 김구인가?

김 구　예, 접주님.

전봉준　왜 귀한 목숨을 버리려 하는가?

김 구　단지, 접주님을 뵙고 싶었을 뿐입니다.

전봉준　청년은 용감했지만 신중하지 못하였다.

김 구　그렇다고 어찌 간악한 저들의 말을 듣고만 있습니까?

전봉준　역사는 민중의 분노를 먹고 자란다. 그러나 그 분노를 함부로 쓰지 마라. 귀한 목숨을 아껴 훗날을 기약하거라.

김 구　이제 다 끝난 것 아닙니까, 접주님.

전봉준　우리의 혁명은 끝났을지도 모른다. 그러나 그대의 혁명은 이제부터 시작이다.

김 구　저의 혁명이요?

전봉준　그래, 그대의 혁명. 그러나 그것은 준비된 자에게만 허락되는 것이다.

김 구　무슨 말씀인지 모르겠습니다.

전봉준　조선의 청년아, 우리의 꿈은 달콤했으되 아득하였다. 우리의 혁명은 서두르지 못해 실패하였으나, 우리 뒤에 올 혁명은 더 느리게 가야 할 것이다.

- 전봉준이 손민중을 부른다.

전봉준   민중아, 마지막 부탁이 있다. 이 청년의 목숨을 구해라.

손민중   아니오. 나는 형님부터 구하겠소.

전봉준   (근엄하게) 손민중 장군, 우리는 큰 실수를 했다.

손민중   무슨 실수요?

전봉준   우리가 왜 공주 전투에서 패했는지 아는가? 금구에서 왜 군대의 규율이 잡히지 않았는지… 나는 알았네.

손민중   그것이 무엇입니까?

전봉준   우리는 정작 농민의 마음을 헤아리지 못했다. 우리가 거병했을 그때는 수확 철이었다. 그들의 마음에는 자신이 보살펴야 할 나락들이 눈에 선했을 것이다. 벼를 베며 농부가를 부르고, 부모와 처자식이 한자리에 모여 단 한 끼라도 쌀밥을 먹을 수 있는 그 소중한 시간을 우리는 잊고 있던 것이다.

손민중   대체 그것이 무어라고….

전봉준   민중아, 우리의 시대는 끝났다. 이제 저 청년들이 만들어가는 새로운 세상이 올 것이다. 새로운 세상을 위해 마지막 힘을 써 다오.

손민중   (체념한 듯) 알았소, 형님.

전봉준   (쓰러질 듯 일어나 큰 소리) 내가 마지막 명령을 내리겠다. 청년 김구를 구출하라.

- 손민중이 칼을 뺀다. 놀란 압송대장이 달려 나와 칼을 뺀다. 잠깐의 칼 싸움으로 손민중이 승기를 잡고 김구를 구한다. 전봉준을 구하려 하지

만, 곧 수세에 몰린다.
- 김구가 높은 곳에 올라 관객들을 독려한다.

김 구 탐관오리가 횡행하는 것을 분히 여겨 백성을 위해 목숨을 바치려는 자가 여기에 있다. 외국 오랑캐가 우리의 이권을 빼앗는 것을 통분히 여겨 그들을 내쫓겠다고 크게 외친 자가 여기에 있다. 자랑스러운 우리의 아비이며 형님이며 오라비이다. 누가 왜놈들에게 우리의 핏줄을 죽게 놔두는가. 자, 모두 일어나 저들을 처단하자.

- 관객석에 스티로폼으로 만든 돌멩이들이 있다. 관객들이 이를 압송대장에게 던진다.
- 돌을 맞던 압송대장은 전봉준을 잡고 위협한다. 전봉준을 데리고 도망치듯 나간다.

7막 〈대동세상의 꿈〉

- 판결문이 들린다.

(E·재판관)   전봉준은 동학당이라 칭하는 비도(匪徒)의 거괴(巨魁)다. 대전회통 형전 중 '군복을 입고 기마를 탄 채 관문에서 변란을 일으킨 자는 지체 없이 목을 벤다.'라는 율에 비추어 피고 전봉준을 사형에 처하노라.

- 김구와 엿장수 부부, 주모 등이 천천히 무대로 걸어 나온다.

(E·재판관)   전봉준의 목을 효수하고, 사지를 찢어 조선 팔도에 보내라.

- 김구는 피 묻은 흰 천에 싸인 무언가를 부둥켜안고 있다.

김 구   (전봉준을 흉내 내며) 우리가 원하는 세상은 양반 노비 할 것 없이 누구나 평등한 세상이며, 우리가 원하는 세상은 열심히 땀을 흘려 농사를 지으면 그만큼의 보상을 받는 세상이며, 우리가 원하는 세상은 탐관오리 없이 어진 관리가 다

스리는 세상이며, 우리가 원하는 세상은 외세의 침략 없이 조선 스스로 사는 세상이다.

- 엿장수 부부, 주모 등은 관객들을 독려해 바닥에 있는 천을 잡아당긴다. 무대 배경 판으로 뒤쪽에 있던 그림이 올라온다. 하나의 그림이 완결된다.
- 무대 한쪽에서 전봉준 나타난다.

전봉준 지금 우리가 그 세상을 만들지는 못하였으나, 우리에게는 내일이 있기에 그 세상이 멀지 않았음을 안다. 사람이 하늘인 세상. 나의 죽음은 끝이 아니라 시작이다. 모두들 징을 들어라, 꽹과리를 들어라, 태평소를 불어라, 흥겨운 대동세상을 위해 신명 난 춤을 추어라.

- 꽹과리 소리에 맞춰 대동의 풍물굿이 벌어진다.

시드렁 실정
당기여라 톱질이야

· 2020년 한옥자원활용 야간상설공연

제작: 남원시립국악단, 남원시, 전라북도문화관광재단
연출: 오진욱
출연: 강금화 · 강만보 · 고현미 · 김선영 · 김윤선 · 김은원
박계숙 · 배건재 · 서연희 · 설지애 · 이승민 · 이유정 · 이태완
임율희 · 임채은 · 임현빈 · 채원영 · 하나현 · 황의출(이상 배우)
김나연 · 김민지 · 박지은 · 신혜원 · 이지현(이상 무용)

공연 현황
· 2020년 7월 4일 ~ 9월 26일(매주 금 · 토)
안숙선명창의여정(남원)

1막 〈화초장 하나를 얻었네〉

• 거리 · 놀부집. 장쇠가 빗자루를 들고 나온다.

장 쇠 해가 뉘엿뉘엿헌디, 우리 놀부 영감님은 왜 이리 안 오실
꼬. 설마 흥부댁 마님헌티 밥주걱으로 철썩, 뺨이라도 맞
고 오는 건 아니긋지. (놀부 흉내 내며) 제수씨, 쌀밥이 참 찰
지고 좋소. 왼쪽 뺨도 때려 주시구랴. 히히히. (주변을 살피고)
아따, 뭔 사램이 이리 많어? 오늘이 남원 장날이여? ("어디서
오셨소?" 하면서 관객과 가볍게 이야기) 남원까지 오셨응게 남원
노래 한 자락 들려줘야긋네. '한양 천리 떠나간들 너를 어
이 잊을쏘냐 성황당 고갯마루 나귀마저 울고 넘네 춘향아
울지 마라 달~래~었~건~만…' 오케이, 여그까지. 오늘은
춘향이가 아니라, 놀부와 흥부 이야깁니다. 다 아시는 이야
기라고요? 아닐 것인디. 아닐 것인디. 아는 듯, 모르는 듯,
예전 이야기 그대로인 듯, 새로운 이야긴 듯, 놀부와 흥부
형제 이야기 한번 들어 보시겠습니까? (답변 듣고) 좋습니다.
그 전에 노래 한 곡 듣고 가시지요.

O**노래** 〈남원고을 경사로세〉
(장쇠) 경사로세 경사로세 남원고을 경사로세

장 쇠　남원 노래는 무조건 '경사로세, 경사로세' 이렇게 시작합
　　　니다. 왜냐고요? 친구, 애인, 가족 모두 건강하게 남원 땅에
　　　함께 있으니 그것만으로도 경사가 아닙니까? 노래하고 춤
　　　출 사람 나오시오.

• 장쇠가 객석에서 마을 사람들을 데려와 한바탕 노래와 춤을 펼친다.

(모두)　　경사로세 경사로세 남원고을 경사로세
　　　　　인월사는 놀부형님 아영사는 흥부동생
　　　　　착한동생 괄시하다 놀부형님 쪽박차고
　　　　　못된형님 위로하다 흥부동생 대박나니
　　　　　착한사람 복을주고 나쁜사람 벌내리는
　　　　　천부지지 옥야백리 남원에서 놀아보세
　　　　　경사로세 경사로세 남원고을 경사로세
　　　　　인간세상 새옹지마 길흉화복 어찌알까
　　　　　놀부형님 반성하고 흥부동생 화답하니
　　　　　두손잡고 얼싸절싸 한가족이 이아닌가
　　　　　밤을새며 흥겨웁게 남원에서 놀아보세
　　　　　경사로세 경사로세 남원고을 경사로세
　　　　　가족의정 무엇인지 남원에서 알게되리
　　　　　경사로세 경사로세 남원고을 경사로세

• 춤과 노래가 끝나고 모두 퇴장하면,
• 화초장을 짊어진 놀부가 방정맞게 노래를 흥얼거리며 나온다.

○**노래** 〈화초장 타령〉

(놀부)　　화초장 화초장 화초장 화초장 하나를 얻었다

　　　　　　얻었네 얻었네 얻었네 화초장 하나를 얻었다

　　　　　　얻었네 얻었네 얻었네 화초장 하나를 얻었다

놀 부　(화초장을 내려놓고 감추면서 주위를 훑어보다가 관객 한 사람을 노려보고) 예끼! 이 사람아, 넘의 재산 탐내믄 못 써. 넘의 것 욕심내믄…, (다른 관객 가리키며) 배가 남산만 해진다고. (다시 화초장을 들쳐 업고 가려다가) 저놈이 계속 나만 쳐다보네? 궁금허냐? 요 안에 뭐가 들었는지? 알리 줄까?

(놀부)　　요 안에 무엇이 들었나?

　　　　　　은금보화 들었지.

　　　　　　요 안에 무엇이 들었나?

　　　　　　반들반들 남원목기 들었지

　　　　　　요 안에 무엇이 들었나?

　　　　　　조선 제일 검 남원식도 들었지

　　　　　　요 안에 무엇이 들었나?

　　　　　　몸에 좋은 지리산 약초 들었지

　　　　　　요 안에 무엇이 들었나?

　　　　　　나랏님도 애껴 자신 찹쌀김부각 들었지

　　　　　　요 안에 무엇이 들었나?

　　　　　　토실토실 춘향골 뻘간 감자 들었지

　　　　　　담뿍담뿍 들었지 담뿍담뿍 들었지

　　　　　　얻었네, 얻었네, 얻었네, 얻었네, 얻었네, 얻었네

놀 부 (당황하며) 화 – , 화 – , 화 – , 화장실? 아닌데. 화장지? 아닌데…. 에이! 이런 화딱지나게…, 화딱지? 그것도 아닌데. 옳거니! 장, 장이로구나. 장, 장, 장….

(놀부) 아차 내가 잊었다! 간장 초장 아니다 방장 천장 아니다 고추장 된장 아니다 송장 구들장 아니다 장화초 초장화 아이구 이것 무엇이냐? 갑갑하여서 내가 못 살것다 아이고 대체 이것이 무엇이냐?

놀 부 (관객 보고) 여보쇼. 대체 이것이 무엇이오? (관객과 이야기를 나누다가) 예끼! 여보쇼. 모르믄 말을 말어. 이것이 화초장이믄 내 손에 장을 지져.

- 놀부가 다시 길을 가며 노래를 부른다.

놀 부 초장화, 장화초, 화장초, 아이구, 이것 무엇이냐? 갑갑하여서 내가 못 살것다. 아이고, 이거 무엇이냐?

- 장쇠가 빗자루를 장비 장팔사모 들듯 들고 들어온다. 놀부를 몰래 따라가면서 흉내 낸다.
- 마을 주민으로 분한 무용단이 장쇠와 함께 놀부 걸음을 흉내 내면서 놀부를 희롱한다.
- 화초장 무게에 눌려 계속 앞으로만 가는 놀부를 장쇠가 붙잡고.

장 쇠 마님, 마님. 여그가 집입니다요, 다 오신 겁니다요. 놀부 집.

(다가오며) 어디 댕겨오십니까요? 그게 어디든 잘 댕겨오셨습니까요? 근디 표정이 왜 그러십니까요? 등에 짊어진 것은 대체 뭣입니까요?

놀 부 야, 이놈아. 말 좀 천천히 하거라. 너 때문에 더 폭폭하고 승질난다.

장 쇠 예예. 헌디, 요것이 뭣입니까요?

놀 부 야, 이놈아. 그걸 내가 아냐, 니가 아냐?

장 쇠 뭔지도 모르고 짊어지고 오셨습니까요?

놀 부 야, 이놈아. … 내가, 이게 뭔지도 모르고 짊어지고… 왔긋냐… 고?

장 쇠 나무 궤짝이 좋아 보이는디, 뭔지 모르시믄 이거 저 주시오.

놀 부 이놈이, 아조 숭악헌 놈일세. 장쇠 네 이놈 -. (할 말이 없어) 이것이…, 이것이…, 대체 뭣이다냐? 여보, 마누라! 여보, 마누라!

• 놀부처가 밥주걱으로 등을 긁으며 어슬렁어슬렁 들어온다.

놀부처 등 근지라 죽것고만 왜 이리 불러 쌓소.

놀 부 집안 어른이 어디 갔다가 들어오면, 우르르르르 쫓아 나와서 영접허는 게 도리제, 밥주걱으로 등이나 긁고…. 에라, 이 몹쓸 사람.

놀부처 아따, 영감도. 등이 근지랑게 등을 긁는디, 등 긁는다고 몹쓸 사람이라고 허믄 어찐다요? (화초장 보고 놀라며) 영감, 이거 화초장 아니오?

놀 부 화초장? 화초장? (손을 가리고) 그래 맞다, 화초장, 화초장!

| (놀부) | 화초장, 화초장, 화초장. 화초장 하나를 얻었다. |
| | 얻었네. 얻었네. 화초장 하나를 얻었다. |

놀부처 이 귀헌 화초장을 어디서 났소?

놀 부 홍보 그놈이 부자 되었단 소문 듣고, 혹시나 혀서 찾어갔더니마는, 과연 부자가 되었데.

장 쇠 그리서 훔쳐 오셨습니까?

놀 부 이놈이, 아조 정말 숭악헌 놈일세. 훔친 것이 아니라, 홍보 청으로 기연시 가져올 수밖에 없었다, 이 말이여.

장 쇠 서방님은 그랬을 것 같은디, 작은 마님이랑 일남 도련님이 가만 기시던가요?

놀 부 제수씨라는 여자는 저 멀리서 입방귀만 뿡뿡 뀌었지. 그집 큰자식 일남이라는 놈이 뭐시라고 쫑알쫑알하긴 했는디, 지들이 어쩔 것이여. 지들 애비가 "성님, 이 화초장을 꼭 성님께 꼭 드리고 싶응게 꼭 가져가소." '꼭' 자를 시 번이나 험선 간청, 간청, 간청을 허길래 싫다는 소리도 못 허고, 기연시 가져왔다.

놀부처 그런데 홍보가 어찌 부자가 됐답니까?

놀 부 그것이 말이여, 말허자믄 길고도 짧은디. … 구렁이가 실금실금, 제비들이 지지배배 지지배배, 야야, 제비 다리 우지끈 뚝, 산내끼 가지오너라. 칭칭, 칭칭. 제비가 안녕, 가더니만, 안녕, 도로 날아와서, 박씨를 퉤, 박씨가 함박함박, 함박함박, 박을 톡, 끊어 와서, 슬근슬근 슬근슬근 슬근슬근 슬근슬근, 박 시 통서, 허매, 허매, 허매, 이것이 다 뭣이여!

놀부처 아따, 말 좀 알아듣게 허쇼.

놀 부　　말이고 뭐시고 먼저 히얄 것이 있네.

　　　(놀부)　　　제비 몰러 나간다. 제비 후리러 나간다.
　　　(함께)　　　제비 몰러 나간다. 제비 후리러 나간다.

놀 부　　제비부터 서너 마리 잡아다가 우지끈 뚝, 다리부터 부러트
　　　　　려야겠다. 어여 가자!
놀부처　　영감, 뭔 제비 타령이요, 부자된 사연부터 알려 달라니까.
놀 부　　거참 귀찮게…. 알았네, 알았어. 그것이 참 짧고도 긴 야근
　　　　　디… 귀 쫑긋허고 잘 들어야 혀.

　• 놀부, 놀부처, 장쇠 나간다.

2막

1장 〈흥보 박타기(1) 돈과 쌀〉

• 흥부집. 흥부, 들어온다.

  O노래 〈사나흘 예사 굶어〉

(흥부)   아이고 나 죽것다 사나흘 예사 굶어 뱃가죽이 등에 붙고 갈빗대가 따로 나서 두 눈이 캄캄하고 두 귀가 먹먹하여 누웠다 일어나면 정신이 어질어질 앉았다 일어서면 다리가 벌렁벌렁 다 말라 비틀어 죽게 생겼구나

• 흥부처가 들어온다.

  O노래 〈가난이야〉

(흥부처)   가난이야 가난이야 원수녀르 가난이야

• 일남, 이남, 삼남이 차례로 나온다. 하나씩 가리키며 타령. (나머지 자식들은 관객으로)

(흥부처)   또 가난이야 원수녀르 가난이야

또또 가난이야 원수녀르 가난이야
또또또 가난이야 원수녀르 가난이야

흥 부 (관객 한 명씩 가리키며) 너이, 다섯, 여섯, 일곱, 여덟, 아홉, 자
식 세기도 숨차다

(흥부처) 자꾸만 가난이야 가난 가난 가난이야
어쩌자고 가난이야 가난 가난 가난이야
이년의 신세는 어이하여 이 지경이 웬일이란 말
이냐

흥부처 몹쓸녀르 팔자로다. 참말로 몹쓸녀르 팔자로다.
흥 부 여보, 마누라. 울지 마소. 뭔 수가 있것지.
일 남 아부지, 저 박을 탈까요?
흥 부 아, 그렇구나. 저기 저 지붕 위의 박을 따다가 박속은 끓여
먹고, 바가지는 부잣집에 팔아 어린 자식들을 살리면 될
것이네. 큰자식아, 건넛마을 박 첨지네서 도끼 한 자루 얻
어 오니라. 둘째 자식아, 김 첨지네서 큰 톱 한 자루 얻어
오니라. 남은 자식들아, 박 한 통 잽싸게 몰고 오니라.

• 자식들이 도끼와 톱과 박 세 통을 밀고 들어온다.

흥 부 내 배는 굶더라도 저놈 자식들 배가 남산만 해지는 것이
평생의 원이로다.

• 흥부가 아이들과 박을 탄다.

　ｏ**노래** 〈흥부 박타령〉

(흥부)　　시르르르르렁 실건 당겨 주소 에이여루 당겨
　　　　주소
　　　　이 박을 타거들랑은 아무것도 나오지를 말고 밥
　　　　한 통만 나오너라 에이여루 당기여라 톱질이야

흥 부　여보, 마누라. 톱소리를 어서 맞소.
흥부처　배가 고파서 못 맞겠소.
흥 부　배가 정 고프거들랑은, 허리띠를 좀 더 졸라매소. 인자 배
　　　　가 남산만 해질 것인게.

• 온 가족이 한 동작으로 허리띠를 졸라맨 뒤, 모두 달라붙어 박을 탄다.

흥 부　남원 부자 창고에 수천 석이 있다 한들, 저희만 좋았지, 내
　　　　박 한 통을 당할 수 있것느냐?

(흥부)　　에이여루 톱질이야 당기여라 톱질이야
(모두)　　에이여루 톱질이야 당기여라 톱질이야
(흥부)　　시르렁 실겅 시르렁 시르렁 시르렁 실겅 당기여
　　　　라 톱질이야
(모두)　　시르렁 실겅 시르렁 시르렁 시르렁 실겅 당기여
　　　　라 톱질이야
(흥부)　　시르렁 시르렁 시르렁 시르렁 시르렁 시르렁 시

르렁 시르렁

시르렁 시르렁 시르렁 시르렁 시르렁 시르렁 식

삭 톡 캑

- 펑, 소리와 함께 박이 열린다. 작은 상자가 두 개 나온다.

흥 부 운 나쁜 놈은 계란에도 뼈가 있다더니 어느 도적놈이 박속
은 다 가져가고, 작은 나무통만 두 개 갖다 났네.

일 남 아부지, 뭐가 들었는가 열어나 봅시다.

흥 부 좋은 것이 나오면 좋지마는 궂은 것이 나오면 어떡하나?

일 남 뭐가 나오든 지금보다 더허것소?

흥 부 하긴, 그렇다. 하여튼 열어나 보자.

- 흥부가 궤짝 하나를 연다. 신비한 음악 소리.
- 자식들이 "우와! 쌀이다, 쌀." "이게 얼마 만에 보는 쌀이냐." 등등 환
호. 눈을 떼지 못하며 졸졸 궤짝을 따라다닌다.

흥 부 작은 됫박이지만, 물 많이 잡아 죽을 끓이믄 우리 가족, 오
늘은 배불리 먹겠구나. (벌떡 일어나서) 밥김 올라간다! 뭉게
뭉게, 저 뜨거운 밥김 봐라!

흥부처 아따, 이밥 냄새, 참말로 숨 막힌다!

흥 부 어떠냐? 생각만으로도 배가 부르지? (자식들 고개를 절레절레)

- 흥부처가 궤짝을 가져가서 쌀을 붓는다.
- 신비한 음악 소리와 함께 쌀 쏟아지는 소리 멈추지 않고.

- 자식들 "어, 쌀, 쌀, 쌀이 계속 나온다." "쌀이 계속 나와요." 환호.

흥부처　영감, 영감! 이것 좀 보시오. 이걸 어째?
흥 부　어쩌긴 뭘 어째. 귀헌 쌀 흘리지 말고 다 담어.
흥부처　영감, 영감! 우리 저것도 열어 봅시다.

- 흥부가 다른 궤짝을 연다. 돈이 하나 가득. 거꾸로 드니 돈이 계속 쏟아진다.

흥 부　이것이 요술 궤짝이로세. 궤 두 짝을 떨어 붓고 나면, 쌀과 돈이 도로 수북허구나.

　　　ㅇ노래 〈흥부 돈타령〉
　　　(흥부)　　톡톡 털고 돌아섰다 돌아보면 도로 하나 가득 하고
　　　(흥부처)　돌아섰다 돌아보면 돈과 쌀이 도로 가뜩
　　　(일남)　　돌아섰다 돌아보면 도로 하나 가뜩하고
　　　(흥부처)　돌아섰다 돌아보면 돈과 쌀이 도로 가뜩
　　　(일남)　　돌아섰다 돌아보면 도로 하나 가뜩하고
　　　(흥부처)　돌아섰다 돌아보면 돈과 쌀이 도로 가뜩
　　　(일남)　　돌아섰다 돌아보면 도로 하나 가뜩하고
　　　(흥부)　　아이고 좋아 죽것다 일년 삼백육십일을 그저 꾸여어어어어어억 꾸여어어어억 나오너라

흥 부　마누라! 돈과 쌀을 놓고 보니 밥을 안 먹어도 배가 저절로

부르네. 우리 둘이 춤이나 한번 추어 봅시다.

흥부처   영감 주책도…. 내가 춤을 출 줄 알아야지요.

흥 부   쌀과 돈을 던지고 또 던지면 그게 춤이여, 춤. 한번 추어 봅시다.

(흥부)   얼씨구나 절씨구 얼씨구나 절씨구 돈 봐라 돈 봐라

잘난 사람도 못난 돈 못난 사람도 잘난 돈

맹상군의 수레바퀴처럼 둥글둥글 생긴 돈

생살지권(生殺之權)을 가진 돈 부귀공명이 붙은 돈

이놈의 돈아 아나 돈아 어디를 갔다가 이제야 오느냐

(흥부처)   얼씨구나 절씨구 얼씨구나 절씨구

여보시오 여러분들 나의 말을 들어보소

부자라고 자세 말고 가난타고 한을 마소

엊그저께까지 박흥보가 문전걸식 일삼더니

오늘날 부자가 되었으니

이런 경사가 어디 있소 얼씨구절씨구

(흥부)   불쌍하고 가련한 사람들 박흥보를 찾아오소

나도 오늘부터 굶주리는 백성에게 쌀을 나눠 줄란다

얼씨구나 절씨구 얼씨구 좋구나 지화자 좋네 얼씨구절씨구

흥 부   일남아. 건넛마을 가서 너의 백부님 오시래라. 경사가 났으

니 우리 형제 함께 보자. 얼씨구 얼씨구 절씨구.

• 흥부처와 자식들이 흥부를 노려본다.

일 남 아부지, 제가 갈 거라고 생각허시오?

흥 부 (눈치를 보다가) 좀 이따가 오시라 해라. (눈치를 더 보다가) 하하
하. 다음에 오시라고 하지, 뭐.

2장 〈흥보 박타기 (2) 비단과 양귀비〉

흥부처 영감, 저 박도 타 봅시다. 무엇이 나오나 보게.

• 자식들이 또 한 통을 갖다 놓고, 다들 몰려들어 박을 탄다.

　　　O노래 〈흥부처 박타령〉
　　　(흥부)　　　에이여루 톱질이야 당기여라 톱질이야
　　　(모두)　　　에이여루, 톱질이야 당기여라 톱질이야
　　　(흥부처)　　타는 박마다 쌀 나오고 타는 박마다 돈 쏟아지고
　　　　　　　　　(모두: 쏟아지고)
　　　(흥부처)　　타는 박마다 휘황찬란 금은보배 일광단 월광단
　　　　　　　　　산더미 같은 비단포목이 노적가리처럼 쌓이고
　　　　　　　　　(모두: 쌓이고)
　　　(흥부처)　　수천수만 재물이 꾸역꾸역 나오니라 (모두: 나오
　　　　　　　　　니라)

(흥부)	시르르르렁 실건 당겨 주소 에이여루 당겨 주소 이 박을 타거들랑은 아무것도 나오지를 말고, 은금보화만 나오너라 은금보화 나오면은 우리 형님 갖다가 드릴란다
흥부처	(기가 막혀 톱을 던지고) 나 안 탈라요. (흥부가 놀라서 보면) 영감, 형제간이라 또 잊었소? 엄동설한 추운 날에, 온갖 구박 당해 나오던 날에, 자식들 빽빽 울어 대던 날에, 그 뜨건 설움은 관에 들어가도 못 잊겠소.
흥 부	(화를 내며) 갑갑허구나, 이 사람아. 살다 보믄….
흥부처	이보시오, 동네 사람들. 내 말이 맞소, 안 맞소? (관객에게 답 듣고) 내가 나쁜 년이요, 저 양반이 속 창아리 없는 사램이요? (관객에게 답 듣고)
흥 부	알았네, 알았어. 박이나 마저 탑시다.

(흥부)	에이여루 톱질이야 당기여라 톱질이야
(모두)	에이여루 톱질이야 당기여라 톱질이야
(흥부)	여보소 세상 사람 내 노래를 들어보소 세상에 좋은 것이 부부밖에 또 있는가
(함께)	에이여루 톱질이야 당기여라 톱질이야
(흥부)	우리 부부 만난 후에 서런 고생 많이 했네 여러 날 밥을 굶고 엄동에 옷이 없어 그 신세를 생각하면 벌써 아니 죽었을까
(함께)	에이여루 톱질이야 당기여라 톱질이야
(흥부처)	가장 하나 못 잊어서 이때까지 살았더니

천신이 감동하사 박통 속에 옷밥 났네
만복 좋은 우리 부부 이 금슬 변치 말고 호의호
식 즐겨 보세

(함께) 에이여루 톱질이야 당기여라 톱질이야

(흥부처) 한 상에서 밥을 먹고 한 방에서 잠을 잘 제
부자 서방 좋다 하고 욕심 낸 년 많으리라
암캐라도 얼씬하면 내 솜씨에 결딴나지

(함께) 에이여루 톱질이야 당기여라 톱질이야

(흥부) 시르렁 시르렁 시르렁 시르렁 시르렁 시르렁 시
르렁 시르렁
시르렁 시르렁 시르렁 시르렁 시르렁 시르렁 식
삭 톡 캑

- 펑, 소리와 함께 박이 열린다. 사방에서 비단들이 날아온다.
- 흥부처 기뻐하며 〈비단타령〉을 부르고. 선녀 같은 사람들이 나와서 비단 춤을 춘다.
- 비단 자락 끝에 양귀비가 서 있다. 흥부처와 자식들은 놀라 자빠지고, 흥부와 일남은 넋이 나가서 바라보다, 노래한다.

흥 부 저것이 귄이로다. 보살이로다, 선녀로다.

○노래 〈양귀비〉

(일남) 매미 머리 나비 눈썹 은근한 정을 담뿍 머금은
눈빛에 연지 뺨 앵두 입술 박씨같이 고운 잇속
삐비 같은 연한 손길 버들같이 가는 허리에 곱게

	수놓은 비단옷을 호리낭창 걸쳐 입고
(흥부)	연꽃이 나부끼듯 해당화 조는 듯 모란화 벙그는
	듯 네가 바로 선녀로구나

양귀비 놀라지 마옵시고 내 말씀 들으시오. 당 명황 천보 간에, 눈
동자 살며시 내리뜨며 웃음 한번 머금으면, 백 가지 아름
다움 아양스레 피어나서, 육궁의 후궁들이 무안 무색하던
양귀비를 모르시오. 제가 그 향혼이로소이다.

(양귀비)	천하를 주유하며 임자를 찾을 적으 제비 편에 듣
	자온즉 흥부 어른 적선 행인이 부자가 되었다니
	천자 서방 내사 싫으이 육군 분발할 수 없네 이
	제 남원 부가옹(富家翁) 당신의 첩이 되어

흥 부 (양귀비 손목을 덥석 쥐었다가 깜짝 놀라 탁, 놓으며) 어디 이거 다
루것냐, 살이 아니고 우무로다.

흥부처 (쏘아보다 돌아앉으며) 염병허네. 염병허네. 염병허네. 저것들
지랄 염병을 하지.

흥 부 당신 거그 있었는가?

흥부처 (양귀비 보고) 당 명황이 천자로되, 양귀비에 정신 놓아 나라
를 망쳤는데, 이번엔 누구를 망치려고 네가 여기까지 찾아
왔냐. (흥부 보고) 이까짓 박통 세간이 다 무엇이야. 나는 열
끼 곧 굶어도 시앗 꼴은 못 보것다. 이보시오, 박흥보 씨,
나는 지금 당장 나가니 양귀비랑 물고 뜯고 천년만년 잘
살으시오.

흥 부 아기 어멈, 그 무슨 섭한 말인가. 노여움 푸소. 양귀비가 나 같은 사람 보려고 만리타국에서 박을 타고 왔으니, 사람 인정상 어찌 반갑게 맞지 않을 건가.

흥부처 우무람선, 우무.

흥 부 그럼 첨 본 사람헌티 '손이 수세미 같소' 그려?

• 일남이 양귀비에게 다가가서 수작을 부린다.

흥부처 손을 왜 잡냐고, 손을.

흥 부 반가워서, 반가워서 그릿어. (달래는) 저 어여쁜 꽃각시가 나 같은 늙은이 첩실 하러 예까지 왔것는가? 우리 함께 살길 을 찾아보세.

흥부처 어떻게 같이 잘 살어? 왜, 내 방에서 하루 자믄, 저년 방에 서 열흘 자게?

흥 부 그것이 아니라…. 그러게 말일세. 참말로 저 박이 웬수네, 웬수여.

• 흥부처가 주저앉아 탄식한다. 흥부도 따라서 주저앉는다.

3막 〈제비 몰러 나간다〉

• 놀부 집. 놀부가 잠자리채를 휘저으며 나온다. 장쇠가 뒤를 따른다.

    (놀부)   제비 몰러 나간다 제비 후리러 나간다
    (함께)   제비 몰러 나간다 제비 후리러 나간다

놀 부   제비 새끼들이 몽땅 어디로 갔을꼬? (뭔가를 툭 차고) 장쇠야, 저것이 제비 아니냐?

장 쇠   그것은 족제비요.

놀 부   어허, 저, 저것이 제비 아니냐?

장 쇠   그것은 점심에 드신 수제비요.

놀 부   (객석을 살피다) 저것이 제비 아니냐?

장 쇠   저것은 나이트제비, 아니 물찬제비요.

• 제비 두 마리가 날아온다. 놀부 집으로 들어갈 듯 말 듯.

놀 부   제, 제, 제비다, 제비! 떴다, 내 제비! 그 집으로 들어가지 말고, 내 집으로 들으너라. 이리 오너라, 내 제비. 얼씨구, 내 제비 왔구나! 그렇지 저 제비가 참말로 복 있는 제비로다.

- 제비 두 마리가 춤을 추듯 사랑을 나누고 알을 낳으면 놀부는 그에 맞춰 말장단을 맞춘다.

놀 부 아하, 저 제비 암수 서로 정답구나. 어서어서 부끄러워 말고 사랑을 나누거라. 그래, 그래. 새끼를 많이 낳아야지. 그렇지, 그렇지! 하나 낳았다. 그렇지, 그렇지! 둘 낳았다. 제비들아 걱정 말거라. 남원시에서 출산부터 새끼 교육까지 다 해결해 준단다. 아아, 제비 알을 만져 보자. 이이이, 옳다! 하나, 둘. 어흐흐어 이이, 옳다! 또 하나 더 까려무나.

장 쇠 주인마님, 자꾸 그렇게 만지면 다 곯아 버립니다요. 어허, 이를 어쩐대요. 다 곯아 버렸네요.

- 제비알이 모두 곯아서 제비들이 슬픔에 빠진다.

놀 부 뭣이여? 다 곯아? 그럼 안 되는데…. 이를 어쩌느냐? (왔다 갔다 하면서 고민하다가) 하아, 새끼 제비만 제비더냐? 저놈들도 제비가 아니냐? 다 큰 제비라 힘이 더 셀 것이니, 더 큰 박씨를 물어다 줄 것인데…. 하하하. 어라, 한 마리가 어디로 가네.

- 시름에 빠진 제비 한 마리가 멀리 날아간다. 남은 한 마리는 차마 붙잡지 못하고 탄식한다.

놀 부 (제비를 보다가) 떨어지거라. 떨어지거라. 떨어지거라. 왜 꼼짝도 안 하고 있느냐. 네놈이 떨어져서 다리를 다쳐야 내가 고쳐줄 것인데. …. 허허, 안 떨어지네. 그럴 수가 없지. 내가 저놈 다리를 작신 부러트려야지.

• 놀부가 제비를 쫓아다니며 붙잡아 다리를 부러트린다. 제비의 비명 소리.

놀 부　되었다, 되었어. 아이고, 불쌍타, 내 제비. 내가 정성스럽게 고쳐 주마. 여보, 마누라! 어여 된장 좀 가져오게. 여기 제 비 다리가 부러졌네. 된장 떼다 붙이고 비닐로 칭칭 동여 서 제비 다리를 고쳐 주세.

• 놀부가 제비 다리에 비닐을 동여맨다. 제비 도망간다.

놀 부　제비야, 잘 다녀오너라. 꼭 큰 박씨를 물어 오너라. 박씨를 안 물어 오면 온 동네 제비 다리가 성치 못하리라. 하하하.

• 놀부와 장쇠가 퇴장하면. 웅장한 음악 소리 들리고.

4막 〈제비를 뭐로 보고〉

- 제비왕국. 제비들이 날아온다. 짧은 춤 끝에 제비대왕이 가운데 서고.
- 제비대왕이 제비들을 부른다.

제비대왕 강원도 고성에 갔던 제비 왔느냐?

강원제비 (들어오며) 나오!

대왕제비 충청도 충주에 갔던 제비 왔느냐?

충청제비 (들어오며) 나오!

대왕제비 전라도 남원 갔던 제비 왔느냐?

전라제비 (비닐로 동여맨 다리를 절룩거리며 들어온다) 나아아아, 오오오오.

대왕제비 몸이 성치 않구나. 어찌하여 그리 된 것이냐?

전라제비 아뢰리다. 조선국 남원 땅에 사는 불측헌 놀보 놈이 소조의 새끼들을 몽땅 죽이고, 아내마저 떠나게 했으며, 제 다리까지 부러트려 죽게 되었더니, 천행으로 다리가 나아 이렇게 왔사옵니다. 대왕님, 어찌허면 이 원수를 갚으리까? 제발 덕분에 통촉허오.

대왕제비 불측한 놀보 놈이로다! 감히 제비를 뭐로 보고…. 그놈 심술은 강남까지 유명허도다. 전라제비 듣거라. 명년 봄, 나갈 적에 박씨 하나 물어다 주면, 네 원수는 다 갚느니라.

전라제비 그놈을 또 보란 말씀입니까?

대왕제비 원수 갚기 싫으냐? …. 부정하고 불의한 것일수록 눈 똑바로 뜨고 뚫어지게 봐야 하는 법. 전라제비는 명심하라.

전라제비 나오! 나오! 나오! 명심! 명심! 명심하겠나이다.

- 소리 〈제비노정기〉 부분.
- 제비들이 날아가는 짧은 사위.

5막

1장 〈놀보 박타기(1) 상전과 놀이패〉

• 박 세 통이 있는 놀부 집. 놀부가 감탄하며 박들을 보고 있다.

놀 부 (박을 쓰다듬다가) 참말로 신묘하고 기이하도다! 심은 지 고 작 사흘 만에 이렇게나 자라다니. (갑자기 화내며) 며칠만 일 찍 심었어도 더 크게 자랐을 것인데. 게으르고 고약한 제 비 같으니….

놀부처 (들어오며) 앉으나 서나, 자나 깨나, 박만 안고 있으니 원. (놀 부 보고) 박 속에 춘향이라도 들었소?

놀 부 춘향이? 춘향이? 그럼 안 되지.

놀부처 춘향이가 싫단 말이요?

놀 부 암만. 싫지, 싫어.

놀부처 이 냥반은 나이를 자셔도 나밖에 모른다니까.

놀 부 뭔 소리여, 시방. 박 속에 춘향이가 들었으면 이몽룡이, 월 매, 향단이에 방자까지 몽땅 은금보화를 나누자고 나설 것 인디, 좋을 게 뭐야?

놀부처 그럼 그렇지. (박을 살피며) 쯧쯧. 영감, 이만하면 다 큰 것 같 으니 박을 타 봅시다.

놀 부 무슨 소리야. 아직도 서너 배는 더 클 것 같은데.

놀부처 이러다 곯아 버리면 어쩌려고 그러시오? 저 큰 박 아래가 벌써 누렇게 곯았잖소?

놀 부 곯긴 왜 곯아! 누우런 금이 가득하니 삐져나와서 누우런 헌 것이지.

놀부처 그러다가 누가 도둑질이라도 해 가면 어쩌려고 그러시오?

놀 부 도둑? 아니 어떤 놈이 놀부님 금박통을 훔쳐 간단 말이야?

놀부처 (관객 가리키며) 저기 담 너머로 기웃거리는 사람들 좀 보시오.

놀 부 (관객 보고) 어이구머니나. 내가 박만 바라보느라 저 도둑들을 몰랐구나. 저것들이 밤낮없이 내 박 훔칠 기회만 엿보고 있었다니…. 장쇠야, 장쇠야, 어디 있느냐? 어여 커다란 톱 한 자루 가져오니라. 저것들 앞에서 금 잔치를 해야겠다.

장 쇠 예, 예, 갑니다요. (톱을 들고 들어온다)

놀 부 장쇠야, 저 박부터 켜 봐라. 지리산 반야봉에 뜬 보름달처럼 크고 실헌 것이 은금보화가 가득하겠다. 허허.

장 쇠 (톱을 망나니처럼 휘두르며) 이 박을 켜면 되겠습니까요?

놀 부 암만, 그렇지. …. 아니다, 아니야. 네놈이 금덩이를 슬쩍할지도 모르니 내가 직접 열어야겠다. 톱을 나에게 주거라.

장 쇠 마님, 서운합니다요.

놀 부 서운해? 그럼 박속은 몽땅 너에게 주고, 나는 은금보화만 챙겨야겠구나. 하하하.

○**노래** 〈놀부 박타령〉

(놀부) 　　시르렁 실경 당기여라 톱질이야 헤이여루 당기여라 톱질이야

놀 부   임자는 뭣 허는가? 마주 잡지 않고서. 장쇠야, 너는 쩌그
       멀찍이 서서 힘을 쓰거라.

       (놀부)   시르렁 실경 당기여라 톱질이야 헤이여루 당기
                여라 톱질이야
                흥보란 놈 박통에는 쌀과 돈이 나왔으되 내 박에
                선 오로지 은금보화만 나오너라.
       (모두)   시르렁 실경 당기여라 톱질이야 헤이여루 당기
                여라 톱질이야
                실건실건 실건 실건 실건 실건 슥삭 시르렁 시르
                렁 슥삭

       • 펑! 박이 쪼개지고, 연기와 함께 흰 수염 노인이 나타난다.

놀 부   이게 뭐여? 은금보화는 간데없고, 어찌 쭈그렁 노인네만
       나온다니? 이보시오, 영감. 내 은금보화 어디 있소?
노 인   네 이놈! 놀부야. 당장 큰절부터 하거라.
놀 부   아니, 내가 왜 당신헌티 절을 해?
노 인   네 이놈! 내가 네놈 상전이로다.
놀부처   아니, 대체 뉘신데, 그런 막말을 하시오? 상전이라니, 상전
       이라니.
놀 부   자네는 좀 가만히 있으시게. 노, 노인 양반, 우리 조부께서
       이곳 인월로 살러 와서 도처의 선비들과 호형호제하며 살
       았건만….
노 인   이놈들이 신분 세탁을 그럴싸하게 하고 살았구나.

놀 부 　장쇠야, 장쇠야! 저 노망난 영감을 어서 내쫓아라.

장 쇠 　예, 예. 제가 여그 멀찍이 서서 내쫓것습니다요.

노 인 　이놈아, 보거라. (노비 문서를 꺼내서 마패처럼 보여 준다) 네 할애비는 덜렁쇠, 네 할미는 허천댁, 네 애비는 껄떡쇠, 네 에미는 사월덕이…. 네놈 할애비에 애비까지 줄줄이 종일러니….

놀 부 　(놀라고) 아, 아니, 대체… (가까이 가서 귀엣말로) 그걸 어찌 아시오?

놀부처 　영감, 이게 무슨 말이오?

노 인 　흉악무도헌 네 할애비 놈이 병신년에 우리 가산(家産)을 모다 도적하여 내뺀 뒤로 행적을 몰랐다가 춘향골 공설시장과 월매야시장에서 들은즉, 그 손주 놈이 여기 인월 성산 마을서 떵떵거리며 산다기로 네놈 찾으러 예까지 왔다.

놀부처 　아이고, 내 팔자야. 내가 월매야시장 가서 월매랑 사진 찍고 올 때부터 뭔 사달이 날 줄 알았어.

노 인 　이놈아! 오늘부터 상전으로 안 모셨다가는 다리몽둥이를 작신 꺾어 놀 것이다.

놀 부 　(무릎을 꿇고) 비나니다, 비나니다. 상전님 전에 비나니다. 몸값을 낼 것이니 그 문서 좀 태워 주시오. 얼마면 되겠소? 한 오백 냥이면 되겠소?

노 인 　이놈아! 니 몸값이 오백 냥이란 말이냐?

놀 부 　내 몸값이야 천 냥, 만 냥도 부족하지만, 요즘 누가 현금이 있답니까?

노 인 　걱정 마라. 카드도 되고 남원사랑상품권도 받는다.

놀 부 　어찌 좀 싸게 안 됩니까?

노 인	이놈아! 내가 너 같은 종놈과 많고 적음을 다투겠느냐?
놀 부	상전 어르신, 다른 방법은 없겠습니까?
노 인	한 가지 방도가 있지. 내가 환갑, 고희, 팔순은 애저녁에 지났고, 백수(白壽)에 상수(上壽)도 지났으나, 네놈 할애비 도적질에 가산을 잃어 잔치 한번 못 했다. 이 자리에 모인 만장하신 여러분에게 남원 고을 재주꾼들 불러다가 흥겨운 잔치놀이를 펼친다면 내 달리 생각하겠노라.
놀 부	장쇠야, 계산기 좀 가져오너라. 여보, 마누라! 이리 좀 오시오. 가족회의 합시다.

• 놀부와 놀부처가 머리를 맞대고 회의를 한다. 장쇠는 기웃거리고.

놀 부	좋소. 천하의 놀부가 그깟 잔치 한번 못 하리까? 하하하.
장 쇠	진짭니까?
놀 부	암만. 진짜지. 기깟 놈들 대수 불러도 몇백 냥 하겠느냐?
노 인	(방백) 허허. 저놈이 하나만 알고 둘은 모르는구나. 악독하게 모은 재물, 더 악독하게 빼앗기리라.
놀 부	(잔뜩 무게를 잡고) 노인장, 원하는 것이 무엇이오? 천하잡놈들을 몽땅 다 불러 모으시오.
노 인	올 초 코로나19로 힘들고 애쓰고 아픈 사람들을 위해 잔치를 벌여 보자. 모두 나와서 한바탕 놀아 보거라.

• 노인의 말에 각설이패를 시작으로 소리꾼, 춤꾼 등 다양한 연희자가 나와서 한바탕 잔치판을 펼친다.

각설이패　밑줄 뜨르르르르르르르르, 들어왔소. 구름 같은 댁에 신선 같은 나
　　　　그네 들어왔소!

놀 부　그래 좋다, 잘 나왔다. 나온 걸음에 잘들 놀아 보아라!

각설이패　노래 한 소절 백 냥, 두 소절 이백 냥, 완창은 오만 냥. 기냥
　　　　불러 젖히자.

　　○노래 〈각설이타령〉
　　(각설이)　뜨르르르 몰아 장타령 뜨르르르 몰아 장타령
　　　　　　흰 오얏꽃 옥과장 누른 버들 김제장
　　　　　　부창부수 화순장 시화연풍에 낙안장
　　　　　　쑥 솟았다 고산장 철철 흘러 장수장
　　　　　　삼도도회 금산장 일색춘향의 남원장
　　　　　　십리 오리에 장성장 애고대고 곡성장
　　　　　　오늘 가도 진안장이요 코 풀었다고 흥덕장
　　　　　　술은 있어도 무주장 술은 싱거도 전주장
　　　　　　물을 타도 원주장 탁주를 먹어도 청주장
　　　　　　돈을 내도 공주장 맨술을 먹어도 안주장
　　　　　　어서 가자 어서 가 오란 곳은 없어도
　　　　　　우리네 갈 길은 바빠요 품바 품바 잘헌다.
　　　　　　놀보 샌님 수이 가게 합쇼

• 각설이패들은 노인에게 '누구를 부르까요' 묻고 노인은 자꾸 더 부르
　라고 말한다. △놀아본 놈이라 잘 노는구나. △아직 한참 부족하다. △
　이제는 남원 소리를 들어보자구나. △놀부 저놈이 흉악무도긴 해도
　배포가 작지 않은 놈이라.

- 각설이패는 연희꾼을 차례로 소개하며 공연 값을 매긴다. △○○○ 춤 사위 손짓 발짓 한 번에 삼백 냥씩, △○○○ 소리 한 대목 오천팔백 냥.
- 장쇠는 연희자들이 연희할 때마다, △삼백 냥이요, 오백 냥이요, 천 냥 추가요. 도합 만사천 냥이요, 하면서 놀부 부부를 놀라게 한다.
- 처음에는 반겨하며 함께 즐기던 놀부 부부는 연희패들이 돈을 요구할 때마다 놀라면서 긴장하고 안절부절, 갈수록 환장할 노릇이고. 놀부처 는 놀부를 말려 보지만, 쏟아지는 연희패들에 놀부도 도리가 없다.

놀부처 그만! 그만! 모두 들어가! 저 노인네 잔치해 주다 우리 집 거덜나것소.

장 쇠 한창 재미지는데 왜 그러십니까?

놀 부 이 썩을 놈아, 왜 너까지 난리냐.

장 쇠 아영에 가서 흥부 서방님도 모셔 올까요?

놀 부 그래, 그거 좋은 생각이다. (노인 앞에 다가서며) 상전님, 아주 기발하고 기똥찬 생각이 났습니다. 저어기 자래재, 연실재 지나 시리봉 너머듣자 헝게, 아영면 성산마을에 가시면 박 흥보라는 작자가 있는데, 저와는 사연이 같사오니 그 집으 로 가시오.

노 인 난 이 집이 좋은데.

놀 부 그 집이 뜯어먹을 것이 훨씬 많습니다요.

노 인 그렇다면 그쪽으로 갈까? 말까? (한 걸음 한 걸음 옮기면서 장난 을 친다. 함을 파는 것처럼) 가긴 해야겠으나, 그 먼 곳까지 어 찌 간단 말이냐? 발걸음이 떨어지질 않으니 어쩔꼬. 갈 길 이 머니 노잣돈 십팔만 냥만 내거라.

놀 부 상전님 잔치해 드리느라 이제 진짜 한 푼도 없습니다요.

노 인   정말이냐? 나는 니들 부부가 따로따로 비자금 빼놓은 것도 아는데…. 놀부 너는 팔만 냥, 네 처는 십만 냥. 합쳐서 십 팔만 냥.

- 놀부와 놀부처 서로 바라보고 놀라고 뻘쭘하다.

노 인   종놈 재산은 모두 상전의 것. 돈을 낼 거면 내고, 안 낼 거면 네 식솔을 몽땅 데리고 날 따라오너라. 당장.

놀부처   나까지? 안 됩니다, 안 돼요. 돈을 내지요, 내고말고요.

- 놀부처가 돈을 가져다준다.

놀부처   옛소. 이거 먹고 떨어지쇼. 다시는 발걸음 하지 마시오.

노 인   오냐. 잘 놀다 간다. (나간다)

- 놀부는 주저앉고, 놀부처는 소금을 가져와 노인이 사라진 자리에 뿌린다. 장쇠는 노인이 확실하게 갔는지 확인하러 따라 나간다.

2장 〈놀보 박타기(2) 장비〉

- 힘이 빠져서 주저앉은 놀부와 놀부처. 장쇠가 들어온다.

놀 부   갔느냐? 확실히 갔어? … 이놈아, 왜 말이 없어? 노인네 갔 냐고!

장 쇠 갔냐… 고… 요? 말이 심각허게 짧네… 요. 아까침에 노인 장 말을 듣자헝게, 주인마님, 아니 그짝 출신도 나랑 같드 만… 요.

놀 부 뭐라고? 이놈아, 아까 나온 그 늙은이는 상전이 아니라 은 금이 변화허여 나를 시험헌 것이니라.

장 쇠 무슨 말도 안 되는 소리를….

놀 부 에험. 너 같은 일자무식이 문자를 알 리 없지만 인간 만사 새옹지마(塞翁之馬)라. 사람의 길흉화복은 변화가 많아서 좋 은 일이 있으려면 궂은일이 앞서는 법.

장 쇠 아하, 은금보화를 잔뜩 드릴라고 그 전에 재산을 몽땅 뺏 어서 빈털터리 상그지를 만드셨구만요.

놀 부 암만! 그렇지. 아무 말 말고 남은 박을 타거라.

놀부처 (벌떡 일어나 말리며) 여보, 영감! 또 박을 타려고 그러시오? 이제 박 타지 맙시다.

놀 부 여편네가 꼭 방정맞은 소리를 헌단 말이여.

놀부처 남은 것이 달랑 이 집 한 챈데, 박을 또 타면 집도 절도 안 남겼소.

놀 부 저 박만 타면 은금보화가 가득할 것인데 무슨 걱정이야. 잔소리 말고 어서 타세.

• 놀부가 박을 타지만, 아무도 돕지 않는다.

○**노래** 〈놀부 박타령〉

(놀부) 시르렁 실건 톱질이야 에이여루 당겨 주소.
　　　　　 진짜 좋은 보물은 이 박통에 가득할 것이니 어서

급히 당겨 주소.

놀 부   장쇠야, 어디 가서 톱질헐 삯꾼 좀 얻어 오니라.

장 쇠   놀부 마님 쫄딱 망했다고 소문이 나서 아무도 안 올 겁니다요.

놀 부   망해? 내가? 염려 말라니까. 망해도 내 망허고, 흥해도 내가 흥헐 것이니.

놀부처   아니 그 무슨 흉헌 말이오. 당신 망허믄 나도 망허는 것인데.

놀 부   역시 내 생각 해 주는 사람은 임자뿐이구만.

놀부처   그것이 아니라… 이 집 재산이 어찌 당신 것이요? 부부 공동재산이란 말을 모르시오?

놀 부   부부 공동재산? 허, 참! 이 사람 흉악헌 여자일세. 아조 날강도여, 날강도.

놀부처   날강도라니? 도장 찍으믄 남남인데.

놀 부   도장? 암만, 그렇지. 그렇고말고.

놀부처   남은 것이 이 집 한 채니 이것이라도 정확하게 반으로 갈릅시다.

놀 부   잠깐! 자네가 하나는 알고 둘은 모르는고만. 재산 분할은 부부가 협력해서 모은 재산만 허는 거여. 임자, 묻것네. 이 집이 어디서 나온 것인가?

놀부처   아버님이 돌아가시면서 물려줬다고 했잖소.

놀 부   그렇지. 상속, 증여로 혼인 전부터 갖고 있던 재산은 공동재산이 아니고, 기냥 내 것이여, 내 것.

놀부처   그럼 지금 내 재산은 하나도 없단 말이오?

놀 부   암만! 법이 그려, 법이.

놀부처 영감. 내가 실언을 했소. 아까 노인에게 재산 뺏기는 것을 보니…. 다 우리 두 사람 노후를 위해서 한 말이오.

놀 부 암만! 자네의 깊은 뜻을 어찌 모르것는가. 자네 뜻을 존중하야, 시방 재산을 나눌 것인디, 이를 어쩌나, 자네 것은 한 평도 없네. 변소간 문짝이라도 떼어 줄까, 말까?

놀부처 뭐라고? … 영감, 저 박 타서 나오는 은금보화는 공동재산이지? 뭐 하시오. 어여 박을 탑시다. 딱, 절반 나누는 것이오.

- 놀부처가 놀부에게 톱 한쪽을 주고 같이 박을 탄다.
- 놀부가 객석과 함께 노래를 부른다.

   (놀부처) 시르렁 실경 당기여라 톱질이야 헤이여루 당기여라 톱질이야

   (놀부) 시르렁 실경 당기여라 톱질이야 헤이여루 당기여라 톱질이야

   (놀부처) 실건 실건 실건 실건 실건 실건 슥삭 시르렁 시르렁 슥삭

- 연기와 함께 검은 수염의 장비가 장팔사모(丈八蛇矛)를 휘두르며 나온다.
- 검은 옷을 입은 저승사자들의 춤

놀부처 아이고, 이번에는 망나니냐, 뭐냐? (기절하고)

장 비 네 이놈 놀부야! 네놈 심술 고약하야 남원 망신 다 시킨다

고 소문 자자하여 찾아왔다. 나쁜 짓이란 나쁜 짓은 니가 다 도맡아 하는 네놈이 살아 무엇 하리.

놀 부　뭔가를 잘못 알고 오신 것 같소만.

장 비　네 이놈, 놀부야! 내가 니 죄를 모르고 구만리를 왔을 것 같으냐?

• 장비가 다시 장팔사모를 휘두르면 놀부처가 깨어나려다가 다시 기절한다.

놀 부　글쎄올시다. 아는 것이 있으면 말해 보시오.

장 비　여기 있는 남원 백성도 모두 니 죄를 알고 있건만 발뺌을 한다? (관객 보고) 여보시오, 놀부의 죄를 소상히 말하시오.

• 장비가 관객에게 놀부의 죄를 묻는다. 사람들의 대답에 맞춰 놀부는 뻔뻔하게 말대답을 하며 모르쇠로 일관한다. 장쇠가 장비를 도와서 사람들에게 말을 붙이다가 안하무인 놀부의 태도에 분노한다.

• 그사이 놀부처가 깨어나 놀부 옆에서 머리를 조아린다.

장 비　고리 사채에 사기! 청정지역에 각종 폐기물을 묻어 놓고 모르쇠로 일관하기!

놀 부　나는 도통 기억이 나지 않소.

놀부처　제가 옆에서 봤는데 그런 일 없습니다요.

장 비　이놈들 발뺌하는 것이 한양 국회의사당에서 지 욕심만 채우는 모리배 정치꾼을 닮았구나.

놀 부　아, 생각났소. 그 못된 작자는 내가 아니라 아영면에 사는 흥부라고….

장 비 그러하냐? 장쇠야, 네가 가서 흥부를 데려오너라. 대질심
문을 해야겠다.

장 쇠 예이! 받잡겠습니다요.

- 장쇠가 나가면, 놀부처가 따라 나간다.

장 비 놀부야, 너는 가짜 뉴스 만들어서 백성을 이간질하는 기레
기냐?

놀 부 나는 기씨가 아니라 박씨요.

장 비 이놈! 한칼에 죽이기는 너무 아쉽구나. 세상에 소문난 네
놈 심술로 너를 괴롭히다 죽여야겠다.

- 관객과 함께 노래를 부르며, 사설에 맞춰서 몇 가지 행위를 연출한다.

○**노래** 〈놀부심술타령〉

(장비) 대장군방 벌목허고 삼살방에 이사 권코 오구방에
다 집얼 짓고 불붙는 디 부채질 호박에다 말뚝 박
고 먼 길 가는 과객 양반 재울 듯기 붙들었다 해
가 지면 내어쫓고 초라니 보면 딴 낯 짓고 거사
보면 소고 도적 의원 보면 침 도적질 양반 보면은
관을 찢고 다 큰 처녀 겁탈 수절 과부는 모함 잡
고 우는 애기 발가락 빨리고 똥 누는 놈 주잖히고
제주(祭酒) 병에 오줌 싸고 쇠주병 비상 넣고 새 망
건편자 끊고 새 갓 보면은 땀띠 띠고 앉은뱅이는

택견 곱사댕이는 되집어 놓고 봉사는 똥칠허고
애 밴 부인은 배를 차고 길가에 허방 놓고 옹기전
에다 말 달리기 비단 전에다 물총 놓고

장 비 이놈의 심사가 이래 놓으니 삼강얼 아느냐, 오륜얼 아느냐.
이런 모질고 독한 놈이 세상천지 어디가 있단 말이냐.

놀 부 그것이 죄라면…, 조금은 알 것도 같고, 아닌 것도 같고….

장 비 네놈은 어찌하야 평생 행한 일이 남에게 못할 일만 가려
가며 해 왔는고? 천하에 중헌 것이 형제이거늘, 네놈은 어
찌하야 네 동생을 구박하고 내쫓았느냐? 더구나 니 욕심을
채우려고 제비 생다리를 부러트리고 공을 받고자 했으니,
그 죄를 어찌 용납하랴.

놀 부 살다 보면… 그럴 수도 있는 것 아닙니까요?

장 비 그래? 그럼 제비 다리 꺾어 놓듯 네 목도 오늘 꺾으리라!

- 장비가 장팔사모를 크게 휘두른다.
- 놀부처가 들어오다가 장비의 기함에 눌려 다시 기절한다.

놀 부 내 목을? 살려 주시오, 살려 주시오.

- 흥부가 달려 나와서 장비 앞에 매달린다.

흥 부 장군님, 장군님! 저부터 죽여 주소서.

장 비 네가 놀부 동생, 흥부냐?

흥 부 예, 장군님. 형님 죄가 커서 죄를 내리심이 마땅하나 형의

죄는 아우인 제 죄와 같사오니 저부터 죽여 주소서.

놀 부   그, 그 무슨 말인가. 내가… 평생 너와 네 가족을 못살게 했건만, 나를 위해 목숨을 바치겠다니….

흥 부   형제란 본시 한 부모에게 난 한 몸이 아닙니까. 형님 죽으면 나 혼자 무슨 낙으로 살리까.

놀 부   니가 나를 그렇게 생각했다니….

장 비   (창을 내리고) 흥부는 불측 무도한 형이라도 늘 공경하는 마음을 갖고 있구나. 나도 유비와 관우, 두 형님을 생각하매 눈물이 앞을 가리는도다.

흥 부   장비 장군님의 가르침에 형님도 잘못을 뉘우쳤을 것이니, 한 번만 용서해 주시면 백골난망이옵니다.

놀 부   아이고! 동생, 내가 잘못했네. 부디 용서허지 마소.

흥 부   형님 그게 무슨 말씀이오. 모두 제가 부족허여 그리 된 일이오.

놀 부   아니다, 아니야. 내가 참말로 잘못헌 것 같다.

흥 부   형님, 이제부터라도 맘 잘 먹고 같이 잘 살믄 됩니다.

· 놀부와 흥부, 서로 이름을 부르며 격하게 안는다.

· 그사이 놀부처는 깨고, 흥부처·장쇠, 들어온다.

· 장비가 사람들에게 의견을 물으면 장쇠가 곁에서 돕는다.

장 비   이를 어쩐다. (관객에게) 이보시오, 남원 사람들, 어찌하면 좋겠소. 이 장팔사모로 놀부의 죄를 물어 단칼에 베오리까, 아니면 놀부와 흥부 두 형제가 사이좋게 지낼 것을 믿고 용서하리까? (답변을 듣고) 알겠소이다. 그렇다면 여러분은 두 형제가 우애 깊게 지낼 수 있도록 옆에서 돕겠습니까, 그냥 놔두겠습니까? (답변을 듣고) 좋소이다. 여러분 모두의 뜻이 그러하니 한번 믿어 보리다. 놀부와 흥부, 그리고 두 아내 모두 듣거라. 내 장팔사모가 무서운 것이 아니다. 가장 무서운 것은 자신의 마음에 있으니, 형제가 무엇인지, 부부가 무엇인지, 부모가 무엇인지, 가족이 무엇인지, 사람들과 더불어 산다는 것이 무엇인지, 찬찬히 생각하면서 부끄럽지 않게 살아가거라.

• 장팔사모를 격하게 한 번 휘두르고 사라진다.

6막 〈혼례와 마을 잔치〉

- 박 한 통이 남아 있는 놀부 집.

흥 부　형님, 살았소, 살았어.

놀 부　동생 덕에 목숨 부지혔네. 참으로 고맙구만.

놀부처　두 사람은 형제지간이니 좋다고 해도 나는 쪽박이오, 쪽박. (눈치를 살피다가 악에 바쳐) 무엇이 나오든지 한 통 남은 것 마저 타 봅시다.

놀 부　(박에 달려들어 위에 엎어지며) 고만! 고만! 이 박까지 타다가는 임자랑 내 대갈박부터 터지것소. (박을 바라보다가) 이것 참으로 웬수로다, 웬수. 장쇠야, 저 박 갖다 버려라.

- 흥부처가 박에서 놀부처를 떼어 놓고, 퍼질러져 앉아 통곡하는 놀부처를 측은하게 바라본다. 흥부가 눈치를 주자, 놀부처에게 다가가 위로한다.
- 놀부가 장쇠에게 박을 짊어지게 한다. 장쇠가 나간다.
- 박 한 통을 진 일남이와 양귀비가 들어온다. 두 사람이 장난치면서 들어오다가 장쇠와 일남이가 부딪힌다. 박이 떨어져서 섞인다. 서로 어느 것이 자기 박인지 몰라서 허둥댄다.

놀 부   저것이 뭔 꼴이여, 시방.

흥 부   형님네 드리려고 남은 박 한 통을 가져오라고 했는데….

놀부처   (박에 달려들어) 다시 댕겨 봅시다. (두 개 중 어느 것을 탈 것인지 몰라 허둥댄다) 대체 어느 것이 흥부네 박이여?

장 쇠   긍게 말여요. 하나는 온갖 귀헌 것이 들어 있는 복 있는 박이고, 다른 하나는 어떤 것이 들어 있을지 모를 무서운 박이고. 두 개 중에 어떤 것을 타야 한다요? (관객 보고) 마을 사람들, 내내 봤응게 알지요? 어떤 박을 타야 합니까요? 요것이오, 조것이오? (요것조것 답을 듣지만 여전히 헷갈린다)

흥 부   하하하. 이 사람아, 이것이든 저것이든 그게 무슨 소용인가. 형님, 형수님, 우리 저 박 두 개를 마을 정자나무에 매달아 놓읍시다. 착하게 살믄 복을 받고, 흉허게 살믄 벌을 받는 것을 사람들이 모두 알게 합시다.

놀 부   그려. 동생 뜻을 알았구만. 열심히 일하면서 서로 위하고 사는 것이 얼매나 복받는 것인지 사람들이 우릴 보고 알게 하소. 우리도 더 재미지게 살고. 하하하.

흥부처   지는 쪼금 아쉽기는 허네요.

놀부처   자네가 나보다 욕심이 더 많은갑네. 자네 박에서는 돈 나오고, 쌀 나오고, 비단 나와서 천하 부자가 됐잖은가. 복은 받을 만큼 다 받았는디.

흥부처   성님, 그런 소리 마소. 박 속에서 다 존 것만 나온 것도 아니오.

놀부처   그게 무슨 말인가?

흥부처   박에서 양귀비가 흥부 첩을 허것다고 나왔잖소. (양귀비를 손가락으로 가리키며) 저 화상을 어쩌면 좋아요.

놀부처　어쩌긴 어째. 동서는 참으로 눈치도 없소. (양귀비와 일남을 손
　　　　가락으로 가리키며) 저걸 보고도 걱정이여?

・일남이와 양귀비가 서로 장난치면서 놀고 있다.

놀부처　(양귀비 보고) 이보시오, 강남서 온 처자. 양씨라고 혔든가?
　　　　늙은 영감 첩질헐 생각 말고, 젊고 건강한 총각은 어뗘시
　　　　오. 내가 중신 한번 서리다.
양귀비　흥부님네 적선 행인 듣자옵고, 봄을 따라 밤을 새며 즐거
　　　　이 노닐고자 하였으나, 남원 고을 당도하니, 천부지지 옥야
　　　　백리라. 착한 사람 복을 주고, 나쁜 사람 벌 내리는 천우신
　　　　조의 고장이라. 이렇듯 복 많은 고장의 사내라면 어찌 싫
　　　　다고 하겠나이까.
놀 부　뭘 볼 줄은 아는고만.
양귀비　천생배필 맺어 주시면 어르신들 뜻 받자와 그와 더불어 무
　　　　궁 행락하겠나이다.
놀부처　(양귀비를 훑어보며) 우리 첫째 조카, 일남이 어뗘신가?
흥 부　첫째? 그거 좋은 생각이네요.
놀 부　그려. 좋네. 저놈이 생긴 것은 신통찮어도 안 헐 말은 안 허
　　　　고, 헐 말은 허는 사내라.
놀부처　자네는 어뗘?
흥부처　지야 뭐. (양귀비 보고) 강남댁이, 아니 강남, 아가.
놀부처　강남 아가는 뭐여?
흥부처　강남서 왔응게 강남댁이고, 내 큰며느리이니, 강남 아가
　　　　지요.

흥 부	첫째야, 니 생각은 어떠냐?
일 남	환장해요.
놀부처	강남서 온 처자, 그짝은 어쩌?
양귀비	저도 환장해요.
놀부처	그려. 참으로 잘되었네. 떡 본 김에 잔치헌다고 말이 나온 김에 오늘 혼례를 올리는 것은 어뗘?
모 두	환장해요.
흥 부	쌀과 돈이 수북허니, 동네 사람 다 불러 모아서 잔치를 벌이지요.
장 쇠	지가 마당부터 쓸게요.
놀 부	장쇠야, 냉큼 가서 정자나무에 박부터 걸거라.
놀부처	오늘같이 좋은 날, 어찌 엉덩이를 안 흔들꼬.

• 모두 손을 잡고 한바탕 축제. 무대 뒤로 박 두 개가 떠오르고.

○노래 〈인간세상 새옹지마〉

(모두)	경사로세 경사로세 남원고을 경사로세
	인간세상 새옹지마 길흉화복 어찌알까
	놀부형님 반성하고 흥부동생 화답하니
	두손잡고 얼싸절싸 한가족이 이아닌가
	밤을새며 흥겨웁게 남원에서 놀아보세
	경사로세 경사로세 남원고을 경사로세
	가족의정 무엇인지 남원에서 알게되리
	경사로세 경사로세 남원고을 경사로세

월매를 사랑한 놀부

· 2017년 한옥자원활용 야간상설공연

제작: 남원시립국악단, 남원시, 전라북도문화관광재단
연출: 류경호
출연: 강만보 · 고현미 · 김선영 · 김윤선 · 김은원 · 문광수
박계숙 · 배건재 · 서연희 · 설지애 · 이덕형 · 이승민
이유정 · 이태완 · 임현빈 · 조선하 · 채원영 · 하나현
황의출(이상 배우) · 김나연 · 김민지 · 김다은
김새별 · 박지은 · 신혜원 · 이지현(이상 무용)

공연 현황
· 2017년 5월 20일 ~ 9월 30일(매주 토) 광한루원(남원시)

1막 〈천부지지 옥야백리〉

- 무용단이 춤을 추며 나온다.

    O노래 〈천부지지 옥야백리〉
    (합창)   남원 고을 이르는 말 천부지지 옥야백리
                  비옥하고 넓은 들판 하늘님이 정해준 땅
                  착한 사람 복을 받고 나쁜 사람 벌을 받지

- 제비꼬리 의상을 입은 연지남과 연지녀가 나온다.

    (연지남)   남원 고을 전하는 이야기 많고 많지만
                  그중 으뜸은 춘향전과 흥부전이라
    (연지녀)   해진 갓 하나 믿고 변사또 생일잔치서 건방 떨던
                  이몽룡 씨가 기언시 목숨 건지고 도망 나와 "암
                  행어사 출또요!", (연지남: 출또허랍신다!) 춘향이와
                  남원고을 백성들을 구한 것도 실은 다 하늘의 도
                  움 천우신조요
    (연지남)   박 한 통 타니 난데없이 장비 나와 장팔사모 휘
                  두르고 초라니패 풍장 놓고 똥오줌 쏟아져서 패
                  가망신했다는 놀부 집안 꼬락서니도 다 하늘의

뜻 천우신조라

(합창) 천부지지 옥야백리 남원 땅에 이르거든

부자라고 자세 말고 가난타고 한을 마소

잘난 사람도 못난 돈 못난 사람도 잘난 돈

우리 인생 즐거웁게 살다 가면 그만이지

실건실건 실건실건 실건실건 실건실건

얼씨구나 시르렁실겅 당기여라 웃음이야

실건실건 실건실건 실건실건 실건실건

절씨구나 헤이어여루 당기여라 행복이야

• 춤추던 무리는 퇴장하고.

연지남 춘향전과 흥부전이 전혀 다른 시간과 장소를 둔 딴 이야기
같지만, 실은 비슷한 시기, 반나절 거리에서 일어난 일이
라. 그 사람들 그런 일 있은 뒤에 수인사험선 지냈다는디,
우리 그 이야기나 한번 들어 볼까요?

• 객석의 반응을 끌어내고. 박수.

2막 〈남원 땅에 놀부와 월매가 살았는디〉

연지녀   때는 바야흐로, 이몽룡 씨가 어사출두허고, 놀부가 박 타다
쫄딱 망한 지 5년 뒤.

- 월매가 소쿠리를 옆에 끼고, 엉덩이를 흔들면서 나온다.

연지남   춘향이는 몽룡 따라 한양 가고, 월매는 홀로 남아 하루 점
드락 궁딩이만 흔드는디, 이리 흔들, 저리 흔들, 왔다 갔다
흔들흔들. 칭얼대는 궁딩이 속을 뉘가 알까.

- 연지녀가 월매를 뒤따르면서 흉내 낸다.

  ○**노래** 〈월매 탄식〉
  (월매)   이 궁둥이로 무얼 했나 열녀 춘향 낳았지 춘향
  낳은 궁둥이는 이리 흔들 저리 흔들 흔들흔들 흔
  들어야 제멋이라

- 월매는 주변을 살피고 아무도 없는 것을 확인한 뒤, 갑자기 표정도 바
뀌고 기운도 빠져 주저앉는다.

월 매　아, 허전하다. 춘향이 따라갈 것을… .

연지남　(큰 소리로) 월매, 뭔 일 있소?

월 매　(살피다가 못 찾고, 혼잣말로) 따라갈 것을, 따라갈 것을…. 님도 없고 뽕도 없고, 그저 헐 일이라고는 맥없이 궁둥이 흔드는 일밖에 없으니….

· 연지녀가 붉은 쓰개치마를 쓰고 춘향이로 분한다.

연지녀　(큰 소리로 조르며) 어머니, 나랑 같이 한양 갑시다.

월 매　이 나이에 내가 남원 땅을 버리고 어딜 간다니. 너나 가서 잘 살어라. 어여 가, 어여 - 뒤도 돌아보지 말고, 가아 -.

연지녀　어머니 -, 나 -, 가요 -.

· 연지녀가 춘향이 이별하듯 한 걸음씩 물러나 사라지면.

(월매)	아이고 춘향아 참말로 가는구나 나를 어쩌고 가려느냐 인제 가면 언제 오나 올 날이나 일러 주렴
(연지남)	가는 대로 작게 뵌다. 달만큼 보이다 별만큼 보이다가 나비만큼 보이다가 십오야 둥근 달이 떼구름 속에 잠긴 듯이 아조 깜빡 아이고 허망허여
(월매)	아이고 춘향아 진짜로 가는구나 날 다려가라 아이고 춘향아 날 다려가라

· 연지녀가 사라지면, 월매, 빠르게 눈물을 훔치고

월 매 (노랫가락으로) 이 서방 월급 나오거든 꼬박꼬박 용채를 보내
거라. 쌀도 좋고, 비단도 좋고, 전답도 상관없다.

연지남 (객석 보며) 자식새끼가 돈은 꼬박꼬박 보내 주든가?

월 매 (언제 울었느냐는 듯) 암만. 쌀이며 비단이며, 맘 좋은 주인이
머슴 세경 주듯이, 따복따복 보내 주지. (한숨을 쉬면서) 사람
이 어찌 밥만 먹고 사나? (일어나서) 어디 재미진 것 없는가
가 봐야 쓰겠네.

- 월매가 소쿠리를 챙기고, 다시 엉덩이를 흔들면서 나간다.

  (연지남) 월매는 그럭저럭 살아가고 박 타다 재산 날리고
  마누라까지 도망간 놀부는 흥부네 눈치 보며 근
  근이 살아가는디….

- 술 한 통을 지게에 짊어진 놀부가 지겟작대기를 휘저으며 나온다. 연
  지녀가 놀부를 흉내 낸다.

연지남 저 사람이 남원시 인월면 성산리 성산마을에 살다가, 지금
은 남원시 아영면 성리 상성마을 흥부 집에 얹혀사는 놀붑
니다, 놀부.

  ○노래 〈놀부 탄식가〉
  (놀부) 참새 몰러 나간다 뱁새 후리러 나간다

연지녀 뭘 후려요? 참새? 뱁새?

연지남   제비 후리다가 마빡 씨게 맞고, 쪽박 찼응게, 제비는 무서
　　　　　서 말도 꺼내든 못헐 것이고, 이제 참새나 뱁새나 후릴라
　　　　　는 모냥이네.

- 놀부가 지게를 화초장 삼아 노래한다. 연지남 · 연지녀가 놀부를 흉내
  내면서 함께 한다.

　　(놀부)　　　　화초장 화초장 화초장 화초장 하나를 얻었다
　　　　　　　　얻었네 얻었네 화초장 하나를 얻었네

놀 부   (어딘가를 건너뛰고) 아차! 내가 또 잊었다. 나는 왜 맨날 여기
　　　　　서 잊어버릴꼬?

　　(놀부)　　　　초장 간장 아니다 사장 회장 아니다 고추장 된장
　　　　　　　　아니다 송장 구들장 아니다 장화초 초장화 아이
　　　　　　　　고 이거 무엇이냐 갑갑하여서 내가 못 살것다 아
　　　　　　　　이고 이거 무엇이냐

놀 부   (뭔가 아쉬운 듯) 이 노래 부를 때까지가 참말로 좋았는디….

- 놀부가 하늘을 바라보면서 한숨을 쉬는 사이, 월매가 소쿠리에 먹을
  것을 들고 나와 무언가를 찾는다.

놀 부   (월매를 살피다가) 거기, 월매. 오늘도 괭이 찾어?

- 연지녀가 고양이 흉내를 내려고 하면 연지남이 그게 아니라는 듯이 말린다.

월 매   놀부 양반, 눈알이 부리부리허고 떡대 큰, 괭이 한 마리 못 봤소? 내가 소쿠리 들고 나타나믄 곧장 달려오는디…. (놀부가 달려와 측은하게 보면) 밥 안 자싯소?

놀 부   내가 아무리 없이 살아도, 밥 안 먹고 싸돌아댕기든 안 혀. (슬쩍 보고) 근디 하도 기운을 쓰고 댕깃드니 금세 시장헝만. (월매가 권하면) 내가 괭이여?

월 매   (소쿠리를 치우면서) 싫음 마소.

놀 부   그것이 아니라, 내가 양반 체면에 공으로 먹을 수는 없고… 나헌티 약주가 있응게, 자네 쌀밥 안주에 내 남원약주믄, 남원한정식 안 부럽것네. 어뗘?

월 매   좋지요. 오늘도 날 궂은게 한잔 찌끄립시다.

놀 부   한 잔이든 두 잔이든 분위기가 중헌게.

- 두 사람이 자리를 살피는 사이, 객석에서

연지남   어매, 놀부랑 월매랑 만났네.

연지녀   우리 여기서 이러지 말고 좀 더 가찹게 가서 봅시다. 두 사람이 뭣 허고 노는지.

연지남   그러까?

- 연지남·연지녀가 무대로 간다.

3막 〈사랑 놀이 하려거든 남원 말고 멀리 가소〉

• 월매와 놀부가 상을 펴고, 술잔을 나눈다.

놀 부 여보, 월매. 어디 가서 한 잔 헐까?

월 매 한 잔만 하면 쓰것소, 여러 잔 혀야지.

○노래 〈부어라 마셔라〉

(월매) 전라도난 지리산 경상도난 태백산 산중으 가 먹자 허니 심심허고 외로워서 한잔 먹고 끝이지요

(놀부) 한양 가서 먹자 허니 인심 박해 따귀 맞고 충청도 가 먹자 허니 억신 양반 보기 싫고 옳다구나 남원 이네 남녀 술잔 나누기는 남원 땅이 제일이지

(월매) 받으시오 받으시오 몸에 좋은 남원약주요

(놀부) 감사하오 감사하오 남원약주 감사하오

(놀부·월매) 부어라 마셔라 부어라 마셔라

놀 부 (술에 취해서) 자네도 그렇고만. 내 속도 아조 지랄 맞어. 제수 씨 눈치 보느라 힘들어. …. 참말로 그 박이 웬수네, 웬수여. 내가 켠 박서 나온 것 중으 질로 웬수가 천하 제비여. 그 제 비 놈이 마누라헌티 (월매에게 손을 내밀고) 오른손을 척, 내밀

고는. "싸모님, 한 판 땡기실까요?" 허드라고. (월매와 춤) 한 두어 바퀴 돌려 주니까 마누라가 정신을 못 챙김선 집문서 며 논밭문서를 몽땅 챙기더니 도망가 버릿웅게.

월 매 흥부 박에서도 양귀비가 나왔다고 허등만요.

놀 부 흥, 천하의 양귀비라도 우리 제수씰 당해낼 수 있가디.

○노래 〈우리 제수씨〉

(놀부) 우리 제수씨는 양귀비도 쫓아낸 여자
노려보고 승질내고 쏘아보고 승질내고
째려보고 승질내고 흘겨보고 승질내고
정유년 난리는 난리도 아니었다고
이몽룡 어사출또는 출또도 아니었다고

놀 부 아이고, 기냥 굉장혀. 굉장허당게.

• 놀부의 노래에 월곡댁·벌촌댁·매안댁 등 마을 사람들이 "뭐가 굉장 혀?" "뭣이 저리 좋다니?" 하면서 하나둘 몰려든다.

벌촌댁 놀부 양반이랑 월매 아녀? 오늘도 저러고 있고만?

• 사람들과 연지남·연지녀, 놀부와 월매를 빙빙 돌다가 편을 나눠

○노래 〈과부월매 혼자놀부〉

(매안댁) 과부월매 혼자놀부 외론남녀 만났는디
술을먹든 연앨허든 댁네들이 무슨상관

(벌촌댁)	퇴기월매 심술놀부 가당키나 헌소린가
	늙어주책 사랑타령 남부끄러 허는소리

월곡댁 놀부 양반이 맘잡고 착허게 산다드만 그것도 아니네.
매안댁 착하게 사는 거랑, 연애질이랑 뭔 상관이여? 천하 한량인디.

(월곡댁)	돈잘쓰고 잘놀아야 한량한량 한량이지
	돈푼없이 놀아봐야 허랑방탕 난봉쟁이

• 놀부가 사람들을 쫓아내면 참새 떼처럼 흩어졌다가 다시 돌아온다.

(벌촌댁)	심술쟁이 아니랄까 놀부놀부 생각없네
(매안댁)	그런소릴 허들마소 착한흥부 형님이네
(월곡댁)	그래서 허는소리 흥부님만 불쌍하네
(월매)	당신들일 아니라고 그리말함 섭하지요
(벌촌댁)	기생출신 아니랄까 월매월매 생각없네
(매안댁)	그런소릴 허들마소 열녀춘향 어미라네
(월곡댁)	그래서 허는소리 춘향이만 불쌍하네
(놀부)	사람들아 오해마소 월매월매 잘못없소
(합창)	놀부월매 사랑놀이 남원고을 망신이네
	사랑놀이 하려거든 남원말고 멀리가소

• 한쪽에서 일식·이식이가 잘 차려입은 흥부 내외를 끌고 나온다.

연지남·연지녀 (큰 소리로) 흥부가 나타났다, 흥부가 나타났다.

○노래 〈흥보치레〉

(연지남)   흥보가 들어간다 흥보가 들어간다

             흥보치레 볼작시면 껄떡껄떡 껄떡껄떡

             배곯으면 곯아양반 배부르면 불러양반

             여덟팔자 걸음으로 으식비식 들어간다

- 마을 사람들이 흥부 곁에 몰려들어 인사를 한다. 흥부는 자신이 먹던 주전부리를 사람들에게 나눠 준다. 흥부처와 이식이는 이 모습도 못마 땅하다.
- 놀부와 월매가 두 사람을 피해서 도망가려다가 지게에 걸려 넘어진다.

흥 부   (정겹게) 형님, 여그 계셨어요?

이 식   (월매 보고) 또 같이 있었고만.

놀 부   (이식에게 눈을 부라리며) 이놈아, 나이도 어린 놈이 어디서 하 대여? (흥부 보고) 동생, 신수 좋네. 어디 가는 길인가?

흥 부   부성에 좋은 장사치가 왔다고 해서요.

월 매   장사치? 뭣 허러? 돈도 많음선.

흥부처   하이고, (흥부에게 눈 흘기며) 많기는….

(흥부처)   굶주리는 백성에게 곡식을 나눠 줄 것이니

             불쌍허고 가련한 사람들아 박흥보를 찾아오소

흥부처   맨날 이러고 퍼주니….

월 매   있는 사람이 베풀고 살믄 좋지.

흥부처   하이고, 지금 세상이 어떤 세상인데. (흥부 보고) 있을 때 지

켜야지.

흥 부 고만해요. 그래서 당신 말 듣고 돈 벌러 가잖아요. 나 형님 하고 잠깐 할 얘기가 있으니까 먼저 가요.

이 식 엄니, 이러다 늦것어.

벌촌댁 (흥부처 보고) 시방 성에 가시는 거죠? (사람들에게) 거봐. 흥부 어르신도 하는데…. 믿어, 그냥 믿어.

월촌댁 그럴까? 우리도 따라서 가 보자고.

　• 일식, 이식 흥부처, 사람들 나가고

흥 부 (놀부 보고) 형님, 나 좀 봬요. (놀부를 한쪽으로 끌고 가서) 형님, 왜 그래요. 형수 집 떠난 지 이제 겨우 5년이요, 5년. 헌데 벌써….

놀 부 알어. 승질내지 말고.

흥 부 제가 무슨 승질을 내요. 남원 땅에 소문이 자자해요, 거시기 헌다고요.

놀 부 월매는 그냥 내 여사친이여. 여자 사람 친구. 어여 가던 길 가. 날이 끄물끄물혀.

　• 흥부가 놀부에게 몇 번을 확인하고 나간다. 다시 들어온다.

월 매 참말로. 지가 뭐이다고, 저 지랄이여, 지랄이. 성님헌티.

놀 부 아이가. 저놈이 지 형수를 워낙 끔찍허게 생각했능…가? 그런가벼.

월 매 (호기 있게) 그믄 나도 담에 만나믄 밥알 묻은 주걱으로 귀싸대기를 날려 줄까?

놀 부　허허허허.

흥 부　(다시 돌아와서) 내가 이럴 줄 알았어요. 저랑 싸게 집에 가요.

월 매　아따, 얄궂어라.

- 흥부가 놀부를 데리고 나간다. 두 사람은 뜻하지 않은 헤어짐이 아쉽다.
- 연지남 · 연지녀가 다시 등장해, 아쉬워하는 놀부와 월매 흉내를 낸다.

4막 〈좋은 사업이 있는데〉

- 관객과 함께하는 장면.
- 김가와 이가가 객석을 헤집고 들어와 관객을 꾄다. △(객석에) 돈 벌 생각 없소? 좋은 사업이 있는데, 같이 한번 해 보시겠소? 돈 놓고 돈 먹기여. 빨리 투자해야 수익이 높아. △(얼굴 보고) 그쪽 얼굴에… 돈 복이… 막혔어. 꽉 막혔어. 하지만 걱정 마시오. 나와 함께한다면 막힌 돈줄이 뻥, 뚫리리라. (귀에 대고) 우리가 싼 금리로 돈도 빌려주니 걱정 마시오. △100냥이 열흘 뒤에 150냥이 되고, 스무날 지나면 200냥, 한 달 지나면 300냥이 되는 놀라운 경험을 하고 싶지 않소? △당신한 테만 몰래 알려주는 겁니다. 흥부 알지요? 제비 다리 분질러서 벼락부자된 사람. 그 사람 처와 자식들도 다 우리에게 투자하기로 했소. △나만 따라오시오. 좋은 일 있을 것이오.
- 변가가 무대로 무게 잡고 들어온다. 김가 · 이가가 변가에게 '형님인사'를 한다.

변 가 (주위를 살피며) 참으로 오랜만이로다. 광한루야 잘 있드냐, 오작교도 무사헌가.

변 가 …. (연설하듯) 들어보시니 참 좋은 사업이지요? 그런데 왜 우리만 몰래 돈을 벌지 않고, 다른 사람들에게 알려주느냐? …. 우리는 나눔을 실천하는 사람입니다. 나눔! 우리와 함께하면 좋은 일이 있을 것이오. 하하하.

• 돌아서서 나간다. 김가와 이가 다시 형님인사. 변가 멈추고.

변 가   광한루야 잘 있드냐 오작교도 무사헌가. 이 땅에서 받은
수모를 생각하면 남원 고을 백성 모두를 찢어 죽여도 성에
차지 않으리. 남원 백성들아 기다려라. 복수에 복수를 해
주리라.

• 변가가 퇴장하면, 일당들은 다시 형님인사를 하고 퇴장.

5막 〈이참에 내보냅시다〉

- 흥부와 흥부처가 방에서 이야기를 나눈다. 방 밖에 화초장이 있다.

흥부처 영감, 오늘 꼭 같이 갔어야 해.

흥 부 왜요?

흥부처 자식들 말이 딱, 맞었어. 가만있다가 남은 재산 까먹지 말고.

흥 부 재산 까먹는 것은 자식놈들 아니요? 이식이랑 삼식이 왔다 갔다면서요? 또 뭘 해 달라고 그래요?

흥부처 또는 무슨…. 자식들이 기둥이여. 재산 다 퍼주고 예전처럼 못살믄 누가 도와줄 것 같어?

흥 부 나도 소문 들었어요. 100냥이 한 달 지나면 300냥 된다고. 그걸 믿어요?

흥부처 우리는? 제비가 준 박씨 때문에 부자 됐는디, 그걸 사람들 이 믿었어?

흥 부 우리는 사실이잖아요.

흥부처 거기도 사실이랑게. 크게 한번 투자합시다. 자식들 믿고.

흥 부 자식들 말을 어떻게 믿어요? 일도 안 하고, 매일 먹고 싸고, 자고 싸고, 놀고 싸고. 눈 마주치면 돈만 달라고 허는디….

- 놀부가 화초장 옆에 서서 몰래 듣는다. 이야기 따라 희희비비.

흥부처 (화를 내며) 당신은 누구 말을 믿어? 형님? 참 나.

(흥부처) 네 이놈 흥보 놈아
　　　　　잘살기 내 복이요 못살기도 네 팔자
　　　　　굶고 먹고 내 모른다

흥부처 이것이 형님이여. 형수라는 작자도 똑같지.

(흥부처) 아지뱀이고 동아뱀이고 세상 귀찮아 못 살것소
　　　　　언제 나한테 전곡을 갖다 맽겼던가
　　　　　아나 밥 아나 돈 아나 쌀 아나 똥이다

흥부처 험선, 밥 푸던 주걱으로 귀싸대기를 딱, 때리는 세상인데.
흥 부 아무리 그래도, 내가 누차 말했지요.

(흥부) 계집은 상하의복 같고 형제는 일신수족이라
　　　　　의복은 떨어지면 해 입기가 쉽거니와
　　　　　형제 일신수족은 아차 한번 뚝 떨어지면
　　　　　다시 잇지는 못허는 법이라

흥부처 그만! 그나저나, 박놀부 씨랑 월매, 어떻게 할 거요?
흥 부 조강지처 버리고 새장가 가믄 쓰것어요?
흥부처 하이고, 바람나서 도망간 조강지처? 늘그막에 등어리 긁어
　　　　　줄 사람이 생겼는디 좀 좋아? 이참에 내보냅시다.
흥 부 형님이 정히 좋다고 허믄 별수야 없것지만요, 아무리 그리

도… 우리는 양반이고, 월매는 퇴기 아녀요?

흥부처 하이고, 퇴기라고 다 퇴기간디? 그 딸이 춘향이고, 그 사위 이몽룡 씨가 정승판서 될 사람이여!

흥 부 (문 열고 나오며) 아무리 그래도 뭐가 맞아야…. (화초장 옆에 선 놀부를 보고) 형님, 여기서 뭐 하고 계셔요?

놀 부 (놀라서) 아니네, 아니야. (화초장 보고) 아따, 때깔 좋다. 이것이 화초장이여, 화초장. 된장, 간장, 고추장이 아니고. 허허허.

6막 〈야야, 늙었다고 무시 마라〉

- 관객과 적극적으로 노는 장면. 무대에 월매, 객석에 연지남과 연지녀
  가 있다.

연지남 쯧쯧, 놀부 저 냥반은 허구한 날 화초장 타령이네.

연지녀 쯧쯧, 나는 애타는 놀부 맴을 알것고만. 애고, 월매 맴도 똑
  같을 것인디. (객석 보고) 어쩌까, 잉.

연지남 월매가 무슨 걱정? 춘향이, 몽룡이는 조선의 사랑꾼인데,
  반대할라고?

연지녀 자식들이 그러든 말든 부모 맴은 그렇지 않지.

연지남 그려? 춘향이, 몽룡이 찾아서 함 물어봐? (연지녀: 아, 좋지)

(연지남) 쉬, 춘향이 만나러 나간다. 몽룡이 만나러 나간다.

- 연지남·연지녀는 관객에게 쓰개치마나 갓 등 간단한 소품으로 춘향
  과 몽룡을 설정하고, "당신이 춘향이라면?", "당신이 몽룡이라면?" 질
  문을 던진다. 이후 월매와 자연스럽게 대화를 유도한다. 월매의 대사
  들 △야가 뭔… 아녀, 아녀. 우리 딸이 어디서 뭔 말을 들었을까? △
  놀부가 뭐? 남사스럽다. 야. 그 냥반이랑 나랑 암것도 아녀. 오다가다
  만나믄 안부만 묻고 그려. △내가 눈이 높지. 너도 나 닮아서 몽룡이

랑…. 근디 이 서방도 아냐? △밥 안 자신 것 같아서 몇 번 챙기 줬더니 소문이 났는갑다. △(짝사랑?) 손바닥도 마주 쳐야 짝짝 소리 경쾌하지. △놀부? 지금 많이 바꼈어. 지금은 동네 사람들도…. △사람 일은 몰르는 것이다. 그 냥반이 또 잘될지 어떻게 아냐? △야야, 늙었다고 무시 마라. 늙은 사람도 가심이 뜨거워. 등등. 객석이 찬성이든 반대든 결국 월매는 자식들 눈치를 보니라, 알아서 포기하는 것으로 끝낸다.

• 관객과의 대거리가 끝나고, 연지남·녀, 퇴장. 무대에 홀로 남은 월매.

월 매　(관객의 말이 부정적일 때) 썩을 년. (한숨) 그려. 자식이 싫다는디…. 엄헌 일로 사우 앞길 망치믄 쓰간? 내가 주책이지. (긍정적일 때) 누구 딸인데 저리 말을 이쁘게 할꼬? 아녀, 아녀. 지가 진짜 좋아서 저러것어? 나 좋으라고 허는 소리지. 내가 주책이지, 주책이여.

7막 〈긍게, 이르믄 안 되는디〉

- 무대 끝에 각각 소쿠리를 든 월매와 지게를 진 놀부. 근심이 깊다. 제자리에서 맴돌기도 하고, 한숨을 쉬면서 어딘가를 응시하기도 하고.
- 제비(무용단 2인)가 날아와 두 사람의 행동을 따라 한다. 잠시 멈추고, 놀부와 월매의 발끝에서부터 선을 잇는다. 놀부와 월매는 선을 따라 끌리듯이 나온다.
- 놀부와 월매가 무대 중앙에서 스치듯 만난다. 쓸쓸한 듯, 반갑다.

월 매   (힘없이) 어디 가시오?

놀 부   (힘없이) 갈 곳도 없고, 오란 곳도 없고. 어제는 오른쪽, 오늘은 왼쪽, 오다 봉게 여까장 왔네.

월 매   (살피며) 낯색이 안 좋네. 눈알도 퀭허고. 잠을 통 못 잤는가?

놀 부   (살피며) 자네도 그렇고만. 눈이 댓 발이나 나왔는디? 울었어?

월 매   울기는 무신. 왜 그리 쳐다봐요? 헐 말 있소?

놀 부   언지는 헐 말 있어서 봤간디? 나는 이짝으로 기냥 갈라네.

월 매   나는 저짝으로 기냥 갈라네요. 조심허쇼.

놀 부   그려. 그짝도 조심허고.

- 서로 발을 떼지 못한다. 제비가 두 사람이 떨어지지 못하도록 하는 것.

- 후두둑, 빗줄기가 떨어진다. 제비들 날아간다.

놀 부 (반가운 듯 달려가 월매 머리 위로 손을 얹어 가려주며) 아따, 요즘 비가 잦네. 이를 어쩔끄나.

월 매 긍게, 이를 어쩐디야. 나는 저어기 물레방앗간으로 피해야 긋네.

- 월매가 자리를 뜨면, 놀부가 따라간다.

월 매 아따, 얄궂어라. 어딜 따라오시오?

놀 부 나도 비 피할라고.

- 두 사람이 소설 「소나기」의 주인공처럼 물레방앗간으로 뛰어 들어간다.
- 쑥스러운 듯 서먹하다가. 익숙하게 술과 안주를 꺼낸다. 한 잔 두 잔. 흥겹다.

월 매 (술을 부어주며) 옜소. 박주지만, 약주라 생각하고 한 잔 드 시오.

놀 부 주는 잔이니 받기는 하겠으나, 내가 상갓집서 술을 마셔도 술잔 끝에 권주가 없이는 안 먹는 사람이오만?

월 매 여보시오. 오랜만에 만나 권주가 하란 말이 고금천지 어디 있소? (잠시 토라졌다가) 심심헝게 권주가 대신 돈 터진 박 얘 기나 해 보시오.

놀 부 허, 그걸 또? 내 거 박 탄 얘기 혀 주께.

월 매 고것은 싫제. 누구 망했다는 소리가 재미지기는 헌디, 그보

담 누가 부자 됐다는 소리가 더 듣고 잡지.

놀 부　자네가 좋다믄, 내가 또 혀 줘야지.

ㅇ노래 〈박타령〉

(놀부)　홍부 내외가 박첨지네서 도끼 한 자루 얻어다 딱 박꼭지 찍어 마당에 내려놓고 김첨지네서 큰 톱 한 자루 얻어다 마누라 앞에 두고 박통을 켜는디

(월매)　지가 기껏 부린 욕심이야 박속이나마 배불리 먹고 바가지는 쌀도 일고 물도 떠먹겠다는 것이 고작이었을 것인디

(놀부)　아 이것이 웬일이여 슬근슬근 슬근슬근 타는 박마다 쌀 나오고 타는 박마다 돈 쏟아지고 (월매: 쏟아지고) 타는 박마다 휘황찬란 금은보배 일광단 월광단 산더미 같은 비단 포목이 노적가리처럼 쌓이고 (월매: 쌓이고) 수천수만 재물들이 꾸역꾸역 나오는디 심지어는 뒷간 똥 치우는 가래조차 다른 나무 무겁다고 오동으로 정히 깎아 나주 칠 곱게 혀서 나왔다데

월 매　위매, 얼마나 재미졌을꼬. 나랑 박 한번 탑시다.

놀 부　나랑? 박? 허자고? 나, 다시는 톱 안 잡네.

월 매　뺏길 것이나 있고?

놀 부　하기사. 그믄 다시 잡아 봐?

• 놀부와 월매가 박을 탄다. 월매가 메나리 목청으로 낭랑하게 소리를

메기고, 놀부는 뒷소리를 받는다. 어느 순간 무용단의 춤.

○노래 〈어기여라 톱질이야〉

(월매)　　　여보소 세상 사람 내 노래를 들어 보소

　　　　　　세상에 좋은 것이 남녀 정분 아니던가

(놀부)　　　어기여라 톱질이야

(월매)　　　우리 둘이 만난 후에 눈치 고생 많이 했네

　　　　　　남원 사람 이러쿵저러쿵 요리 쪼고 저리 쪼고

(놀부)　　　어기여라 톱질이야

(월매)　　　처마 밑의 제비마냥 지지배배 지지배배

　　　　　　방앗간의 참새마냥 짹짹쪽쪽 짹짹쪽쪽

(놀부)　　　어기여라 톱질이야

(월매)　　　이러한들 어찌하며 저리한들 어찌할꼬

　　　　　　한 상에서 밥을 먹고 한 방에서 잠을 자세

(놀부)　　　어기여라 톱질이야 어기여라 톱질이야

• 흥이 나서 목청을 돋우며 박을 타다가 놀부가 월매를 힘껏 당긴다.

월 매　　(놀부 품에 안기면서) 아이고머니나. 이르믄 안 되는디….

놀 부　　긍게, 이르믄 안 되는디…. 내 속, 잘 알제?

• 두 사람 서로를 바라보다가 쓰러진다.

(합창)　　　둥둥둥 내 사랑 어허둥둥 내 사랑 사랑이로구나

　　　　　　내 사랑이로다 아마도 내 사랑이야 천하일색 내

사랑 만고절색 내 사랑 사랑이로구나 내 사랑이
　　　로다

· 야릇한 음악들 쏟아지고.

8막 〈당신은 뱉도 없소〉

· 흥부 집. 흥부 부부가 안방에 있다. 일식과 이식이 뛰어 들어오면, 흥부 돌아앉고.

일 식   아버지, 만 냥만 주세요.

이 식   (놀라) 만 냥? 형님은 그만 좀 가져가시오. 지난번에도….

일 식   너는 가만있어라. 이번에는 정말 확실합니다.

흥부처   그것 때문에 그러쟈?

이 식   아버지, 저도 형님하고 생각이 같아요. 저는 오천만 땅겨 주세요.

흥 부   만 냥? 오천 냥? 정신 차려, 이놈들아.

흥부처   영감, 줍시다. 큰자식이 잘돼야….

이 식   어머니는 왜 만날 형만 챙겨요?

흥부처   아녀. 너도 해 줘야지.

흥 부   해 주기는 뭘 해 줘요?

이 식   큰아버지 먹이고 입히는 것만 아껴도….

일 식   왜 우리가 큰아버지를 먹여 살려야 합니까?

이 식   형님 말이 옳아요. 우리한테 뭐 해준 것이 있다고. 밥에, 국에, 옷에….

흥 부   그래서 네놈들은 불쌍헌 큰아버지를 내쫓자는 말이여?

이 식 우리 집에서 오래 살긴 했죠.

흥 부 내가 너희를 잘못 가르쳤구나. 나가, 당장 나가.

- 일식, 이식 투덜거리면서 나간다. 나가면서 들어오는 놀부와 마주치지만, 인사를 하지 않는다. 놀부는 아무 말도 못 하고 있다가, 화초장 곁에 서서 흥부 방에서 나오는 소리를 몰래 듣는다.

흥부처 영감, 어차피 죽으믄 다 물려줄 것인디….

흥 부 물려주기는. 이것이 내 재산이간디요? 남원 사람들 구휼하라고 나라에 바칠 것잉만요.

흥부처 (대수롭지 않은 듯) 하이고! 귀에 딱지 앉것네. 말 나온 김에 당신 형님 얘기나 마무리 집시다. 벌써 5년이요, 5년. (바닥 치면서) 혼자 된 시숙을 어느 제수가 그리 오래 모신답니까?

흥 부 아하, 그것이었구먼요. 형님 모시기 싫어서요.

흥부처 형제간이라 잊었소? 엄동설한 추운 날에 구박당허며 나오든 일?

　　O**노래** 〈썩 나가거라〉

　　(흥부처)　　야, 흥보야. 너도 늙어 가는 놈이 꼴마리에 손 넣고 서리 맞은 구렁이 모양으로 슬슬 다니는 꼴 보기 싫고, 밤낮으로 내방 출입만 하야 자식만 되야지 새끼 낳듯 험선, 나만 못살게 구니, 내가 너 보기 싫어 살 수가 없다 그러니 오늘부터 나가서 살아라

　　(흥부)　　아이고 형님 한 번만 용서허시오

(흥부처)	잔소리 말고 썩 나가거라
(흥부)	아이고 형님 동생을 나가라고 허니 어느 곳으로 가오리까 갈 곳이나 일러 주오 이 엄동 설한풍에 어느 곳으로 가면 살 듯허오 지리산으로 가오리까 백이숙제 주려 죽던 수양산으로 가오리까
(흥부처)	이놈 내가 너 갈 곳까지 일러 주랴 잔소리 말고 나가거라

흥부처 그때 구박당하고 쫓겨난 것만 생각하면 지금도 사지가 벌렁벌렁 떨려요, 벌렁벌렁. 나는 관 속에 들어가도 못 잊소.

흥 부 좋아요, 좋아. 조강지처의 원이라는디.

흥부처 그럼, 내보내실라요?

흥 부 우리 화초장 몇 개 남었지요? (살펴보며) 당신 또 자식들헌티 퍼준 거 아녀요?

흥부처 아녀. 근디 화초장은 왜?

흥 부 형님 장가보낼라믄 한 살림 떼어 주어야지요.

흥부처 한 살림? 아니 왜? 당신은 참말로 밸도 없소? 살림 떼어 줄 것이믄 난 반대요. 절대 반대! 반대!

흥 부 허허 참.

• 밖에서 엿듣던 놀부가 주저앉아서.

놀 부 내가 그랬능가? 나는 도통 기억이… (한숨) 그려, 내가 참 못 됐어. 미안합니다, 제수씨. 미안허다, 조카들아. 미안허구 나, 흥부야.

9막 〈다시 맡기지 뭐〉

- 무대 한쪽에서 변가 무리가 나온다. 마을 사람들이 광신도처럼 뒤따른다. 변가가 사람들에게 돈을 나눠 준다.

변 가　수익금이요. 보시오. 우리는 나눔을 실천하고 있지 않소.

- 이가와 김가 무리가 사람들을 다시 꼬드겨 돈을 뺏는다.

이 가　거 보시오. 내 말이 맞았지? (귀엣말로) 또 투자하시오. 많이 투자하면 더 큰돈을 벌 수 있소.

벌촌댁　맞네, 맞어. 지금 당장 쓸 데도 없는데. 다시 맡기지 뭐.

월곡댁　나는 그만헐라네. 갑자기 이렇게 큰돈이 들어옹게 좀 찝찝허고….

벌촌댁　찝찝허긴, 뭐시. 흥부 어르신네도 돈 안 뺐다데.

월곡댁　그 집 자식은 도박허고 그런다듬만.

김 가　더 많이 투자하려는 거요. 도박해서 돈 벌면 다시 투자금으로 넣으니…. 혹시 돈이 필요하면 더 빌려줄 수도 있소.

- 사람들이 김가와 이가에게 다시 돈을 준다. 변가가 나가면 이가와 김가도 같이 나간다. 변가와 이가, 김가가 다시 들어온다.

이 가 나으리, 이만하면 충분하니 남원을 떠날 때가 된 것 같습니다.

김 가 사람들이 눈치를 채기 시작했습니다.

변 가 남원은 내가 잘 아니 걱정 마라. 그리고 아직 할 일이 남았다.

김 가 흥부 말씀이지요? 이미 조치를 다 취했습니다요.

· 심상치 않은 음악 요란하다.

10막 〈빌믄 뭐가 달라징가〉

* 물레방앗간. 놀부와 월매가 맥없이 늘어져 앉아 있다. 한숨만 푹푹.

놀 부   아무래도 힘들것어.

월 매   동생이 나를 많이 싫어하지요?

놀 부   응…. 아녀, 아녀.

월 매   동생댁도 싫어하지, 뭐. 자식들도 그럴 것이고.

놀 부   아녀, 아녀. 좋아혀. 춘향이가 좀 그럴 것이여. 나 같은 사 램을….

월 매   아녀, 아녀요.

놀부·월매   (동시에 한숨을 쉬고) 에휴.

놀 부   내가 좀 착허게 살았으믄 이런 일이 없을 것인디.

월 매   내가 딸년을 요란허게 안 키웠으믄 이런 일이 없을 것인디.

놀부·월매   (동시에 한숨을 쉬고) 에휴.

놀 부   돈도 없고. 내가 뭐 가진 것이 있어야….

월 매   돈이야 내가 좀 있응게 전주 한벽당 옆이서 주막이라도 흐 믄….

놀 부   (허세 부리며) 실은 나도 돈은 있어.

월 매   돈이 어딨어?

놀 부   예전에 내가 쫄딱 망했을 때, 흥부가 그릿거든. (흥부 흉내)

"형님, 제 살림이 많사오니, 서로 절반씩 반분허여 한집에서 삽시다!" 근디 안 나눴어. 그렇게 이제 반반 딱, 나누자. 아니, 나 그냥 저 화초장 하나믄 된다. 내가 가서 그 말만 하믄 끝이여, 끝.

월 매 참말로 그럴라고?

놀 부 (눈치 보고) 아니, 그냥 말로만. 허까?

월 매 (화내고) 허지 마쇼.

놀 부 헐 수 있음 해도 되것지, 뭐. 거시기에 화초장 하나 있거든. 어디서 들응게 열 냥을 빌려주믄 열흘 뒤에 스무 냥으로 주는 디도 있다든디.

- 놀부가 화초장을 멘 듯 노래한다.
- 같은 시각, 흥부 집. 일식과 이식이 화초장을 보고 의미심장하게 웃더니 주위를 살피고, 각자 몰래 멘다. 놀부의 노랫가락에 맞춰서 놀다 나간다.

　O**노래** 〈화초장〉

(놀부)　화초장 하나를 얻었네
　　　　　화초장 하나를 주면은 화초장 화초장 두 개가 되고
　　　　　화초장 화초장 두 개는 화초장 화초장 화초장 화초장 네 개 되고
　　　　　화초장 네 개는 화초장 장화초 초장화 화장초 장 장장장 여덟 되니 이 아니 좋을쏘냐

월 매 그게 말이여, 막걸리여? 듣기는 존디 사기꾼이나 하는 짓이지. 절대로 안 돼요, 안 돼.

놀 부 알어! 나도 알어! 시상천지에 그것이 말이나 돼?

월 매 정화수 떠 놓고 천지신명께 빕시다.

놀 부 빌믄 뭐가 달라징가?

월 매 달라지지요. 암만요. 제가 지극정성을 다해 빌고 또 빌었더니 이몽룡이가 어사가 돼서 왔잖아요. 그때 한밤중에 우리 사우가 그지꼴을 해서 왔는데, 저는 한눈에 알아봤잖아. 마패 찬 어사님이구나. 그래서 내가 따신 밥을 해 줄라고 했는디, 생각해 봉게 몽룡이는 원래가 식은 밥을 좋아해. 내가 급히 식은 밥에 찬물 말고 매실장아찌에 무짐치하고 췄잖어.

놀 부 그려? 나는 따신 밥 좋아헌디.

월 매 잔소리 말고 여그 꿇어앉으쇼. 지금부터 빕시다.

놀 부 나는 남사시러서 그런 건 못 허네. 월매, 오늘은 일찍 파허자고. 내가 집이 가서 할 일이 좀 있구만.

• 놀부가 먼저 나가고, 월매는 계속 빈다.

11막 〈제비가 말도 혀〉

- 놀부가 돌탑 앞을 스쳐 지나다가 되돌아온다. 기웃기웃 머뭇거리다가 돌을 하나 얹고 소원을 빈다.

놀 부　월매가 빌라고 혔는디…. 저어기, 나는 놀분디…. 그 거시 기, 안 되것지? 내가 뭔 염치로. 늙어 주책이지. 허허. 그나 저나 우리 남원 사람들이 사기꾼헌티 속고 있는 것 같은디 내 주제에 나설 수도 없고….

- 놀부 주변으로 제비들이 모여든다.

놀 부　워매, 뭔 제비들이여. (놀부가 무서워하며 몸을 피한다)

- 제비들의 짧은 춤사위.
- 놀부가 제비들에게 다가가면 춤꾼들은 흩어지고.
- 연지남이 돌탑 뒤에서 관을 쓰고 등장한다.

연지남　너는 놀부 아니냐?
놀 부　누구여? (살피고) 아무도 없는디. 제비여? 제비가 말도 혀?
연지남　나는 연지국에서 온 사람이다.

놀 부　연지국? 제비? 나를 쫄딱 망하게 한 장본인이시고만.

연지남　모든 것은 자업자득, 자승자박! 그래, 요즘은 어찌 지내느냐?

놀 부　나야, 뭐 그냥, 안으로는 흥부네서 밥이나 축내고 밖으로는 월매랑 소일거리나 함선….

연지남　월매? 너와 월매가 무슨 사이더냐?

놀 부　좋은 사이…, 참 좋은 사이. (웃고) 제가 월매를 처음 봤을 때가 5년 전인디, 흥부 집에 얹히기로 작정은 허였으나, 무슨 염치로 쉬 가것소. 허여, 이리 기웃 저리 기웃 하고 있을 적으,

　　○노래 〈밥은 자셨소〉

　　(놀부)　　화용월태 한 미인이 교태로 무르익어 미소 머금고 나오는디
　　　　　　　매미 머리 나비 눈썹 은근한 정을 담뿍 머금은 눈빛에 연지 뺨 앵두 입술 박씨같이 고운 잇속 삐비 같은 연한 손길 버들같이 가는 허리에 곱게 수놓은 비단옷을 호리낭창 걸쳐 입고 연꽃이 나부끼듯 해당화 조는 듯 모란화 벙그는 듯 고운 소리 옥 굴리듯 말하는디, 밥은 자셨소 밥은 자셨소 어하 밥은 자셨소

연지남　밥 먹었냐는 말이 그리 반갑더냐?

놀 부　반갑기만 헙니까?

(놀부)　　　사흘 나흘 예사 굶어 뱃가죽이 등에 붙고 갈빗대
　　　　　　　가 따로 나서 두 눈이 캄캄 두 귀가 먹먹 누웠다
　　　　　　　일어나면 정신이 어질어질 앉았다 일어서면 다
　　　　　　　리가 벌렁벌렁 말라 죽기 일각이 여삼춘디

놀 부　월매, 월매, 그 말 듣고 얼매나 눈물을 쏟았던지.

연지남　허허, 월매가 주린 자에게 밥 한 술 내어주는 인정은 천하
　　　　제일이지.

놀 부　속은 또 얼마나 깊은지. 하루하루 허전하게 보내지만 넘들
　　　　이 자식 흉볼까 무서워 겉으로는 엉덩이 흔들고 다니는 아
　　　　조 속 깊은 사람이죠.

연지남　그 엉덩이에 그런 사연이 있었구만.

놀 부　여쭙고 싶은 것이 있는데… 제가 흥부한테 화초장 하나만
　　　　더 달라고 해도 될까요, 안 될까요?

연지남　그걸 꼭 물어야 알겠느냐?

놀 부　아닙니다. 안 되지요. 암요, 안 되지요. 암만요. 안 되지요.

• 놀부가 도망치듯이 나간다.

12막 〈왜 애먼 양반을 모함이여〉

- 월매 집. 월매가 정화수를 떠 놓고 빌고 있다.

(E·흥부처)　　　영감! 화초장, 화초장! 화초장이 없어졌어!

- 흥부처가 씩씩거리면서 들어온다. 흥부도 뒤따라 들어온다.

흥부처　　월매, 화초장 여기 있지? (집 곳곳을 뒤지면서) 시숙, 아니, 박
　　　　　놀부 씨가 훔쳐간 화초장, 여기 숨겼지?
월 매　　마님, 왜 애먼 양반을 모함해요?
흥부처　　하이고, 다 그럴 이유가 있으니까 그러지. 세상천지에 그거
　　　　　탐내는 사람은 박놀부 씨 한 사람뿐이여.
월 매　　그 냥반이 가져갔는지, 안 가져갔는지 보셨어요?

- 마을 사람들(월곡댁, 벌촌댁)이 웅성거리면서 몰려온다.

흥부처　　(뒤지다가 없는 것을 확인하고 퍼질러져 타령조) 하이고, 공짜로 멕
　　　　　이고 입히고 재워 줬더니 은혜를 웬수로 갚네. 화초장 내
　　　　　놔, 화초장.
벌촌댁　　흥부님 여기 기신다면서요? 근디 왜 이리 시끄럽대?

흥부처   (반기며) 박놀부 씨, 못 봤는가? 그 웬수가 우리 화초장을 가
            져갔어, 화초장.

   • 매안댁이 들어온다.

매안댁   (들어오면서) 화초장이믄 큰 궤짝 말이지요? 아까 첫째, 둘째
            서방님이 큰 궤짝을 지고 가시든디.
흥부처   (쏘아보며) 매안댁이 봤어? 확실히 봤어?
매안댁   그것이 화초장인지 고초장, 된장, 간장, 뗏장인지 모르겠는
            디….

    ○노래 〈원수놈의 자식이야〉
    (매안댁)   화초장 하나를 얻었네 화초장 하나를 주면은 화
                 초장 화초장 두 개가 되고 화초장 화초장 두 개
                 는 화초장 화초장 화초장 화초장 네 개가 되고

매안댁   그러믄서 큰 장롱짝을 낑낑댐선 지고 가던디요.
흥 부   어디로 갔어요?
매안댁   성안으로요.

   • 흥부가 급하게 밖으로 나가면. 벌촌댁이 "흥부님, 저랑 헐 말이 있는
   디." 하면서 쫓아 나가고. 흥부처 주저앉는다.

월 매   이보시오, 흥부 마나님. 그짝 아드님이랍니다.

(흥부처)   자식이야 자식이야 원수놈의 자식이야

　　　　　　　몹쓸년의 팔자로다 이년신세 어이허여

　　　　　　　이 지경이 웬일이란 말이냐

흥부처   (눈물바람하며) 하이고, 내 팔자야. 못 먹고, 못 입던 시절에

　　　　　하도 못 멕이고, 하도 못 입혀서, 자슥들 달라는 것은 다 해

　　　　　줬더니….

월 매   어미 맴이 다 그렇지요. 자식이 철들어 어미 마음 알 때쯤

　　　　　이믄, 어미가 곁에 없어 서러울 테고.

(합창)   자식이야 자식이야 원수놈의 자식이야

• 흥부처와 월매가 붙들고 운다. 매안댁과 월곡댁도 함께 붙들고 운다.

13막 〈웬수놈의 자식이야〉

• 화초장을 낑낑거리고 가는 일식·이식. 놀부가 뒤쫓아 온다.

놀 부　일식아, 이식아, 게 섰거라. (졸졸 쫓아가면서) 이거 화초장
　　　　아녀?

이 식　큰아버지, 그냥 못 본 걸로 해 주세요.

놀 부　봤는디?

이 식　(멈추고) 그럼 가서 이르든가요.

놀 부　일러? 아하, 니네 그거 몰래 가지고 나왔구나? (한 바퀴 돌고)
　　　　니들 노름허지? 술 처먹고 기집질도 허고?

이 식　무슨 상관이에요?

놀 부　나도 다 해 본 가락이 있응게. 남원에 사기꾼이 떴다듬만
　　　　거기 걸렸고만?

이 식　저희가 사기꾼이랑 노름을 하든, 술을 마시든 상관 마시라
　　　　니까.

놀 부　일식아, 이식아, 그러다 니들 내 꼴 난다.

• 변가와 김가, 이가가 나온다. 일식과 이식이 화초장을 넘긴다.

놀 부　이 사람들은 뭐여? (변가를 보고 놀라서) 어? 변사또?

변 가 쉿! 나를 어찌 알아보셨소?

놀 부 우리가 한때 한 술 했잖소. 헌데 남원은….

변 가 내가 못 올 곳 왔소?

놀 부 남원 사람들에게 금품 갈취하고, 춘향이도 수청 안 든다고 모질게 고문하다가 봉고파직, 재산 몰수, 외딴섬 귀향에, 그 창피를 당하고도….

변 가 박놀부 씨나 나나 피장파장인데. (살피며) 소문은 들었소만, 꼴이 사납소. 정말로 쪽박을 찬 것이 맞나 보오?

놀 부 요즘 읍성에서 100냥 주면 수일 내에 200냥 준다는… (살피고) 지금 내 동생 흥부랑 제수씨에 조카 놈들까지 꾀어서 돈 가지고 와라, 화초장 훔쳐 와라, 한 사기꾼이 네놈이구나. 일식아, 이식아, 저놈이 그 유명한 변사또다. (큰 소리로) 니가 우리 형제를 뭐로 보고, 탐관오리 주제에….

변 가 탐관오리? 저놈 혼이 비정상이로구나. 여봐라! 허튼소리 못 하도록 혼을 내 줘라.

• 김가와 이가가 놀부를 끌고 매타작을 한다. 일식과 이식은 어쩔 줄 모르고.

놀 부 남원 사람들아. 변사또가 사기꾼이…. 모두 조심…. 아이고, 놀부 죽네.

• 흥부가 급하게 들어와 말린다.

흥 부 형님, 형님.

변 가	네놈이 박흥부로구나. 그렇지 않아도 네놈 집과 전답을 확
	인하러 가던 참이다.
흥 부	그게 무슨 말이오?
김 가	몰라 묻느냐?
흥 부	(자식들 보고) 일식아, 큰아버지 모셔라. 이식아, 화초장 어딨
	냐? 저것이냐?

    • 흥부가 화초장을 메려고 하면, 이가가 와서 빼앗는다.

    • 벌촌댁, 들어와 우왕좌왕.

이 가	이 작자가 미쳤나. 맞고 갈 것이냐, 그냥 갈 것이냐?
흥 부	제가 맞는 것은 참 잘하지요. 몇 대 맞아 줄랑게, 그냥 가게
	해 주시오. (뺨을 내밀며) 자, 때리시오.
변 가	상황 판단이 안 되는 모양이구나. 일러주거라.
이 가	(주머니에서 책을 꺼내) 네 처와 자식들에게 받을 돈이 10만
	냥 남았다.
모 두	10만 냥?
이 가	(치부책을 넘기며) 첫째 일식이가 투자비로 빌린 5천 냥에 노
	름빚 1만 냥, 둘째 이식이가 빌린 5천 냥에 노름빚 1만 5
	천 냥, 셋째 삼식이 5천 냥에 네 마누라 1만 냥. 네 사람이
	빌린 돈의 이자가 5만 냥. 도합 10만 냥.
흥 부	뭔 이자가 그렇게 높아요?
이 가	(벌촌댁을 보고) 많은 줄 알고도 쓰던데.
벌촌댁	아이고, 내 신세야. 나는 흥부님만 믿고 헌 것인디 이를 어쩌.
흥 부	아이고, 이 나쁜 사람들….

김 가 우리가 나빠? 돈 빌리고 안 갚는 놈이 나쁜 놈이지. 우리 사업은 합법이야. 여기 사업자등록증도 있고, 차용증도 있고, 각서도 있고.

일식·이식 (김가·이가에게 매달리며) 살려 주세요. 살려 주세요.

이 가 빚만 갚으면 돼. (품에서 문서를 꺼내며) 돈을 못 갚으면 어떤 처벌도 받겠다는 문서도 있다.

흥 부 남원 사또님이 가만있지 않을 것이구만요.

변 가 남원 사또? 하하하. 신고해라.

이 가 여기 남원 사또와 함께 먹은 술값 영수증도 있느니라.

변 가 어서 가서 돈을 구해 와라. 이달 말일까지 갚지 못하면 네 식구들 모두 종으로 팔아 버릴 것이다.

일식·이식 (놀부와 흥부에게 매달리며) 아버지, 큰아버지, 우리 어떡해요.

놀 부 (변가의 다리를 붙들고) 전임 변사또님, 한 번만 봐주시오.

변 가 천하의 놀부가 봐달라고? 하하하하. 꼴값을 합니다, 놀부 선생.

놀 부 우리가 그래도 예전에는….

변 가 세상 중한 것이 돈이요, 돈… 쯧쯧. (놀부를 발로 차고) 여봐라! 저놈들이 야반도주할 수 있으니, 저 두 놈을 잡아 두어라. 아이들 시켜서 마누라도 잡아 오고. (흥부 보고) 이달 말일까지요. 딱 열흘 남았소.

- 변가 일행이 일식·이식을 끌고 간다.

○노래 〈웬수놈의 자식이야〉

  (흥부) 　　자식이야 자식이야 웬수놈의 자식이야

몹쓸놈의 팔자로다 이놈신세 어이허여

이 지경이 웬일이란 말이냐

• 흥부가 놀부를 붙잡고 통곡한다.

14막 〈흥부네 일 났네〉

- 춤, 열흘이 지나고 있음을 알 수 있는 내용으로.

  ○노래 〈웬수놈의 돈이로세〉
  (합창)   하루지나 한숨이고 이틀지나 탄식이네
           자식이야 자식이야 웬수놈의 자식이야
           흥부부자 저리될줄 어느누가 알았겠나
           삼일가고 사일가고 눈물짓다 열흘이네
           흥부네만 문제인가 남원백성 거덜났네
           천하웬수 변사또가 남원백성 아작냈네
           돈이로세 돈이로세 웬수놈의 돈이로세

15막 〈인제 가면 언제 오나〉

• 돌탑. 터덜터덜 걷던 놀부가 돌탑 앞에 멈춰 선다. 나지막이 말하면서
  돌 여러 개를 쌓고 소원을 빈다.

놀 부   (힘없이) 이건 흥부 꺼, 이건 제수씨 꺼, 이건 일식이 꺼… 요
         기 예쁜 것은 월매 꺼.

       ○노래 〈비나니다〉
       (놀부)   비나니다 비나니다 아무헌티나 비나니다 돈도
                   없고 힘도 없고 빽도 없고 능력도 없고 읍소헐
                   곳 여기밖에 없으니 내 원 좀 들어주시오
                   부디 동생 살려 주오 흥부 동생 죽거들면 혼자
                   살아 뭣 허리까 흥부 가족 죄 있다면 못난 형 때
                   문이니 제가 대신 받겠나이다

• 스산한 바람이 불고, 제비들이 모여든다. 놀부가 반가워한다.

놀 부   우리 동생네 살려 주면 높고 높은 은혜, 혼귀 고향 돌아가
         서 호호만세 허오리다.

- 제비 등장에 맞춰 춤
- 잠시 후, 월매가 지나가다 이 모습을 몰래 본다.

연지남 오늘은 또 무슨 일이냐?

놀 부 흥부네 가족이 악덕 사채업자에게 걸려서 알거지가 됐습니다. 한때 못살기도 했으니 재산 잃은 것이야 그렇다 쳐도 고리이자 때문에 식구들 모두 종으로 팔리게 생겼습니다. 구해 주십시오.

연지남 내가 무슨 힘이 있어 흥부네를 구할꼬?

놀 부 저도 쫄딱 망하게 하지 않았습니까.

연지남 그럼 집안 망하는 박씨를 하나 줄까?

놀 부 그건 내년 봄여름까지 기다려야 하지 않습니까?

연지남 어찌하면 좋을꼬?

놀 부 그걸 저에게 물어보심 어쩝니까? 제발 구해주십시오. (답이 없자) 원하신다면 제 목숨이라도 내놓겠습니다.

연지남 목숨을 바쳐 동생네 가족을 구하겠다고?

놀 부 그동안 형 노릇 한 적 없으니 이렇게라도 사람 구실 해야지요.

연지남 기특은 하다만 내가 네 목숨 가져다 어디에 쓰겠느냐?

놀 부 (허탈하게) 그러것지요? 제 목숨이 너무 보잘것없지요. 그리도 혹시라도 필요한 곳이 있으면… 뭔가 할 일이….

연지남 알았다. 나를 따라 연지국으로 가자. 마침 그럴 일이 있구나.

놀 부 정말입니까? 꼭 약조해 주셔야 합니다.

연지남 헌데 네가 없으면 너의 사랑 월매는 어찌한단 말이냐?

놀 부 (갑자기 생각났다는 듯 주저앉으며) 월매! 아, 형제의 정이냐, 월매와의 사랑이냐, 그것이 문제로다. (고민을 하다가) 변사또 같은 나쁜 놈이 무소불위의 힘을 가진 세상이라면, 그런 나쁜 놈이 아무런 반성도 없이 또 세상에 나와서 더 떵떵거리고 사는 세상이라면, 월매도 행복하지는 못할 것입니다.

연지남 정녕 그리 생각허느냐?

놀 부 예. 그렇습니다.

연지남 내가 너를 거둘 것이다. 여기 돌무덤 속으로 걸어 들어오너라.

　　　○노래 〈날 다려가오〉

　　(놀부)　　월매 인사도 못 허고 가네. 나같이 돈도 없고 능력도 없고 빽도 없고 모자른 사람과 남은 평생 불안하게 사느니 차라리 나쁜 놈들 없는 세상에서 더 좋은 남자 만나서 행복하게 사시오 월매

　•　놀부가 돌무덤 속으로 들어가려고 하면, 월매가 뛰어 들어와 말린다.

월 매 안 돼요, 안 돼.

놀 부 월매, 여기 왜 있는가?

월 매 암만 그리도… 그게 아녀. 그깟 돈이 무어라고 우리가 이별한단 말이오.

놀 부 이게 돈 때문만은 아니네. 나는 이미 5년 전에 죽었어야 하는 몸이여. 하늘이 동생에게, 남원 사람들에게, 월매 자네에게, 좋은 일이라도 한 번 하고 죽으라고 지금껏 살려 놓은 모양일세. 이해해 줘. 내가 죽어 동생 가족이 행복하고, 월

매가 좋은 세상에서 살 수 있다면 그게 더 나은 일 아닌가.

월 매　　같이 살아야 좋은 것이지. 나도 같이 가요.

놀 부　　같이 갈 길이 아니여. 월매, 뜨신 밥 잘 먹고 가네. 꽹이 밥 이 아니라 내 밥 채리 준 것을 알고 있었제. 언제나 고마웠 네. 나, 가네!

· 월매가 멍하니 있다가

　　(월매)　　아이고 놀부 영감 참말로 가는구나 나를 어쩌고 가려느냐 아이고 놀부 영감 날 다려가오 아이고 놀부 영감 날 다려가오

　　(합창)　　가는 대로 작게 뵌다. 달만큼 보이다 별만큼 보이 다가 나비만큼 보이다가 십오야 둥근 달이 떼구 름 속에 잠긴 듯이 아조 깜빡 돌무덤을 넘어가니 아이고 허망허여— 가네 가네 허시더니 영영 가 고 마네그리여

16막 〈헤이여루 당기여라〉

- 변가의 집, 마당. 한 가운데 변가가 앉아 있고, 그 주변으로 무리들. 흥부처 · 일식 · 이식은 마당에 무릎을 꿇고 있다. 한쪽에 화초장이 있다.

ㅇ노래 〈돈타령〉

(변가)   얼씨구나 절씨구 얼씨구나 절씨구 돈 봐라 돈 봐라 잘난 사람도 못난 돈 못난 사람도 잘난 돈 맹상군의 수레바퀴처럼 둥글둥글 생긴 돈 생살지권을 가진 돈 부귀공명이 붙은 돈 이놈의 돈아 아나 돈아 어디 갔다 이제 오느냐 얼씨구나 절씨구 지화자 좋다

- 흥부가 고개를 숙이고 들어온다. 반기는 흥부처와 자식들.

변 가   돈 가져왔소? (흥부가 고개를 저으면) 없어? 그럼 처와 자식들을 종놈으로 팔아야지.

흥 부   차라리 저를 파세요.

변 가   너도 팔 것이다. 너뿐만 아니라 남은 자식들도 모두 종으로 팔아 세경이라도 챙겨야겠다.

흥 부   (주저앉아) 아이고, 하소연할 곳도 없고 답답하네요.

- 월매와 마을 사람들이 뛰어 들어온다.

월 매   멈추시오, 멈추시오. 내가 갚겠소. 내가.

사람들   우리가 갚겠소.

변 가   저것들은 뭐냐? 월매? 오랜만이구나.

월 매   변사또 아니시오? 천하 나쁜 놈이 누군가 했더니…. 무슨 염치로 남원에 왔대?

변 가   염치? 미천한 것이 주제도 모르고 나서는구나.

월 매   두말할 것 없소. 흥부네가 진 빚을 내가 갚겠소.

사람들   우리가 갚겠소.

월 매   여기 집문서, 전답문서요. 이걸로 끝냅시다.

사람들   우리 것도 있소.

변 가   미쳤구나. 이게 얼마나 된다고. 헌데 왜? (월매 보고) 소문은 들었다. 춘향이도 지 신분 망각하고 사또 자제를 꼬시더니 제 어미를 닮은 것이었구나.

월 매   말조심하시오.

변 가   (월매 보고) 네 속셈을 모를 줄 아느냐? 흥부 빚을 갚아 주고 놀부와 혼인을 하겠다? 그래서 반쪽 양반 신분이라도 사겠다?

월 매   그런 소릴랑 마시오.

변 가   (흥부 보고) 알거지가 됐다고 해도 양반 체면이 있지. 안 그렇소, 박흥부 씨?

흥 부   (큰 소리로 호통) 이놈아, 말조심해라. 귀허고 귀허신 우리 형수님이시다.

변 가   형수님? 하하. 곧 종놈으로 팔려 갈 신세이니 월매나 놀부나 다 같은 개돼지라는 말이구나. (사람들 보고) 너희들은 또 뭐냐?

매안댁　당신한테 씻나락까지 모두 뺏긴 남원 사람들에게 곡간 열어 목숨 살린 분이 저기 저 흥부 어른이오. 우리는 지금 그 빚을 갚는 거요.

변 가　허. 뚫린 입이라고 말은 잘들 하는구나.

흥 부　여러분, 제가 자식을 잘못 가르쳐 이렇게 된 것이니 이럴 일이 아니오. 월매, 아니 형수님, 남은 생, 형님과 오순도순 잘 사세요.

월 매　그게 무슨 말이오. 놀부 양반 눈에서 피눈물 날 소리 하지 마시오.

변 가　더 이상은 못 봐주겠구나. 여봐라! 저놈들을 다 쓸어 버려라.

　• 김가, 이가 등이 흥부와 월매 일행을 제압하고 꿇어앉힌다.

변 가　화초장 가져오거라. 저것들 앞에서 돈 잔치나 해야겠구나.

　• 화초장을 가져온다. 무리들이 열려고 하지만 안 열린다.

변 가　저리 가거라. 내가 직접 열어야겠다. 왜 이리 안 열리느냐. 화초장은 버리고 은금보화만 챙겨야겠구나. 여봐라! 도끼를 가져오거라.

　• 변가가 화초장을 도끼로 내려친다. 연기와 함께 연지국 마님이 나타난

다. 연지남과 연지녀가 큰 몸짓으로 인사한다.

마 님　네 이놈, 변가야!

　　　　○노래 〈줄줄이 종일러니〉
(연지마님)　네놈 할애비에 애비까지 줄줄이 종일러니 병신
　　　　　　년에 도망허여 부지거처 몰랐다가 전주 남문장
　　　　　　터서 들은즉 여기 남원서 산다기로 네놈 찾으러
　　　　　　내 왔다 어서 당장 인사 못 하겠느냐

변 가　아니, 대체 뉘신데… 그런 막말을?
마 님　이 때려죽일 놈아, 이놈아! 내가 네놈 상전이다. (노비 문서를
　　　　꺼내고) 네 할애비는 정월쇠, 네 할미는 이월덕이, 네 애비는
　　　　마당쇠, 네 에미는 사월덕이….
변 가　그걸 어찌 알고….
마 님　이 때려죽일 놈아, 이놈아! 오늘부터 다시 상전으로 안 모
　　　　셨다가는 다리몽둥이를 작신 꺾어 놓을 것이다.
변 가　비나이다, 비나이다. 상전님 전 비나이다. 몸값을 낼 것이
　　　　니 그 문서 좀 태워 주시오. 얼마면 되겠소?
마 님　얼마나 바칠래?
변 가　천 냥? 만 냥?
마 님　이 때려죽일 놈아, 이놈아! 내가 너 같은 종놈과 많고 적음
　　　　을 다투겠느냐? 종놈 재산은 모두 상전의 것. 십만 냥 낼
　　　　거면 내고, 아니면, 짐 싸서 따라오너라. 당장.
변 가　아닙니다. 내지요, 내고말고요.

· 김가가 돈을 가져다준다.

마 님　이 때려죽일 놈아, 이놈아! 내가 너에게 소개해 줄 사람이 있다. 나오너라.

· 검은 수염 덥수룩한 장비 분장을 한 놀부가 장팔사모를 휘두르며 나온다.

　　　　○노래 〈장비가〉
　　(연지남)　　한 장수 나온다 한 장수 나온다 먹장낫고리눈에 다박수염을 거사려 사모장창 들고 변가 앞에 가 우뚝 서며

장 비　네 이놈 변가야! 네놈 심술 고약하다. 수년 전에도 남원 백성의 고혈을 짜더니만, 이제는 고리 사채에, 사기에, 놀음판에 나쁜 짓이란 나쁜 짓은 다 도맡았구나. 이놈 심사가 이래 놓으니 삼강얼 아느냐, 오륜얼 아느냐. 이런 모질고 독한 놈이 세상천지 어디가 있드란 말이냐. 그 죄로 죽어 보라.

· 놀부(장비)가 장팔사모를 크게 휘두른다.

변 가　살려 주시오, 살려 주시오.
장 비　한칼에 죽이기는 아쉽구나. 천하 못된 놀부 심술로 너를 괴롭히다 죽여야겠다.

- 놀부가 수염을 벗는다. 마을 사람들과 함께 노래를 부르며, 사설에 맞춰서 몇 가지 행위를 연출한다. 혹은, 흥부네 식구들과 월매, 마을 사람들이 남사당 여사당 거사 각설이 초란이패 등 다양하게 분해 변사또를 혼낸다.

(연지남)　천하못된 놀부심술로 변사또를 혼내는디
(놀부)　엉덩이에 말뚝박고 말뚝에다 망치질
　　　　　발가락에 불붙이고 불붙은데 부채질
　　　　　삐쭉나온 코털잡고 어기영차 뽑아주고
　　　　　다함께 힘모아서 다시한번 어기영차
　　　　　똥눌때 주저앉히고 앉은자리 맴돌리기 맴맴맴맴
　　　　　빗자루로 쓸어내기 쓱쓱싹싹 쓱쓱싹싹
　　　　　밥주걱으로 뺨때리기 하낫둘셋넷
　　　　　번호 붙여 다시한번 하낫둘셋넷

- 혼쭐난 변가 일당은 무릎 꿇고.

놀 부　네 이놈 변가야! 정신이 드느냐? 남원 고을 백성들을 무시했다간 더 큰일 날 줄 알아라.

- 흥부처가 자식들을 끌고 놀부와 월매에게 머리를 조아린다.

놀 부　아이고! 동생, 제수씨, 조카들아, 내가 잘못허여 또 고생을 허였고만. 부디 용서허지 마소.
흥 부　형님 그게 무슨 말씀이오? 모두 제가 부족허여 그리 된 일

이오.

놀 부　이제부터 맘 잘 먹고 살믄 된다. 그나저나 우리 월매 씨는 어딨는가?

월 매　뉘신가 했더니, 잘난 우리 놀부 양반이었네.

　• 월매와 놀부, 서로 이름을 부르며 격하게 안고. 모두 달려가 얼싸안는다.

월 매　오늘같이 좋은 날, 어찌 엉덩이를 안 흔들꼬.

　• 모두 손을 잡고 한바탕 축제.

　　○노래 〈경사로세 경사로세〉
　　(합창)　　경사로세 경사로세 남원땅의 경사로세
　　　　　　　　만복좋은 놀부월매 금슬좋은 놀부월매
　　　　　　　　천신마저 감동하사 사랑사랑 이루었네
　　　　　　　　세상천지 사람들아 사랑귀헌 사람들아
　　　　　　　　사랑사랑 하려거든 남원땅이 제일이네
　　　　　　　　천부지지 옥야백리 남원땅에 이르거든
　　　　　　　　부자라고 자세말고 가난타고 한을마소
　　　　　　　　잘난사람도 못난돈 못난사람도 잘난돈
　　　　　　　　우리인생 즐거웁게 살다가면 그만이지
　　　　　　　　실건실건 실건실건 실건실건 실건실건
　　　　　　　　얼씨구나 시르렁실경 당기여라 웃음이야
　　　　　　　　실건실건 실건실건 실건실건 실건실건
　　　　　　　　절씨구나 헤이여루 당기여라 행복이야

아매도 내 사랑아

· 2016년 한옥자원활용 야간상설공연

제작: 남원시립국악단, 남원시, 전라북도문화관광재단
연출: 류경호

출연: 강만보 · 고현미 · 김은원 · 김정환 · 김지훈 · 문광수 · 박계숙
백건재 · 서연희 · 설지애 · 유창선 · 이난초 · 이승민 · 이유정
이태완(이상 배우) · 김나연 · 김민지 · 김다은 · 김새별
박지은 · 신혜원 · 이지현(이상 무용)

공연 현황
· 2016년 5월 14일 ~ 9월 24일(매주 토) 광한루원(남원시)

프롤로그 〈엿 사시오〉

- 엿장수가 관객 앞에 나와서 〈쑥대머리〉 첫 대목을 부른다.

엿장수   (판소리) 쑥대머리 귀신형용 적막옥방으 찬 자리에 생각난
    것은, 엿뿐이라~ (큰 소리로) 엿 사시오. 엿 사시오. (노랫가락
    으로) '엿 사시오, 엿 사. 엿을 사시오. 엿을 사. 사랑, 사랑,
    사랑, 사랑의 엿이로구나.' 적막한 감옥, 그 찬 자리서 춘
    향이가 그토록 먹고 싶어 했다던, 바로 그 엿! 혼자 먹으면
    웃음 나고, 둘이 먹으면 정분난다는 바로 그 엿! 엿 사시오,
    엿 사!

뻥튀기   (뻥튀기를 마패처럼 들고 들어오며) 뻥이요. 뻥이요.

엿장수   뻥? 무슨 뻥? 뻥쟁이는 당신이지, 당신.

뻥튀기   뻥 맛 한번 볼 텨? 표창 날리듯이 뻥, 뻥, 날려 줄랑게.

엿장수   손모가지 함부로 놀리들 말어. 엿가락으로 칭칭 묶어 버릴
    까 보다.

- 두 사람은 으르렁거리며, "엿 사시오." "뻥이요." "엿 사시오." "뻥이
  요." "엿 사시오." "뻥이요." "엿 먹어." "뻥 먹어." "엿 먹어." "뻥 먹
  어." "엿 사." "뻥 사." … 가락을 실어 말다툼한다.

엿장수 누가 엿가락이라도 하나 사줘야 이 싸움이 끝날 것인디….

뻥튀기 엿만 사믄 끝난다냐? 뻥튀기도 사야지?

• 두 사람은 대치 상태로 한 바퀴. 엿장수가 뻥튀기장수의 기세에 눌린다.

엿장수 잠깐! 그짝이나 나나 먹고살자고 허는 일인디, 이렇게 싸우믄 쓰것는가?

뻥튀기 그리서 어쩌자고? 그만허자고?

엿장수 그믄 계속헐라고? '하나, 둘, 서이' 하면, 우리 사이좋은 관계로 바뀌는 것이여. (관객과 함께) 하나, 둘, 서이. 짜잔! 이제부터는 엿가락처럼 찐득찐득허게 지내 보까? (다가가며)

뻥튀기 (밀쳐내며) 이 남자 미쳤는가 비네. 궁뎅이 방뎅이 뻥뎅이로 한번 맞어 볼 겨?

엿장수 (뻥튀기 보고. 과장되게) 아니, 이것은! 청정 지리산의 정기와 섬진강 맑은 물, 허브 메카 남원이 키워 낸다는 스테비아 고품질 남원 쌀로 만든 뻥튀기! 나 뻥튀기 열 개만 줘 봐.

뻥튀기 (엿 보고) 아니, 이것은! 미질 좋기로 소문나 뉴질랜드, 영국, 오스트리아, 독일, 호주까지 수출한다는 춘향골 쌀로 만든 엿가락! 나 엿가락 백 미터만 줘 봐.

• 두 사람은 천 개, 만 개, 억 개 식으로 다시 말장난하다가 엿장수의 너스레가 이어진다.

엿장수 아따 많이들 오셨네. 뭣 허러 오셨소? 광한루 놀러 왔소? (큰 소리로) 공연 보러 왔다고? 춘향이랑 몽룡이랑 얼레리꼴

레리 하는, 거시기? 그 공연이 참말로 재미지다던디.

뻥튀기 정말로 재미져? 눈물 콧물이 한 바가지여? 아니믄 배꼽을 빼?

엿장수 눈물도 빼고, 콧물도 빼고, 배꼽도 빼고, 엿가락도 쭉쭉 빼지.

뻥튀기 아따 재미지것네.

엿장수 (관객에게) 그거 알랑가? 영화관에서 영화 볼 때는 팝콘하고 콜라, 광한루서 창극 볼 때는 엿가락과 뻥튀기.

뻥튀기 아따, 말도 잘허네. 뻥쟁이여, 뻥쟁이.

엿장수 (관객에게) 뻥튀기 싫어하믄 엿 사 먹든가… 안 사믄 춘향이 는커녕 월매 코빼기도 구경 못 헐 텐디. (관객 전체) 누구 맘 대로? (관객: 엿장수 맘대로)

• 객석 돌면서 엿과 뻥튀기를 판다.

뻥튀기 (뻥튀기를 팔면서) 여러분, 오늘 신문 봉게 ○○이가 ○○ 됐 다듬만. 참말로 속상허고 분허고 야속혀.

엿장수 참말로. 옛날 같으믄이사 이몽룡이멘치로 뻥튀기만 헌 마 패를 떡허니 들고, 암행어사 출또요, 출또 허옵신다, 허믄 끝장인디. 내가 지금은 엿가락 팔고 댕기지만 왕년에 한두 가락 혔던 사램이여. 못 믿것다고? (여성 관객 보고) 임자, 내 가 왕년에 한 성깔 했어, 안 했어? 몰라? 몰름 말고.

뻥튀기 아따, 씨잘데기 없는 소리 혀 쌓네. (가락을 붙여) 보고지고 보고지고 춘향몽룡 보고지고 쉰소리는 그만허고 공연이나 보고지고. 여러분 공연 빨리 보고 싶소? (관객: 네) 이 공연

제목이 뭐지요? (관객: 아매도 내 사랑아) 우리가 다 함께 불러 봅시다.

○**노래** 〈아매도 내 사랑아〉
(뻥튀기)　　보고지고 보고지고 춘향몽룡 보고지고
　　　　　　　쉰소리는 그만허고 공연이나 보고지고
　　　　　　　아~매도 내 사랑아 아~매도 내 사랑아

• 뻥튀기장수는 관객에게 '아~매도 내 사랑아' 부분을 가르쳐 주고 함께 부른다. 이 노래가 끝나면 본 무대가 시작된다.

1막 〈요천(蓼川) 사랑가〉

1장. 봄노래

- 경쾌한 서곡이 시작된다.
- 창포를 들고 나온 처녀들이 맴을 돌며 춤을 추고, 가운데에서 장정들이 씨름판을 벌인다. 처녀들 사이에서 구경하는 춘향과 향단. 멀리서 몽룡과 방자. 몽룡은 춘향에 주목하고, 방자는 몽룡을 흉내 내면서 향단만 바라본다.

○노래 〈단오가〉

(처녀들)	에헤야 어라야 어야 어라야 우리의 단옷날이로다 그네를 뛰러 어서 가세 그네를 뛰러 어서 가세
(처녀1)	오월이라 단옷날은 우리의 명절인디
(처녀들)	에헤야 어라야 어야 어라야 우리의 단옷날이로다
(처녀2)	규방 안에 여윈 얼굴 오늘에야 봄빛 나네
(처녀들)	그네를 뛰러 어서 가세 그네를 뛰러 어서 가세
(처녀3)	청포장 꽃바람에 금박댕기도 너울너울
(처녀들)	에헤야 어라야 어야 어라야 우리의 단옷날이로다
(처녀4)	가자 가자 어서 가자 숲속 가자 녹음 속에
(처녀들)	그네를 뛰러 어서 가세 그네를 뛰러 어서 가세
(처녀5)	일락풍경 한철이니 그네를 뛰러 어서 가세

(처녀들)　　　에헤야 어라야 어야 어라야 우리의 단옷날이로다

　　　　　　　그네를 뛰러 어서 가세 그네를 뛰러 어서 가세

* 소나기가 쏟아진다. 춘향과 향단, 처녀·총각들이 서둘러 흩어진다.

향 단　　내동 멀쩡허던 하늘이 갑자기 왜 지랄이랴, 단옷날에. (춘향을 찾다가 행방을 몰라 놀라고) 아씨, 춘향 아씨! 우리 아씨 어디로 갔다냐? (관객에게) 우리 아씨 못 봤는가요? 성은 성이요, 이름은 춘향이라 허는디…. (봤냐, 못 봤냐, 하면서 관객과 대거리를 하다가, 귀를 대고) 뭐라고요? 맞아요, 맞아. 아까 여그 광한루서 널뛰던, 아니, 그네 뛰던 그 이쁜 처자요. (과하게 흉내를 내면서) 저어기 멀리까지 올라갔다가, 또 저어기 멀리까지 갔다가는…, 설마, 또 그네 뛰러 간 것잉가?

* 향단, 춘향을 부르며, 방정맞게 뛰어간다.

2장. 요천 징검다리

* 어스름 저녁. 멀리 절에서 종소리가 들리고, 시냇물 소리가 작게 들리다 점차 커진다. 물고기 떼가 지나가는 듯 찰방거리는 소리도 난다.
* 비가 갠 요천. 가운데 징검다리. 물고기 떼가 느릿느릿 발소리조차 없는 침묵으로 지나간다. 그 자체가 한 덩이인 듯하다.

춘 향　　(걸어 나오며) 금세 하늘이 맑아졌네. (요천 보고) 물이 너무 많

이 불었어. 징검다리도 사라졌구. (한숨 쉬며 주저앉으면)

• 물고기 무리가 무대를 사선으로 이전보다 조금 빠르게 지나간다. 그
  자리마다 징검다리가 하나씩 생긴다. 징검다리는 물고기가 한 마리씩
  몸을 움츠린 자세이지만, 그 모습은 징검다리가 놓인 것처럼 보인다.
  물살이 잔잔해진다.
• 고개를 든 춘향. 징검다리가 놓인 것을 보고, 살피다가 조심스레 밟고
  건넌다. 한 발 내딛고, 넘어질 듯 말 듯, 천진난만한 목소리로 말을 걸
  고, 노래한다.

춘 향　조금 전까지도 없던 징검다리가 생겼네! 어느 고운 님이 이
　　　　렇게 빨리 징검다리를 놓았을꼬? (냇물 보며) 냇물아, 너희는
　　　　흘러, 흘러, 어디로 가니? 백운산 지리산 맑은 계곡에서 쉬
　　　　지 않고 오느라 얼마나 힘들었을까. (징검다리 보며) 징검다리
　　　　야, 내가 너희를 밟고 있는데도, 너희는 정말 의연하구나.

　　　　○**노래** 〈내가 사는 남원 땅은〉
　　　　(춘향)　　내가사는 남원땅은 사랑꽃이 환한마을
　　　　(합창)　　하늘님이 고을내려 너나없이 행복한곳
　　　　(춘향)　　기지개켠 청개구리 기운차게 울어대면
　　　　(합창)　　배롱나무 모록모록 소담하게 피어나고
　　　　(춘향)　　길손님들 모셔다가 꽃들잔치 벌인다네
　　　　(합창)　　자연닮은 고운심성 사랑꽃 틔우는 남원이라

• 춘향이 가운데 징검다리에 서면, 다른 징검다리들은 다시 물고기가 되

어 흩어진다.

- 요천 가운데 홀로 남은 춘향. 물살, 세차다. 무서워하며 동동거린다.

춘 향 이를 어째? 모두 사라져 버렸네. 이게 무슨 조화람.

- 무대 한쪽에서 몽룡이 나타난다. 춘향을 발견한다.

몽 룡 광한루서 그네 뛰던 그 처자가 아닌가?

- 몽룡은 자신의 신분도 잊은 채, 거침없이 도포 자락을 허리에 묶고, 홀연 요천으로 들어간다. 그러나 막상 춘향 앞에서는 어찌해야 할지 난감하다.
- 춘향은 몽룡이 반갑고 고맙지만, 섣불리 감정을 표현하지 못한다.
- 물살이 조금 더 거세진다. 몽룡은 자신에게 업히라는 듯 등을 보인다.

춘 향 남녀가 유별하거늘 어찌….
몽 룡 그럼 여기 있다가 요천에 잠길 거요?
춘 향 차라리 떠내려가고 말지요.
몽 룡 그럼 떠내려가시오. (돌아서 나가다가 다시 돌아와 침착하게) 공자가 말하기를, 사견위치명 견여곤궁시사의즉호남이라. 선비는 위험한 일에 직면해서는 목숨을 내놓고, 특히 위험에 빠진 여인을 보거든 의를 발휘해야 진정한 남자라 하였소.
춘 향 아무리 선인의 말씀이라 해도… 남녀칠세부동석이 세상의 이치이옵건데.
몽 룡 나까지 물에 떠내려가겠소.

- 시간이 조금 흐른 듯 무대가 조금씩 어두워진다.
- 춘향이 안절부절못하면, 몽룡은 뭔가 떠올랐다는 듯.

몽 룡   이렇게 합시다. 내가 나의 눈을 가리면 그대가 여자인지 남자인지 볼 수 없으니….

- 몽룡이 옷섶을 찢어 자신의 눈을 가린다.

춘 향   눈을 가리면 어찌 냇물 밖으로 나간단 말이오?

몽 룡   내 눈은 가렸지만 그대의 눈이 세상을 보고, 그대의 다리는 하늘에 떠 있지만 내 다리가 땅을 짚고 있으니, 그대가 나에게 방향을 알리고, 내가 그대의 말을 따라 한발 한발 내디디면 되지 않겠소?

- 객석에 있는 엿장수와 뻥튀기장수가 추임새 식으로 "간지라서 환장허것네.", "아따, 애탄다, 애타" 하면서 논다. 관객과 함께 "업혀라, 업혀라." 하면서 두 사람을 응원한다.
- 서서히 달이 떠오른다.
- 망설이던 춘향이 어쩔 수 없다는 듯 업힌다. 냇가를 벗어나는 것에만 신경 쓰던 몽룡은 기슭에 다다를 무렵 장난기가 동한다. 넘어질 듯 말 듯. 춘향은 몽룡을 세게 붙잡는다.

몽 룡   고집이 참으로 대단하오.

춘 향   도련님도 만만치 않으십니다.

몽 룡   춘향이라 하였지요?

춘 향 제 이름을 어찌 아십니까?

몽 룡 광한루원에서 그네 뛰던 그대를 기억하지요.

　　　○노래 〈추천미사〉

　　(몽룡)　　　　그대의 몸이 하늘로 오를 때

　　　　　　　　　조선의 하늘이 높고 푸르다는 것을 알았고

　　　　　　　　　그대의 몸이 땅으로 내릴 때

　　　　　　　　　조선의 땅이 넓고 평온하다는 것을 알았지요

춘 향 농이 지나치십니다.

몽 룡 방자를 보내 잠시 보자고 청하였건만, 어찌 응하지 않으셨소?

춘 향 남녀가 유별하건데. (말은 하였지만, 자신의 처지를 바라보고는 부끄럽다)

몽 룡 그대의 말이 맞소. 남녀는 너무도 유별하지요. 헌데 그대와 나는 이렇게 한 몸이 되었소이다. 하하하.

춘 향 (토라져서) 내리겠습니다. 어서 내려 주시어요.

몽 룡 하하하. 달빛이 참으로 곱구나.

　　• 사랑가 한 부분을 흥얼거리는 몽룡. 달빛이 더 밝아진다.

　　　○노래 〈사랑가(일부분)〉

　　(몽룡)　　　　달아 달아 밝은 달아 네 아무리 바쁘어도

　　　　　　　　　중천에 멈춰 있어 내일일랑 오지 말고

　　　　　　　　　백년여일 이 밤같이 늙지 말게 하여 다오

사랑이로구나 내 사랑이야 어허둥둥 내 사랑

- 방자와 향단이 각각 무대 양쪽에서 나타난다.

향 단 아씨, 춘향 아씨! 대체 어디로 간 거여?

방 자 도련님, 몽룡 도련님! 대체 어디로 가신 겨?

- 놀라는 춘향과 몽룡. 춘향이 들키지 않으려 몽룡의 입을 막는다. 춘향과 몽룡은 장승처럼 굳어 서 있다. 달빛도 조금 어두워진다.

향 단 (춘향과 몽룡 발견하고 모른 척) 에구머니나, 아까침의 소낙비에 윗마을 장승이 떠내려온 모양이네. 딱, 천하대장군님이 지하여장군님을 업은 형상일세.

방 자 그리도 다행이구만. 천하대장군님, 지하여장군님, 둘이 꼭 안고서 같이 떠내려왔응게, 좋네! 한 양반만 남았음은 외로웠을 것인디. (창조) 아이고, 서방님, 여보, 서방님, 어디로 갔단 말이오. 여보, 서방님 날 다려가오.

향 단 그나저나 방자야, 울 아씨 못 봤냐?

방 자 너는 우리 도련님 못 봤냐? 도련님 찾느라고 다리 아파 돌아가시것다.

- 방자와 향단이 장승(춘향과 몽룡) 앞에 서서 빈다.

향 단 천하대장군님, 우리 춘향 아씨 어딨는지 쪼까 알려줏쇼? 울 아씨가 얼매나 귀허디귀헌 분인지는 잘 알고 기시지요?

방 자　(향단 흉내 내며) 지하여장군님, 우리 도련님 어딨는지 쪼까 알려줏쇼? 울 도련님이 뉘신지 잘 알고 기시지요?

　　　　O**노래** 〈춘향 아씨, 몽룡 도령〉(일부분, 대결하듯이)
　　　　(방자)　　　남중호걸 풍신좋은 우리 도련님 제사시여
　　　　(향단)　　　여중군자 얌전하신 우리 아씨는 가인일세

방 자　여그서 이럴 일이 아니다. 한 발이라도 더 움직이야 찾아지제. 야, 어서 가자.

향 단　(춘향이 들으라고) 나는, 찾다가, 찾다가, 그리도 못 찾으믄, 그냥 부용당 앞 느티나무에서 기다리고 있어야긋다. 오시것지, 뭐.

방 자　(몽룡 들으라고) 그려? 그믄 나도 같이 기다릴까? 같이 오실지도 몰릉게.

- 방자와 향단이 서둘러서 나간다.
- 춘향과 몽룡, 자연스레 웃음이 터져 나온다.

3장. 봄이 왔네

- 무대 한쪽에서 월매가 달을 보고 있다. 가야금 소리 은은하다.

월 매　거 참. 꿈 한번 요상하다. 요천에서 용 한 마리 승천하려다 내 딸 춘향이를 데리고 올라가니 말이여. (하늘 보고) 휘영청

청 달도 밝구나.

ㅇ노래 〈달도 밝고 달도 밝다〉

(월매)　　　달도 밝고 달도 밝다 휘영청청 밝은 달 내당년에
　　　　　　　밝은 달 나도 젊어 시절에는 월매 월매 이르더니
　　　　　　　화무는 십일홍이요 늙어지니 할 일 없구나.

• 무대 한쪽. 몽룡이 책을 읽고 있다. 옆에서 방자가 졸고 있다. 몽룡은
독서에 집중하지 못하고 책만 바꾸고 있다.

몽 룡　(또 다른 책을 펼치고) 사견위치명 견여곤궁시사의즉호남. 선
　　　　비로, 위험한 일에 직면하여서는 목숨을 내놓고, 특히 위험
　　　　에 빠진 여인을 보거든 의를 발휘해야…. 으아!

방 자　왜 자꾸 여기 펼쳤다, 저기 펼쳤다, 이 책 봤다, 저 책 봤다,
　　　　허신대요? 심란혀서 졸지도 못허것네.

몽 룡　그러게 말이다. 사서삼경 어느 책을 펼쳐도 보이는 것은
　　　　오로지 하나구나.

방 자　공자님이요? 맹자님이요?

몽 룡　공자 맹자면 내가 이러하겠느냐?

방 자　입이 심심하신 모냥인디, 광에 가서 엿가락이라도 하나 빼
　　　　올까요?

몽 룡　방자야, 나, 자꾸 생각난다. 춘향이가….

방 자　뭣이라고요? 춘향이? 도련님 지금 제정신이요?

몽 룡　제정신이면 내가 너와 이런 농을 하겠느냐?

방 자　허기야. 헌디 만일 이러시다가 춘향 모친이 알고 동헌에

들어가 사또님께 낱낱이 여쭤 놓으면 그땐 도련님 신세가
어찌될 일이요?

몽 룡　(걱정되어 한숨 쉬고) 어쩌면 좋단 말이냐?

- 풀벌레들 시끄럽게 울어 싼다.
- 무대 반대편 춘향과 향단. 춘향은 난을 치고 있지만, 뭔가를 떠올리다 스스로 소스라치게 놀라기를 반복한다. 먹을 갈던 향단은 평소와 너무 다른 춘향이 이상하다.

향 단　난을 치시는 줄 알았는디, 왜 자꾸 천하대장군만 그리신대
요? 심란허게.

춘 향　요사스런 생각이 자꾸만 떠오르니, (붓을 던지듯 놓고) 향단
아, 나를 어쩌면 좋단 말이냐?

향 단　속 시끄럴 때는 먹거나 마시거나 나가서 놀거나. (춘향을 잡
아끌며) 아씨, 우리 요천으로 밤마실이나 갈까요? 강바람이
나 쐬시게요.

- 춘향과 향단이 나간다. 합창은 낮은 음성으로 누군가에게 알리는 듯
조심스럽게.

　○노래 〈사랑노래 봄노래〉
(방창)　봄이왔네 봄이왔네 춘향이 마음에 봄이왔네
　　　　봄이왔네 봄이왔네 도련님 마음에 봄이왔네
　　　　봄이왔네 봄이왔네 우리들 마음에 봄이왔네

• 멀리 개 짖는 소리만 요란하다.

4장. 사랑이 왔네

• 요천 찾은 춘향. 괜히 냇물에 돌멩이를 던져 본다.

춘 향　(노래 흥얼거리듯) 달아 달아 밝은 달아, 네 아무리 바쁘어도,
　　　　그때 그날처럼 중천에 멈춰다오. … 아매도 내 사랑아.

　　　○노래 〈봄이 왔네〉
　　　(방창)　　봄이왔네 봄이왔네 춘향이 마음에 봄이왔네
　　　　　　　　두근두근 뛰는가슴 그리운님 보고파서
　　　　　　　　뛰는가슴 춤을춘다 살랑살랑 춤을춘다

• 춘향 돌아가면, 반대편에서 몽룡이 들어온다.
• 몽룡은 냇물을 바라보다 춘향을 만났을 때처럼 성큼성큼 냇물로 들어
　간다. 마치 춘향을 업고 있는 듯 흉내를 낸다. 그러나 그때와 달리 슬
　픈 음성으로 낮게 흥얼거린다.

몽 룡　(노래 흥얼거리듯) 달아 달아 밝은 달아, 네 아무리 바쁘어도,
　　　　그때 그날처럼 중천에 멈춰다오. … 아매도 내 사랑아.

　　　(방창)　　봄이왔네 봄이왔네 도련님 마음에 봄이왔네
　　　　　　　　두근두근 뛰는가슴 임을만나 보고파서

임보고서 반한마음 소살소살 춤을춘다

- 몽룡이 퇴장한다.
- 다시 요천을 찾은 춘향. 털레털레 향단이가 따른다.
- 춘향, 익숙하게 냇물에 돌멩이를 던진다. 나뭇가지로 바닥에 뭔가를 쓴다. 향단이와 달을 향해 비손.

춘 향　(기도하며) 내 마음 나도 모르겠소. 내 맘 어찌해얄지 일러 주시오. 어미가 퇴기인 절름발이 양반이온데 제가 어찌 왼 양반에게 온전한 정을 기대할 것이며, 저 하나만 바라보며 살아온 어미의 비통할 얼굴을 어찌 볼 수 있겠습니까.

- 몽룡과 방자도 들어온다. 춘향을 발견한 몽룡, 춘향을 조용히 바라본다.

　　○노래 〈사랑이란〉

　　(춘향)　　사랑이란 강물의 출렁거림같이 불안한 것
　　　　　　강물 같은 내 마음에 그대 마음 담을 수 있다면
　　　　　　얼마나 좋을까요 그러면 나 얼마나 행복할까요

몽 룡　(바닥에 쓰인 글을 보고, 방백) 안수해, 접수화, 해수혈. 기러기 는 바다를 따르고, 나비는 꽃을 따르고, 게는 구멍을 따른 다는 말이니…, 내 발길을 기다린다는 뜻이렷다. (흐뭇하다) 춘향이는 나를 따르고, 나는 춘향이를 따르고….

방 자　(귀에 속삭이며) 도련님, 이 밑에도 뭐라 써 있는디요? 언문이 네요. 바, 보.

(춘향) 이상허고 요상허다 이게바로 귀신인가
어느틈에 내몸깊이 내몸깊이 들었다고
한번드신 연후로는 나갈생각 않단말가

춘 향 (계속 기도) 누군가를 가슴에 담는 것이 이토록 고통스러운 것일진대, 하늘님, 정히 그분이 제 인연이라면, 저 달님처럼 지금 당장 그분을 제 곁으로 보내주세요.

• 몽룡이 춘향의 앞에 선다. 마음을 확인한 두 사람 손을 잡고.

○**노래** 〈사랑가〉(일부분)

(몽룡) 달아 달아 밝은 달아 네 아무리 바쁘어도
중천에 멈춰 있어 내일일랑 오지 말고
백년여일 이 밤같이 늙지 말게 하여 다오
사랑이로구나 내 사랑이야 어허둥둥 내 사랑
아~매도 내 사랑아

• 방자와 향단이가 부러운 듯, 한쪽에 앉아 턱을 괸 채 보고 있다.

향 단 방자야, 우리 아씨와 너그 도련님 노니는 것 좀 봐라. 얼마나 다정허고 사랑스럽냐.

방 자 잉잉. 그려, 그려. 근디 둘이 언제부터 저렇게 좋아지냈냐?

향 단 그걸 내가 아냐, 니가 아냐?

방 자 근디 향단아. 너그 호랑이 마나님헌티 들키믄 어찐다냐?

향 단 그걸 내가 아냐, 니가 아냐? 두 냥반이 천생연분, 젓가락

제짝이라믄 별수 있것냐?

방 자　하믄, 하믄! 맞어, 바로 그거여. 우리처럼.

　　○**노래** 〈춘향 아씨 몽룡 도령〉(일부분)

(방자)　　남중호걸 풍신 좋은 우리 도련님 제사시여

(향단)　　여중군자 얌전하신 우리 아씨는 가인일세

(방자·향단)　하늘에는 별이 총총 물위에는 원앙 쌍쌍

　　　　　　우리 도련님 우리 아가씨 푸른 요천 사이에 두고

　　　　　　당기당징둥당 풀풀이징당 가락가락이 사랑일세

• 자진모리장단이 이어지며 둘의 춤을 고조시킨다.

5장. 사랑가

• 몽룡과 춘향이 나온다.

몽 룡　(춘향의 어깨를 안고) 춘향아.

춘 향　예, 도련님.

몽 룡　해가 변하고 달이 기울어도 정녕 너는 내 사랑이지?

춘 향　그러믄요.

몽 룡　내, 지금 심경이 온 세상을 다 준다 해도 너와는 바꿀 수가

　　　　없겠구나.

• 사랑가가 불리는 동안, 무용단의 춤으로 계절이 변한다. 사계절이 지

나 이윽고 다시 봄.

○노래 〈사랑가〉

(몽룡) 둥둥둥 내 사랑 어허둥둥 내 사랑 사랑이로구나
내 사랑이로다 아마도 내 사랑이야 천하일색의
내 사랑 만고절색의 내 사랑 사랑이로구나 내 사
랑이로다 섬마둥둥 내 사랑이야 내 사랑이지 내
간간이지 둥둥둥 어허둥둥 내 사랑 춘향아 우리
업고 놀자 네 등에 내가 업혀 보자

춘 향 내가 도련님을 어찌 업겠소? 내사 부끄러워 못 허겄소.
몽 룡 그러면 이렇게 잡고 놀자. 내 사랑 어깨를 싸고 놀자꾸나

(춘향) 둥둥 내 서○ 어허둥둥 내 서○ 도련님을 업고 보
니 좋을 호 자가 절로 나 부용작약 해당화 탐화봉
접이 좋을 호 소상동정 칠백 리 일생 보아도 좋을
호 단산구곡 제일봉의 봉과항의 좋을 호 동방화
촉 깊은 밤 삼생가약의 좋을 호로다 둥둥둥 내 서
○ 어허둥둥 내 서○ 둥둥둥둥 어둥둥둥 내 서○

몽 룡 춘향아, 너와 나 단둘이 있는데 무엇이 부끄럽단 말이냐.
'방' 자 마저 넣으려무나.

(춘향) 둥둥 내 서방 어허둥둥 내 서방 이리 보아도 내
낭군 저리 보아도 내 서방 내 낭군이지 내 서방

이지 둥둥둥 어허둥둥 내 사랑

몽 룡   춘향아, 요천을 헤엄치는 은어라는 물고기를 아느냐? 가을에 알에서 깨어난 치어들은 바다로 내려가서 자라고, 다시 이듬해 봄이 되면 하천을 거슬러 올라오지. 아마 고향이 그리워 그러는 것일 게야. 춘향아, 너는 나의 고향이다.

춘 향   도련님도 소녀의 고향입니다.

· 춘향, 손에 끼었던 옥지환을 빼서 몽룡에게 주고, 몽룡은 거울을 춘향에게 준다.

　　(방창)　사랑 사랑 사랑 내 사랑이야 사랑이로구나 내 사랑이야 이히히히히 내 사랑이로다 섬마둥둥 내 사랑아
　　　　　달아 달아 밝은 달아 네 아무리 바빠어도 중천에 멈춰 있어 내일일랑 오지 말고 백년여일 이 밤같이 늙지 말게 하여 다오
　　　　　사랑이로구나 내 사랑이야 어허둥둥 내 사랑
　　　　　아~매도 내 사랑아

· 경쾌한 음악 고조되면서 한바탕 춤이 어우러진다. 도령과 춘향 춤 막바지에 껴안는다.

2막 〈이별가〉

1장. 월매의 화

• 객석에서 엿장수와 뻥튀기장수가 나선다.

엿장수 (어깨춤 추며) 어허둥둥 내 사랑 아매도 내 사랑아~ 아따, 이
쁘네, 이뻐. 나도 소싯적에 딱, 고로코롬 놀았는디. 사랑 사
랑 사랑, 내 사랑이야.

뻥튀기 근디, 호랭이 월매도 별수 없었는가벼. 허기사 사또 자제가
좋다고 헌디 누가 뭐라고 헐 것이여.

엿장수 아녀, 아녀. 난리도 아니었어. 남원 바닥이 떠들썩했는디,
몰러?

뻥튀기 뭣을 몰러?

엿장수 몽룡이가 몇 날 며칠 월매 꼬시것다고 요천을 넘었는갑
드만.

뻥튀기 요천을 넘었다고?

엿장수 사또 자제 체면도 없이 있는 승질 없는 승질 다 내다가, (뻥
튀기: 내다가) 양반 체면도 없이 사정사정 편지도 허다가, (뻥
튀기: 허다가) 사내 쫀심도 없이 울다가 웃다가, (몽룡처럼 매달
리며) 여보시게, 월매. 나 어쩌라고 이러는가? 자네 이러면
안 되네.

뺑튀기 삐졌고만? 그려! 근디 어찌 허락을 혔디야?

엿장수 승부수를 던진 날은 성참판 제삿날! (몽룡처럼 넉살 부림) 어찌 되었건 내 장인 제사상 아니오? 장인도 아비와 같으니 화촉 내다 등촉 밝히고, 대문 활짝 열어라. (제사상을 둘러보듯이) 내 장인 성참판이 남원 유과 정과를 특히나 좋아하셨다고 들었는데…. 향단아, 우측 끝에 수정과 놓고, 그 옆에 유과 정과 올려라. (일어서며) 분향재배. (절하고) 장인어르신, 강림하시어 음식 드시기를 청합니다.

뺑튀기 월매가 빽 갔것구만.

엿장수 갔지, 갔어. 아주 빽, 갔지.

뺑튀기 (월매처럼 두 손 합장) 비나니다. 비나니다. 천지신명께 비나니다. 이씨 가문 몽룡 낭군, 성씨 가문 춘향 각시 백년해로 원앙같이 보고지고 보고지고 살어지이다.

엿장수 (크게 노래) 사랑 사랑 사랑, 내 사랑이야. 아매도 내 사랑아.

뺑튀기 사랑, 좋지. 근디 남정네 약속을 믿으니 선거 나온 사람들이 헌 말을 믿지.

엿장수 뺑튀기, (몽룡 흉내) "어찌 남자의 단단헌 맹서를 의심허는가?"

뺑튀기 남정네들 사랑은 참말 믿을 것이 못 된당게. 둘이서 저리 좋다고 환장허다가 결국은 남자가 가 버릴 것이여.

엿장수 (몽룡 흉내) "허허. 걱정 말거라. 내가 너 떠날 일이 무에 있겠느냐. 뺑튀기야, 만나고 헤어짐은 하늘의 뜻이려니, 혹 떨어져 있게 되더라도 정녕 인연이라면 다시 만나지 않겠느냐?"

뺑튀기 헛따, 뭔 지랄이여? 엿장수랑 나는 안 만나는 것이 존 것이여.

· 무대에 방자가 뛰어들어와 몽룡을 찾다가 나간다.

방 자   되련님, 되련님. 어디 기신대, 우리 되련님이. 되련님, 되련님, 사또께압서 동부승지 당상으로 내직 전지를 내리셔서 내일 당장 짐 챙겨서 떠나야 된답니다요. 어디 기십니까요?

뻥튀기   그렇지! 내가 그럴 줄 알았어. 가 버리는구만. 사랑은 다 그러드라고.

엿장수   동부승지? 서울로 발령이 나믄 좋은 거 아녀?

뻥튀기   좋기는 즈그 아버지나 좋지. 춘향이랑 몽룡이는 헤어지는 거 아녀? 우리 학교 댕길 때도 콕, 찜해 둔 머시마는 꼭 전학 가 버리고 그랬잖어.

엿장수   시상이 다 그렇지, 뭐. 헌디 어찌 그리 급히 떠난디야?

뻥튀기   관리들 허는 일이 다 그렇지. 닥쳐야 급허고, 결정되믄 지들이 늦게 통보했음선도 왜 빨리 안 하냐고 지랄허고.

(E · 월매)   (큰 소리로) 뭣이! 못 데려가? 정녕 못 데려간다 했느냐?

엿장수   어매, 월매가 알았는갑네. 인제 큰일 나 브릿네.

· 월매 씩씩거리며 들어온다.

월 매   (큰 소리로) 뭣이! 못 데려가? 정녕, 정녕 못 데려간다 했느냐?

· 속이 터질 듯 화가 난 월매가 분을 못 이겨 객석을 향해 다가가.

O**노래** 〈여보시오 도련님〉

(월매)　　　허허 그 일 잘되었다 네 요년아 썩 죽어라 어서
　　　　　　죽어라 어서 죽어 여보시오 도련님 나허고 말 좀
　　　　　　허여 보세 내 딸 춘향이를 버리고 간다 허니 얼
　　　　　　굴이 밉던가 언어가 불순턴가 잡시럽고 횡하든
　　　　　　가 노류장화가 음난턴가 칠거지악에 범찮으면
　　　　　　버리난 법 없는 줄을 도련님은 모르시오 내 딸
　　　　　　춘향 사랑할 때 잠시도 놓지 않고 주야장천 어루
　　　　　　다 말경에 가실 때는 툭 떼어 버리시니 양반의
　　　　　　자세허고 몇 사람 신세를 망치네그려

• 월매가 무대를 가로지르다가 멈추더니, 주저앉아 하늘 보며 탄식.

월 매　팔자 도둑은 못 헌다더니만, 불쌍한 것. 어찌 야박허디야박
　　　　헌 어미 팔자를 타고 났누? 성참판 어르신, 어찌하면 좋겠
　　　　습니까? 뭐라 말하면 좋겠습니까?

O**노래** 〈여필종부가 지중허지〉

(월매)　　　못 하지야 못 하지야 네 마음대로는 못 하지야
　　　　　　저 양반 가신 후로 뉘 간장을 녹일라느냐 보내어
　　　　　　도 각을 짓고 따러가도 따러가거라 여필종부가
　　　　　　지중허지 늙은 어미는 쓸 데가 없으니 너의 서방
　　　　　　을 따라가거라 나는 모른다 너희 둘이 죽든지 살
　　　　　　든지 나는 모른다 나는 몰라 에이구 나는 몰라

월 매   이팔청춘 젊은 년이 독수공방 어찌 살라고, 못 허지, 못 해.
         (뭔가를 결심한 듯) 그래, 춘향아. 한번 맺은 인연이라 쉬 여기
         지 말아라. 니 평생 기생 팔자 뒤따른다.

· 월매, 뭔가 작정한 듯 급하게 나간다.

엿장수   누가 좀 말려야 하는 거 아녀?

뻥튀기   말리긴 누가 말려? 왜 말려? 꽃 지자 헤어지고, 정 주자 헤
         어지고, 이건 실성할 일이지. 사또 자제고 뭐고 혼인빙자간
         음죄로 신고해야 허는 거 아녀?

엿장수   신고는 무슨 신고? 남녀 사랑이라는 것이 엿가락멘치로 만
         났다가 헤어졌다가, 붙었다가 떨어졌다가, 다 그러는 거지.

뻥튀기   (춘향이처럼, 타령조로) "가시오, 가시오. 정히 가고 잡으면 가
         시오. 가서 한양에다 대궐 같은 집 짓고 잘 사시오. 어여 가
         시오."

엿장수   차라리 그것이 속 편하지. (춘향이처럼, 냉차게) "그쪽은 한양
         가서 잘 사시오. 나는 남원서 어머니랑 천년만년 살라요."
         이것 말고 뭐 있가디?

뻥튀기   말은 차게 해도 마음은 그러들 못혀.

2장. 꽃이 지자 헤어지니

· 무대에 춘향이 달려 나온다.

○**노래** 〈이별가〉

(춘향)　　　아이고 여보 도련님 참으로 가실라요

• 버선발에 풀어헤친 머리며 옷섶, 숨이 차서 제대로 소리도 못 하는
춘향.

(춘향)　　　나를 어쩌고 가실라요 인제가면 언제와요 올날
　　　　　　　이나 일러주오 동방화계 춘풍시에 꽃피거든 오
　　　　　　　실라요 금강산 상상봉이 평지가 되거든 오실라
　　　　　　　요 금일송군 임가신곳 백년소첩 나도가지

• 오리정. 저 멀리서 떠나가는 몽룡. 춘향의 눈은 내내 몽룡의 뒷모습을
따른다. 불러도 불러도 돌아보지도 않고 대답도 없다. 서로 멀리 떨어
져서 독창.

(몽룡)　　　오냐 춘향아 우지마라 원수가 원수가 아니라 양
　　　　　　　반행신이 원수로구나 우지마라 우지마라 내가간
　　　　　　　들 아조가며 아조간들 잊을소냐

• 몽룡 멈춘다. 몽룡은 차마 뒤돌아보지 못하고, 이를 악물고 잰걸음으로
간다. 춘향의 갈구하는 몸짓이 크다. 손톱으로 땅을 긁어 대기도 하고.

(방창)　　　가는 대로 작게 뵌다 달만큼 보이다 별만큼 보이
　　　　　　　다가 나비만큼 보이다가
(춘향)　　　여보 도련님 여보 도련님 날 다려가오 여보 도련

님 날 다려가오 여보 도련님 날 다려가오 날 다
려가오

(방창) 말은 가자고 네 굽을 치는디 임은 꼭 붙들고 아
니 놓네 가는 대로 작게 뷘다 달만큼 보이다 별
만큼 보이다가 나비만큼 보이다가 십오야 둥근
달이 떼구름 속에 잠긴 듯이 아조 깜빡 박석치를
넘어가니 아이고 허망허여라 가네 가네 허시더
니 영영 가고 마네그려

• 춘향의 소리 귓가에 맴돌면서.

3막 〈변사또의 수작〉

1장. 신관 사또 행차

• 선비 복장의 사내(변사또)가 객석에서 나온다.

변사또 흥겨운 자리라고 해서 마실 나왔는데, 어찌 이리 침울한
가? (관객들에게 온화한 미소로) 이보시오, 울고 있었소? 무슨
일이오? 내가 도울 일이 있으면 말하시오. (사이) 아, 옛!

• 사내가 엿장수와 뻥튀기장수를 발견하고, 그들에게 향한다.

뻥튀기 (눈물 빼며) 애고, 애고, 정 준 년만 불쌍허지. 사랑이 뭐라
고….

엿장수 사랑이 본시 그려. 옛말에도 있잖어. "가랑이가 둘이어라"
이것이 뭐냐? 발이 두 짝인 것은, 한짝은 그놈헌티 담고,
또 한짝은 슬그머니 딴 디다가 얹혀 놓고, 그리라고 그런
것이지.

뻥튀기 조심혀. 그러다 가랑이 짝, 찢어진게.

변사또 (이야기를 엿듣다가) 예끼, 여보시오. 사랑이 어찌 그런가. 사
랑은 오래 참고, 사랑은 온유하며, 사랑은 투기하지 아니하
며…, (뻥튀기: 할렐루야) 시퍼런 칼끝이 죽음을 관통해도 내

사랑은 변함이 없어야 하거늘…. (뻥튀기: 멋지다, 아멘)

엿장수　시퍼런 칼? 아하, 선비님은 (흉내 내며) "이렇게 하면 널 가질 수 있을 거라 생각했어! 널 가질 수 없다면 망가뜨리겠어!"이런 건가 비네.

변사또　에이, 뭘 그렇게까지. 엿이나 하나 사 먹을까 해서 왔는데, (뻥튀기장수 보고) 이보시오, 뻥튀기 하나 주시오.

　　• 이방과 군졸이 변사또의 모자와 의복을 들고 달려 나온다.

이　방　사또! 사또! 어디 계십니까요? 사또, 여기 계셨습니까요?
뻥튀기·엿장수　사또? (놀라서 엎드리며)
이　방　(변사또에게 옷과 모자를 씌워 주면서) 행차, 준비되었습니다요.

　　• 모자에 신경을 쓰며 복장을 갖춘 변사또는 조금씩 눈빛이 날카로워지고, 표정도 험하게.

뻥튀기　(이방을 붙들고) 사또님이셨어요? 헌데 어떤 사또?
이　방　이번에 새로 부임하신, 변, 사또님이시다.
뻥·엿　변, 사또?
엿장수　사또님, 부임 선물입니다. 여기 엿, 드시옵소서. (엿 주고)
변사또　뭐? 엿 먹으라고? (버리며) 하찮은 장사치 같으니…. 썩 꺼져라.
이　방　(흉내 내며) 썩 꺼져라.

　　• 뻥튀기장수와 엿장수가 옆으로 비켜나고.

• 화려한 음악, 요란하다. 객석 사이로 신임 변사또 행차.

변사또　전라도 남원부 사또라 하는 일이, 전라좌우도 고을 수령들을 골고루 만나 정사를 논하고, 그들의 수고를 위로허는 것이 아니더냐? 여봐라! 전라도 남원부 신관 사또가 전라도 각급 수령들을 급히 보자고 전하여라.

이 방　보자고 전하여라.

군졸들　예— 이!

　　　○노래 〈너희들은 예서 떠나〉

　　　(변사또)　너희들은 예서 떠나 우도로 찾아가되 예산 익산 함열 옥구 임피 만경 부안 금구 김제 태인으로 돌아 각급 고을 수령들을 남원 광한루로 대령하라

　　　(군졸들)　예— 이

　　　(변사또)　너희들은 예서 떠나 좌도로 찾아가되 고산 금산 무주 용담 진안 장수 운봉으로 돌아 광양 순천 흥양 낙안 보성 장흥 해남 진수령을 넘어 영암 나주 무안 함평 화순 동북 광주로 거쳐 오되 각급 고을 수령들을 남원 광한루로 대령하라

　　　(군졸들)　예— 이

변사또　(다정하게) 내, 전라도가 처음이라 각 고을 사정에 밝지 못하다. 하여, (잔악하고 치밀하고 차갑게) 각지에서 나는 패물이며, 음식이며, 참한 기녀들이며, 모두 궁금타 이르거라. 내 명을 거역하는 놈이 있다면 죽고 남지 못하리니.

이 방　　죽고 남지 못하리니.

　　• 변사또가 거들먹거리며 객석을 돈다. 관객에게 행패를 부린다.

이 방　　쉬이, 변사또님 나가신다.

변사또　(관객 보고) 네 이놈, 니 죄를 니가 알렷다! 논이 서 마지기
　　　　　면, 세금 3천 냥이 당연하거늘 2천 냥만 내게 해 달라고?
　　　　　이놈을 당장 하옥하라.

이 방　　하옥하라.

군 졸　　예— 이.

변사또　(관객 보고) 니 죄는 가정을 버린 것이다. 종편치자불토 부가
　　　　　정지죄라. 자식을 때린 자식의 친구를 패 주지 않았으니,
　　　　　자식의 아픔을 모른 척한 저놈을 곤장으로 다스려라. 아니
　　　　　면 벌금 3천 냥.

이 방　　3천 냥, 3천5백 냥.

군 졸　　예— 이.

이 방　　쉬이, 변사또님 나가신다.

변사또　(관객 보고) 니 죄목은 뭐냐! 몰라? 모두 다 죄목이 있는데
　　　　　너만 죄목이 없는 것이 니 죄다. 벌금 3천 냥!

이 방　　3천 냥, (살짝) 아니, 3천5백 냥. 4백 냥은 내 꺼. 호방, 예방,
　　　　　병방, 형방, 공방 각 20냥씩.

변사또　(관객 보고) 너는 치마가 너무 길구나. 헐벗고 굶주린 백성들이
　　　　　지천이거늘 어찌 이리 긴 치마를 해 입어 옷감을 낭비하느
　　　　　냐! 이년의 주리를 틀어라. 아니면, 오늘 내 수청을 들든지.

이 방　　수청을 들어라. (눈치 보다가) 다음에는 내 수청을….

변사또   (이방 보고) 이놈이 나랑 같이 놀려고 해. (주먹을 들면, 두고 보자 하는 표정으로 이방 도망가고)

변사또   (관객 보고) 이런 천하에 찢어 죽일 놈들이 있나. 저놈은 임금을 능멸했도다. 네놈 어제 늬 집 변소간에서 오줌을 누웠것다. 니 집 똥간이 북쪽을 향했것다. 네 이놈, 그래도 니 죄를 몰라? 네놈의 행태가 한양 계신 임금께 오줌을 눈 것과 무엇이 다르랴. 치도곤을 치리라.

군졸   예— 이.

○노래 〈어허 이런 사또 보소⑴〉

 (방창)   어허 이런 사또 보소 남원의 사또가 악행이라니
                뉘라서 좋다 할꼬 하늘님 들으시면 아주 딱 기절
                을 하겠구나 신관 사또님이 탐욕과 색향이라

• 뻥튀기장수와 엿장수는 변사또를 피해 가면서 다양한 애드리브를 풀어낸다.

뻥튀기   아까 다정허던 그 사람 맞어. 시랑은 오래 참고, 그 사람?

엿장수   맞어?

뻥튀기   갑자기 왜 저렇게 됐어?

엿장수   보믄 몰러?

뻥튀기   몰러.

엿장수   의관이 웬수지, 웬수. 아무리 좋은 사람도 관복 입고 관모 쓰고 높은 자리 꿰차서 모가지에 씸 들어가믄, 다 저 지랄로 바뀌드라고.

뻥튀기 아무리 그리도 사랑은 오래 참고, 투기허믄 안 된다고….

엿장수 (무릎을 치며) 딱이네, 딱이여. "이렇게 하면 널 가질 수 있을 거라 생각했어!" 다 가져가라, 다 가져가.

- 사람들의 아우성, 곡소리 요란하다.
- 이방이 높이 쌓인 서류철을 들고 낑낑거리며 들어온다.

이 방 사또, 사또, 하루가 멀다 하고 수령 점고에 기생 점고에 민생 점고만 하시니, 오늘은 잠시 미루시고 밀린 정사를….

변사또 (어이없음) 허 참! 국가의 지엄한 일을 행하는데 감히 아랫것이 이렇다 저렇다, 참견을 해? (이방을 붙들고) 니 죄를 너도 알렷다! 무비종자 무기탄지죄. 한없이 방자하고 거리낌 없는 것이 죄다. 이놈 주둥이를 매우 쳐라.

군 졸 예— 이.

- 군졸이 사정없이 이방을 때린다.

이 방 아이고, 이방 죽네, 아이고, 이방 죽어.

변사또 됐다, 그만해라. 이것도 재미가 없구나.

이 방 아이고, 아이고.

변사또 왜? 억울하냐? 그럼 너도 때려 가면서 살아라. …. 내가 방법을 일러 준다고 했지 않느냐.

이 방 (변사또를 쏘아보며 뭔가 결심한 듯, 방백) 에이! 더럽고 치사하다. 변사또 네놈도 돈 내고 벼슬 샀지? 나도 사돈네 팔촌까지 모든 재산 다 팔아서 사또 한다! (조아리며) 알겠습니다요.

변사또　진즉 그러라니까. 작은 고을이긴 해도 이방 자리보다는 나을 것이다. 어찌할지는 알 테고….

• 이방이 나가면, 변사또는 관객을 꾀기 시작한다.

변사또　(관객 보고) 괜찮은 자리가 하나 있는데 관심 있수? 공무원이오. 정규직. (거절하면) 미련한 놈! 됐다, 됐어. 너 같은 놈들 쌔고 쌨다. (엿장수를 부른다) 너, 이리 오너라. 자네에게 딱 맞는 좋은 일자리가 있는데… 모아둔 재산 좀 있느냐?

엿장수　(나서며) 엿장수만 30년인디 저 같은 놈이 있어 봐야….

변사또　30년이면 아는 사람은 꽤 있겠네. (달래며) 잘 생각해 보아라. 육방관속은 정규직이다. (엿장수 고민에 빠진다) 고민할 것 없다. 벼슬이란 돈 놓고 돈 먹기야. '얼마를 투자하느냐' 하는 것이 '얼마를 벌 수 있느냐' 하고 같은 말이지. 이방, 호방, 예방, 공방, 지금 여럿 줄 서 있으니 서둘러라.

• 변사또가 다시 객석으로 가서 사람들을 꾄다.

뻥튀기　어디 따라다닐 상전이 없어서 변사또여?

엿장수　상전이 문젠가? 육방관속이면 공무원인디 안정적인 직장은 공무원이 최고 아녀?

뻥튀기　철밥통? (살피고) 벌어 놓은 것 좀 있나 보네?

엿장수　있긴 뭐가 있어. 보증 좀 서 줘. 대출받게.

뻥튀기　시방 나를 언제 봤다고 보증이여, 보증은.

- 뻥튀기장수가 도망가면 엿장수가 졸졸 따라간다.

변사또　(객석의 여성들을 하나씩 훑어보면서 고개를 젓는다) 그나저나 남원 고을은 아리따운 처자가 많다 했는데, 어찌…. 쯧쯧. 여봐라. 요천 십수정에 술상을 차려라. 그리고 기생년들을 깨워 수청을 들게 하라. 내 오늘 요천이 넘치도록 마셔 보리라.

- 변사또가 도포 자락 휘날리며 나간다.

　○노래 〈어허 이런 사또 보소(2)〉
　(방창)　　　여보 사또님 듣조시오 여보 사또님 듣조시오 청 렴은 관리의 근본이요 청빈은 관리의 기본임을 사또는 어찌 모르시오

2장. 뉘라서 저리 고운가

- 요천에 춘향이와 향단.

　○노래 〈임 생각만 아련한가〉
　(춘향)　　　희뿌연 요천 안개 돌아선 그대 모습
　　　　　　　바람결 같은 세월은 요천으로 흘러 흘러
　　　　　　　당신의 말 한마디 뜻한바 모를까마는
　　　　　　　밤이나 낮이나 임 생각만 아련한가
　　　　　　　요천에 눈물이 흐르난데 어찌 마를 일 있을까

향 단   비만 내리고 나믄 요천서 눈물 바람이니…, 아씨 때문에 요천에 홍수 나것소.

- 무대 한쪽에 변사또와 호방이 된 엿장수, 군졸이 등장한다.

변사또   (군졸에게) 이놈아, 어찌 나보다 술상이 늦고 기생이 늦는단 말이냐?
호 방   음식은 군불을 때야 익고, 기생은 단장을 해야 예뻐지고.
변사또   내 말에 군대답을 하다니….

- 변사또가 때리려고 하면, 호방(엿장수)이 교묘히 피한다. 사또 모자 벗겨진다.

호 방   방금 출발했다고 합니다.

- 변사또가 춘향을 발견한다.

변사또   참으로 아름다운 자태로고!

  O노래 〈뉘라서 저리 고운가〉
  (변사또)   보름달같이 둥근 얼굴 흑단 같은 머리카락 매미 날개 같은 귀밑머리 초승달처럼 푸른 눈썹 호수 같은 눈동자 복숭아빛 발그레한 볼 앵두처럼 붉은 입술 박속같이 고르고 하얀 이 눈처럼 보드랍고 뽀얀 피부 버들가지 같은 가는 허리 연적 같

은 젖무덤 옥같이 아름답고 가는 손가락 뉘라서
저렇듯이 고운 얼굴 자아낼 수 있으리오

변사또 (호방에게 다정하게) 저기, 저 처자가 누군가?

호 방 퇴기 월매의 딸, 춘향이라고….

변사또 기녀?

호 방 기녀는 아니고….

변사또 어미가 기생인데 그 딸이 기생이 아니라고?

호 방 춘향이는 성참판 어르신의 은총을 입었으니 누가 뭐래도 한쪽은 양반이고, 게다가 전임 사또 자제 이씨 몽룡과 염문이 있으니….

변사또 말이 많다. 어서 가서 내가 잠시 보잔다고 전해라.

• 변사또가 호방에게 시키면, 호방은 군졸에게 떠민다.

군 졸 예— 이.

• 군졸이 춘향에게 가서 뭔가를 말하고. 춘향과 변사또가 양쪽에서 말을 나눈다.

춘 향 존중하신 사또님이 비천한 몸을 부르시니 감격하고 황송하나, 야밤에 아녀자를 오라 가라 하시는 것은 합당치 않습니다.

변사또 어찌 모르겠소. 이 한밤, 홀로 나와 있는 처자가 애처로워 보여 했던 말이외다.

춘 향 소녀는 이미 구관댁 도련님과 백년가약 받들기로 단단히 맹세하였으니….

변사또 하나의 지아비…. 내가 남원 땅에서 참 여인을 만났는가.

- 변사또가 자연스럽게 모자를 쓴다. 춘향의 말에 점점 표정이 독해진다.
- 호방은 안절부절못하며 변사또와 춘향 쪽을 왔다 갔다 한다.

춘 향 사또님, 남원이 어떤 고을입니까? 금은보화 고대광실 백제 왕 손짓도 싫어 자결한 지리산 여인이 남원 사람이고, 부정한 아낙들 잡아먹는다는 요천 각시바우가 눈을 크게 뜨고 있습니다.

변사또 그래, 그건 알겠다. 헌데 기생 딸이 수절이라니….

춘 향 절개 있는 남원 고을 원님께옵서 그런 말씀을 하시다니요.

변사또 니가 나를 가르치려는 것이냐?

○노래 〈허허 이런 시절 보소〉

(변사또) 허허 이런 시절 보소 기생 자식이 수절이라니 뉘 아니 요절할꼬 대부인께서 들으시면 아조 기절을 허시겠구나 너 같은 년이 자칭 정절 수절 성절 덕절 허며 분부 거절키는 간부 사정 간절하여 별 충절을 다함이니 네 죄가 절절 가통이라 형장하에 기절허면 네 청춘만 속절없지

(춘향) 여보 사또님 들조시오 여보 사또님 들조시오 충신은 불사일군이요 열녀불경 이부절을 사또는 어이 모르시오 사또님 대부인 수절이나 소녀 춘

향의 수절이나 수절은 일반인듸 수절에도 상하
가 있소 마오 마오 그리 마오

변사또　(빙빙 돌며) 이런 천하에 찢어 죽일 년이 있나. 저년을 당장
　　　　잡아들여라.

호 방　(어이없음) 사또, 뭔 죄가 있다고… 무슨… 죄명으로 잡아들
　　　　여요?

변사또　저년 행실이 방자하기 그지없고, 닭 새끼가 봉황이나 되는
　　　　것모냥 교만하기 짝이 없지 않느냐. 우선 잡아오기부터 해
　　　　라. (혼잣말) 내 눈앞에 두고 기필코 저년의 수청을 받으리라.

• 짐승 우는 소리 등 뭔가 심상치 않은 조짐들.

3장. 십장가

• 동헌. 군졸들이 춘향을 끌고 와 무대 한가운데 쓰러트린다. 변사또는
　왔다 갔다 하고, 형틀에 묶인 춘향은 곡을 한다. 호방은 안절부절.

변사또　뭣들 하느냐. 저년을 형틀에 잡아매라.

군 졸　예— 이.

변사또　저년 눈빛을 보니 아직도 기세등등하구나.

춘 향　죽이든지 살리든지 처분대로 하옵소서.

변사또　저년을 단매에 두 다리가 뚝, 부러지도록 쳐야 할 것이니
　　　　라. 만일 헛장을 했다가는 네놈들이 죽고 남지 못하리라.

군 졸   예— 이.

　ㅇ노래〈십장가〉

(변사또)   매우~쳐라~

(군졸)   예~ 이~ 하나요

(춘향)   일짜로 아뢰리다

         일편단심 먹은 마음 일시일각에 변허리까

(변사또)   매우~ 쳐라~

(군졸)   예~ 이~ 둘이요.

(춘향)   이짜로 아뢰리다

         두 낭군을 섬기리까 가망 없고 안 되지요

변사또   저, 저, 저, 저년이!!! 더 세게 쳐라, 더, 더, 더, 세게 쳐라.

군 졸   예— 이— 셋이요.

(춘향)   삼짜로 아뢰리다

         삼생가약 맺은 언약 삼종지의를 알았거든

         삼십도 형장 말고 삼군인들 어쩌리까

변사또   이런 찢어 죽일…. 단매로 치다가는 내가 분통 터져 죽겠다.

　• 변사또는 자신이 매를 들어 친다.

변사또   난장으로 물고를 내리라.

춘 향   사지를 찢어 남원 성문 앞에 걸더라도 가망 없고 무가내오.

• 춘향, 형틀 아래 고개 떨군다. 변사또는 다시 군졸에게 매를 넘긴다.

    (변사또)   매우~ 쳐라~

    (군졸)   예~ 이~ 다섯이요, 여섯이요, 일곱이요, 여덟이
                       요, 아홉이요, 열이요.

• 춘향은 정신을 차렸다가, 다시 기절했다가를 반복한다.

    (합창)   못 보것네 못 보것네 사람 눈으로는 못 보것네
                  옷고름 씹던 맹세가 비통의 시련이 되었네
                  서러워라 서러워라 춘향 신세 서러워라

    (호방)   못 허것네 못 허것네 더럽고 치사해서 이 짓도
                  못 허것네.

변사또   여봐라! 저년을 황쇄 족쇄 큰칼 씌워 하옥하라.

군 졸   예— 이.

변사또   (혼잣말) 널 가질 수 없다면 차라리 망가뜨리겠다.

• 신음하는 사람들의 아우성.

4막 〈쑥대머리〉

1장. 비나이다

- 부용당. 월매가 퍼더버리고 앉아 통곡하고 있다. 그 옆에 향단.

  ○**노래** 〈비나이다 비나이다〉
  (월매)　　허허 이게 웬일이여 남원 사십팔방 중에 내 딸
  　　　　　　누가 모르는가 질청의 상좌상존 장청의 나리님
  　　　　　　네 내 딸 춘향 살려주오 제 낭군 수절헌 게 이게
  　　　　　　무슨 죄가 되어 이 형벌이 웬일이오.

- 월매가 일어나서, 정화수를 떠서 앞에 올린다. 정성스럽게 비손한다.
- 무대 한쪽(오작교)에 남루한 차림의 이몽룡.

  (몽룡)　　어이 갈거나 어이 갈거나 남원 천리 어이 갈거나
  　　　　　　내 신세도 불쌍커니와 춘향 신세 더욱 불쌍하다
  　　　　　　어이 가리 어이 가리 남원 천리 어이 가리

몽 룡　　가자, 가. 오늘이 저물기 전에 어서 남원으로 가자!

　　　　　　춘향아 기다려라 어사 이몽룡이 간다

- 월매 쪽 밝아지면. 향단이 정화수를 새로 떠서 들어와 앉아 뒷자리에서 함께 빈다.
- 몽룡이 다가와 살핀다.

(월매)　　비나이다 비나이다 하나님전 비나이다 임자년생
　　　　　성춘향은 낭군위해 수절하다 맹재경각 되었으니
　　　　　삼청동의 이몽룡을 전라감사나 전라어사나 양단
　　　　　간에 점지허여 내딸춘향 살려주오 내딸춘향 살
　　　　　려주오
(향단)　　비나이다 비나이다 하나님전 비나이다
　　　　　명천이 감동하사 옥중아씨를 살려주오
(몽룡)　　우지 마라 향단아 네 눈에서 눈물 나면
　　　　　내 눈에서는 피눈물 난다

2장. 적막옥방 찬자리

- 옥중. 춘향이 큰칼을 쓰고 있다. 음산하다. 각색 짐승들이 소리 내어 운다. 구슬픈 〈쑥대머리〉 시작 부분이 반복되면서 이어진다.

○노래 〈쑥대머리〉
(합창)　　쑥대머리 쑥대머리 쑥대머리 쑥대머리
　　　　　쑥대머리 쑥대머리 쑥대머리 쑥대머리

- 한쪽에서 귀신춤이 시작된다. 춤 사이에서 나타나는 춘향의 외로운

영혼.

(춘향)	쑥대머리 귀신형용 적막옥방 찬자리에 생각나는 것은 임뿐이라 보고지고 보고지고 한양낭군 보고지고 오리정 징별후로 일장수서를 내가 못봤으니 부모봉양 글공부에 겨를이 없어 이러는가 여인신혼 금슬우지 나를잊고 이러는가 계궁항아 추월같이 번뜻이 솟아서 비춰고저 손가락에 피를내여 사정으로 편지허고 간장의 썩은 눈물로 임의 화상을 그려볼까 생전사후 이원한을 알어줄이 뉘있드란 말이냐 아이고 아이고 아이고 내 신세야

· 춤꾼 물러가면, 변사또 들어온다.

변사또   정녕 이렇게 죽어갈 것이냐. 오늘이라도 몸단장 곱게 하고 수청을 들거라.

춘 향   이렇게 하면 절 가질 수 있을 거라 생각했습니까?

변사또   이몽룡이 대과 급제를 하게 되면 네 생각 할 일 있겠느냐?

춘 향   (웃으며) 내 평생 앉아도 몽룡, 누워도 몽룡, 잠을 자도 몽룡, 눈을 떠도 몽룡, 오얏이자 꿈꾸는 용을 그리며 생을 마치리다.

변사또   (참고) 내가 남원을 너에게 줄 것이다.

춘 향   (웃으며) 밤이 늦었으니 사또는 가서 쉬시지요.

변사또   이런 발칙한 년! 널 완전히 망가뜨려 주마. 남원 백성이 보는 앞에서, 니 에미가 보는 앞에서 내가 너의 목을 치리라.

* 변사또 도포 자락 휘날리며 나가면, 춘향이 쓰러져 울고.
* 월매와 몽룡이 호방의 안내로 등장한다.

월 매 춘향아! 앉아 서방, 누워 서방, 죽어 가면서도 서방, 서방,
허든 너의 서방 이몽룡 씨, 비렁거지 되어 여기 왔다.

* 몽룡, 재빨리 옥문 앞으로 가 춘향의 손을 덥석 잡으면.

춘 향 아이고, 도련님, 이게 무슨 꼴이오.

몽 룡 (애써 슬픔을 감추며) ….

춘 향 도련님만 바라보고 옥살이했지만, 이제 더는 보고 싶지도
않고, 원망하지도 않소.

몽 룡 아니다. 원망하거라. 네 마음이 풀릴 때까지 원망하거라.

춘 향 아니오, 아니오. 기생 딸이란 소리 지겨워 열녀 흉내 내어
본 것이니, 도련님 탓 아니오.

O노래 〈내일 본관 사또 생신 끝에〉(냉차게)

(춘향) 내일 본관 사또 생신 끝에 날 올리라는 영이 내
리거든 칼머리나 들어주고 나 죽었다 하옵거든
삭군 인체 달려들어 나를 업고 물러나와 우리 둘
이 인연 맺던 부용당에 날 누이고 서방님 헌옷
벗어 천금지금으로 덮어주고 나를 묻어주되 정
결한 곳 찾아서 깊이 파고 나를 묻어주고 수절원

사 춘향지묘라 여덟 자만 새겨 주시면 아무 여한
이 없겠나이다

몽 룡   어찌 그런 말을 한단 말이냐.

춘 향   이만하면 되었소. 어서 돌아가시오. (춘향 고개를 돌리면)

- 월매와 몽룡, 쓸쓸하게 퇴장한다.
- 홀로 남아 더 쓸쓸한, 춘향이 대성통곡을 하기 바로 전까지 이르면, 월매 다시 들어온다.

월 매   아가, 아가, 이제 다 끝났다. 단 하나 믿던 사위가 비렁뱅이
되어 왔으니, 네 수절도 허사다. (한숨 쉬고) 차라리 사또 청
을 따라 목숨 부지하거라.

춘 향   어머니, 그런 말씀 마오.

O노래 〈괄세 마오〉

(춘향)   어머니 그 말 마오 잘되어도 내 낭군 못되어도
내 낭군 고관대작 내사 싫코 만종록도 나는 싫소
어머님이 정한 배필 좋코 글코 웬 말이오 나를
찾어오신 낭군 어찌 그리 괄세하오

월 매   저런 속도 없는 년! 거지꼴 하고 와도, 니 서방이 그리 좋
드냐. (나가다가 다시 돌아보며 쓸쓸하게) 그래, 니 팔자, 내 팔자
박복하지만, 내 속보다 니 속이 오죽하겠니.

- 월매 나가면. 춘향, 더 큰 서러움에 복받쳐 운다.

(춘향)   아이고 서방님~ 아이고 서방님~
          무정하고 야속헌 님 어찌 그리 더디 왔소

춘 향 어차피 죽어질 몸, 미련 없이 죽어지리다. 정 떼고 가시옵
        소서. (도섭) 이 웬수 같은 서방님아.

- 무대 한쪽에서 몽룡이 칼을 들고 서 있다. 뻥튀기장수가 옆에 있다.
- 호방이 주위를 살피며 다가오면. 뻥튀기장수는 호방을 경계한다. 몽룡
  이 괜찮다는 손짓에도 계속 살핀다.

뻥튀기 어사또, 피하셔야 합니다. 변사또의 개, 호방이 오고 있습니
        다. (호방에게) 네 이놈! 변사또의 개가 여기는 무슨 일이냐?
호 방 나, 개 아녀.
뻥튀기 그럼 뭐냐?
호 방 나 엿장수! 같은 편이여.
뻥튀기 같은 편은 무슨…. 돈으로 벼슬 사서 변사또 밑으로 가지
        않았더냐?
호 방 다 이유가 있어. 나도 겁나게 속 시끄랗게 그만혀. (뻥튀기 보
        고) 뻥, 눈 안 풀어? 너랑 나랑 같은 편이랑게. 해찰 말고 어
        사또 말씀이나 들어.

- 몽룡의 손짓에 사방 온갖 틈에서 서리 역졸이 몰려나온다. 몽룡의 지
  시하는 손짓에 한 사람 한 사람 인사하며 기백 있게 사라진다.

몽 룡   춘향아, 내 어찌 너를 모를까. 지금 당장 옥문을 부수고 너를 구해야 하건만, 장부의 심사를 이해해라. 내일 날 밝거든 보자꾸나. (분노하며, 칼을 빼고) 변사또 네 이놈, 하늘과 땅의 심판이 있으리라. 백성의 심판이 있으리라.

• 천둥과 번개

5막 〈어사출또〉

1장. 생일잔치

- 동원. 변사또 생일잔치. 벼슬아치들이 주안상을 놓고 흥에 겨워 있다.
- 몽룡이 백성들 곁에 서 있다.
- 운봉현감이 된 예전 이방이 서둘러 들어온다.

운봉현감   늦었습니다요.

변사또   오, 이방. 아니지. 이제는 운봉현감이지.

운봉현감   하하하. 제가 현, 감, 입지요. 10만 냥이면 되는 것을…. 하 하하.

변사또   요즘 활약이 대단하다고 들었네.

운봉현감   별수 없습죠. 헌데 고을이 워낙 작으니 먹잘 것이 없어 서….

변사또   오래된 고을이니 오래된 물건들을 노려 보시게. 왜놈들이 조선의 도자기를 무척 좋아한다고 하니 꽤 짭짤할 것이야.

운봉현감   명심, 분발하겠습니다요.

변사또   먹을 만큼 먹었고, 취할 만큼 취했으니, 이제 놀아 보자. 여 봐라! 춘향을 데려오거라.

군 졸   예이. (춘향을 끌고 무대 중앙에 앉힌다) 춘향, 대령하였소.

변사또   (춘향의 주위를 맴돌며) 이년, 행색 좀 보아라. 안창이 퀘앵허

여 논두렁 시앙쥐 굴헝마냥 옴푹옴푹 꺼졌구나. 듣거라. 너
는 관장을 능욕하고 수청을 아니든 죄, 죽어 마땅하다.

ㅇ**노래** 〈내 아무리 죽을망정〉

(춘향)　　　진국명산 만장봉이 바람이 분다고 쓰러지며 칭
암절벽 굳은 바위 눈비가 온다고 썩어지며 내 아
무리 죽을망정 두 낭군 말씀 당치 않소 어서 바
삐 죽여 주오

변사또　　모질고 독한 년. 당장 저년의 목을 베라.

・ 망나니가 칼춤을 추며 무대로 들어온다. 춘향 주위를 돌고 칼을 내려
치려는 순간, 백성들 사이에 있던 몽룡, 급하게 사또를 부른다.

몽 룡　　사또! 사또! 공자께서 말씀하시길, '변생은 비견여혈'이라
하였습니다.

변사또　　네놈은 뭐냐?

몽 룡　　장수 번암서 사옵는디, 근처 왔다가 좋은 구경 있다 하여,
눈요기나 허고 주효나 얻어먹고자 불고염치 왔사옵니다.

변사또　　좋은 구경? 하하하하. 그렇지. (냉차게) 저놈을 내처라. 별 그
지 같은….

호 방　　(몽룡 보며 급하게) 네 머리에 쓴 것이 갓이냐, 망태냐? 갓끈
매었다고 다 양반인 줄 아느냐? 그런데 변생, 비견, 뭐라고
한 것은 대체 무슨 말이냐?

몽 룡　　공자 왈, 변생은 비견여혈이라. 변사또님 생신날에는 계집

의 피를 보지 않는다, 라고 하였으니 저 여인의 참형을 잠시 미루시는 것이 어떨는지요?

변사또 공자가 그런 말을 했어? 미친놈. 저놈을 당장 하옥하라.

몽 룡 사또! 사또! 사견위치명 견여곤궁시사의즉호남이라. 선비로서 위험한 일에 직면하여서는 목숨을 내놓고, 특히 위험에 빠진 여인을 보거든 의를 발휘해야….

• 춘향, 서서히 고개를 들어 몽룡을 확인한 뒤, 안타까워한다.

변사또 의? 의라 했느냐? 그럼 본관이 의도 모르는 사람이란 말이냐? 저놈 목부터 당장 베어라.

• 춘향, 변사또의 말에 '앗, 도련님' 하고 쓰러진다.

호 방 (급하게 나서며) 사또, 아무리 무지랭이 서생이라도 글줄 좀 아는 양반 같은디, 무지한 백성들 앞에서 목을 베는 것은…. 사또…. (변사또 귀에 뭔가 속삭인다)

변사또 그거 재미있겠다. 하하하.

• 호방이 몽룡에게 지필묵을 준다.
• 사령들이 춘향을 다시 일으켜 세우지만, 춘향은 여전히 의식이 없다.

변사또 저년 목이 떨어지기 전에 글을 마친다면 네 목숨만은 살려주리라. 운봉, 운자 주시게.

운봉현감 운자는 기름 '고'에 높을 '고'라.

변사또   여봐라! 다시 칼춤을 추어라. 춘향의 목을 베어라.

- 좌중 소란. 망나니 칼춤이 다시 시작된다. 몽룡은 서둘러 글을 쓴다.

몽 룡   (칼을 내려치는 순간) 잠깐! 사또, 글 다 지었소. 은혜 백골난망
이오.

- 몽룡이 종이를 놓고 서둘러 사라진다. 운봉현감이 종이를 펴서 읽어
본다.

운봉현감 (관객 보고) 나, 지금 떨고 있소?
변사또   대체 무어라 썼기에 그러시오. (급하게 보고 놀라며)

(E·몽룡)   금술통에 맛난 술은 천 사람의 피요, 옥쟁반에 좋
은 안주는 만백성의 기름이라, 촛불에 눈물질 때
백성이 눈물짓고, 노래 소리 높은 곳에 원망 소리
높구나.

2장. 어사출또

- 곳곳에서 "암행어사 출또야!" 하고 외치는 소리. 뻥튀기장수, 서리, 역
졸이 사방에서 달려 나온다. 아수라장이 되어 버린 동헌. 어사출또는
한바탕의 놀이다.
- 의식이 돌아온 춘향은 둘러보며 몽룡을 찾다 없는 것을 확인하고, 노

심초사.

- 변사또와 운봉현감을 비롯해 여럿이 떨고 있다. 춘향은 한쪽에 엎드려 있다.
- 관복 입은 몽룡, 단상에 올라앉는다.

몽 룡 여봐라! 변학도와 운봉현감을 잡아들여라.

일 동 예— 이. (몽룡 앞에 끌려 나와 엎드린다)

몽 룡 듣거라. 네놈들은 벼슬을 팔고 사서 임금을 우롱하고 나라의 기강을 문란케 했다. 듣거라. 나라의 주인은 백성이거늘 백성의 참뜻을 박탈하여 그대 한 사람의 영화만을 일삼고, 죄 없는 백성들을 수없이 투옥시켜 국권을 남용하였다. 그 죄가 심히 크다. 국법으로 엄히 다스릴 것이로다. 이놈들을 봉고파직하고 하옥하라!

일 동 하옥하라!

몽 룡 (춘향을 보고) 네가 춘향이더냐? 너는 수절을 핑계로 관장을 능욕하고 관정에 발악하였으니 어찌 살기를 바랄꼬?

춘 향 두 지아비를 섬기는 것은 두 임금과 같삽다고 실증으로 아뢰었을 뿐이옵지, 무슨 능욕을 했사오리까? 명철하신 수의사또 깊이깊이 통촉하소.

몽 룡 오! 그러한가? 여봐라 춘향아, 네가 본관 수청은 거역했다 하나, 그것은 다 지난 일이고, 잠깐 지나가는 이 수의사또의 수청은 어떠하냐? 만일 거역하면 당장 죽고 남지 못허리라.

○**노래** 〈초록은 동색이요〉

(춘향)   허허 갈수록 산이로구나. 태산을 치고 나면 평지

가 있다는듸 나는 갈수록 산이로구나 여보 사또
님 들조시오 초록은 동색이요 양반은 도시 일반
이오그려

몽 룡　　수청을 들지 못하겠단 말이냐?

춘 향　　(주위를 살펴보고) 한 가지 여쭙겠사옵니다. 조금 전 소녀의 형
　　　　집행에 끼어들었다가 하옥된 선비는 어떻게 되었는지요?

몽 룡　　국법이 지엄하거늘, 그런 발칙한 자가 있었더냐? 여봐라!
　　　　그자는 어찌 되었느냐?

호 방　　(눈치를 주면) 하, 하옥되었습니다. (눈치) 곧 그자의 목을 치겠
　　　　나이다.

춘 향　　(안도의 숨을 쉬다, 급하게) 소, 소녀, 수청을 들겠사옵니다.

몽 룡　　무어라? 수청을 들어?

춘 향　　허나, 소원이 있사옵니다. 그 선비를 무탈하게 풀어 주소서.
　　　　그 선비의 목숨을 살려 주소서. 허면 소녀, 어사또 수청을
　　　　들겠나이다.

몽 룡　　수청을 든다…. 그런 후에 어찌하겠느냐? 나의 소실이라도
　　　　되겠느냐?

· 춘향, 아무런 대답도 못 하고 눈물만 흘린다.

몽 룡　　(옥지환 내어주며) 이를 춘향에게 갖다주고 얼굴을 들어 대상
　　　　을 살피래라.

호 방　　(옥지환을 춘향에게 주며) 얼굴을 들어 대상을 살피랍신다.

춘 향　　(옥지환을 보고 깜짝 놀라) 아이고, 네가 어디를 갔다 이제야 나

를 찾아왔느냐. (몽룡 보고) 아이고, 서방님 (일어서다 힘없이 쓰
러진다)

- 몽룡이 뛰어나와 춘향을 부축하면. 춘향, 몽룡의 뺨을 때린다. 그리고
  몽룡에 의지해 눈물을 펑펑, 흘린다. 몽룡도 눈물을 흘린다.

춘 향   이런 야속한 사람. 아무리 잠행인들 그다지도 속이셨소. 어
       찌 내게조차 그러시오.
몽 룡   그래, 내가 너를 죽일 뻔하였다. (자신의 뺨을 치며) 나는 맞아
       도 싸다.
춘 향   옥문 밖에 오셨을 제 요만큼만 통정허였으면 마음 놓고 잠
       을 자지. 평생 원망하며 지내리다.
몽 룡   (춘향을 안으며) 그 원망 내 어찌 싫다 할까. 죽을죄를 지었다.
       미안하다, 춘향아! 고맙다, 춘향아! 사랑한다, 춘향아!!!
춘향·몽룡   이것이 꿈이냐 생시냐. 꿈과 생을 분별도 못 하겠구나.
춘 향   우리 어머니는 어디를 가시고 이런 경사를 모르실꼬.

       ○노래 〈어사 장모 행차허신다〉
       (월매)   어디 가야 여기 있다 도군졸아 큰문 잡어라
                  어사 장모님 행차허신다
                  열녀춘향 누가 낳았나 말도 마소 내가 낳았네
                  장비야 배 다칠라 열녀 춘향 난 배로다
                  네 요놈들 오늘도 삼문깐이 그리 드셀 것이냐
                  얼씨구나 절씨구 절씨구나 좋을시고
                  풍신이 저렇거던 보국충신이 아니 될까

이 궁둥이를 두었다가 논을 살까 밭을 살까 흔들
대로 흔들어 보자

(합창) 경사야 경사야 경사로세 경사야

세상사 고진감래 홍진비래라더니 이를 두고 한
말일세

이도령과 춘향이의 생이별이 끝나고 경사스러
운 상봉일세

꽃이 피고 새가 우니 이 아니 경사런가

벌나비 집을 짓고 원앙이 춤을 춘다

경사야 경사야 경사로세 경사야

아~매도 내 사랑아 아~매도 내 사랑아

엿장수 여러분 재미나게 보셨소? 재밌다고 소문 좀 내 줄라요?

뻥튀기 춘향이 이쁘다고도 소문낼라요? 뻥튀기 맛나다고 소문 좀
내 줄라요?

엿장수 나는 다시 엿이나 팔라요. 엿 사시오, 엿 사. 한양 간 이몽
룡이 먹고 장원급제 했다는 바로 그 엿. '이몽룡합격엿'이
오. 엿 사시오, 엿 사!

• 모두 나와 춤을 추며, 떠들썩한 분위기로 암전.

덧대는 글

　공연 복이 많은 작가다. 대부분 의뢰를 받아서 쓴 덕이지만, 슬쩍 밀쳐지거나 무참히 버려지거나 제작 과정에서 엎어지지 않고 무사히 무대에 오른 작품이 많다. 3개월 이상 관객을 만난 상설공연과 몇 년 동안 공연된 작품도 여럿이다. 2012년부터 9년 동안 무대에 오른 임실필봉농악보존회의 상설공연 〈웰컴투 중뱅이골〉 연작(총 6편)과 2018년부터 3년 동안 공연된 전라북도문화관광재단의 브랜드공연 뮤지컬 〈홍도〉가 대표적인 예다. 마당극 〈백세지사 가람 이병기〉(2012·익산예총)와 마당극 〈용을 쫓는 사냥꾼〉(2020·합굿마을)처럼 '한옥경관을 활용한 야간상설공연'(6개월)으로 선보이기도 했고, 영상음악극 〈새만금 아리울 상설공연(총 6편)〉(2012·전주세계소리축제조직위)과 연극 〈전주 사는 맹진사〉(2013·전주시립극단)와 같이 특정한 공간을 알리기 위한 상설공연과 관립단체의 '찾아가는 공연'도 한몫했다.

　네 번째 희곡집은 대개 상설공연된 작품을 담았다. '스토리텔링문화그룹 얘기보따리'에서 제작한 「녹두장군 한양 압송 차(次)」(2013)

와 「달룽개」(2016)는 전주가 배경이다. 「녹두장군 한양 압송 차(次)」
는 2013년 전주한옥마을 주말상설공연으로 6개월 동안 선보인 뒤
전라북도 순회공연을 다녔다. 남원이 배경인 「춘향전」과 「흥부전」을
활용한 「아매도 내 사랑아」(2016)와 「월매를 사랑한 놀부」(2017), 「시
르렁 실겅 당기여라 톱질이야」(2020)는 남원시립국악단과 함께했다.
한옥경관을 활용한 야간상설공연으로 남원을 찾은 이들에게 흥겨운
밤을 선사했다.

○ 전주 소리는 사람들 곁에 있는 소리

「달룽개」는 온통 전주다. 주요 내용은 전주부 통인청 대사습에 참
가했다가 귀명창들에게 조롱당해 소리를 포기하고 부채장수가 된
청년 달룽개가 전주에서 떠돌이 명창과 서예가, 남문시장 상인들 등
을 만난 뒤 남녀노소 함께 어울려 노는 판의 의미와 소리의 가치를
깨닫고 진정한 소리꾼이 되는 것. 1398년 전주에 효자비(전주시 향토
문화유산 제5호)가 세워진 박진, 한벽루와 근처 바위에 설화와 글씨(암
각서·巖刻書)를 남긴 창암 이삼만(1770~1847), 전주대사습에서 귀명
창들에게 조롱당한 뒤 독공으로 명창이 된 정창업(1847~1919) 등을
주요 이야깃거리로 삼았으며, 귀명창·남문시장·막걸리·부채·열무
김치·음식·전주천 등 전주의 다양한 콘텐츠를 걸판지게 담았다. 전
주문화재단의 '제1회 전주 이야기자원 공연화 지원사업'에 응모한
이유도 있지만, 이 기회로 전주를 대표하는 작품을 쓰고 싶은 욕심이
컸다. 연출과 배우들의 정성까지 더해 2016년과 2017년 공연 모두
좋은 평가를 받았다. 2016년에는 전주문화재단의 사업에 최종 선정
됐고, 2017년에는 전북문화관광재단의 '무대공연작품 제작 지원사
업'에 선정된 후 최종 평가에서 가장 높은 점수를 얻었다. 또한, 전북

작가회의가 시상하는 '작가의눈 작품상'도 수상했다.

「달룽개」는 여러 지인에게 "제가 쓴 희곡을 보러 와 주세요!"라고 처음 말한 작품이다. 축하받을 일이 많았지만, 가장 좋았던 것은 연출가·배우가 아닌 선후배들이 내 희곡을 읽었다는 것. 그것만으로도 충분했다.

'달룽개'는 달랐다. 전주의 다양한 콘텐츠와 이야기를 판소리 안에 자유자재로 녹여내 관람객들이 그야말로 꿀떡 삼킬 수 있도록 했다. 전주대사습과 막걸리, 서예, 부채까지 다양한 문화콘텐츠를 공연 속에 제대로 풀어내는 방법을 제안해준 의미 있는 공연으로 주목됐다. 이날, 90여 분 동안 무대를 종횡무진 누비면서 매력을 발산한 소리꾼과 연극인, 연주자 등 배우 10명의 케미는 상당했다. 무대 밖으로까지 그 행복한 기운이 전해질 정도였으니 말이다. 한 달여의 연습 기간에 불과했다는 제작진의 설명을 믿을 수 없을 정도의 찰떡궁합을 보여줬다. 이는 오래도록 지역 예술판에서 같은 꿈을 꾸고, 고민하면서 수없이 많은 대화를 나눴던 극작가와 연출, 배우 사이의 관계가 상당한 작용을 했다. '달룽개'의 큰 줄기는 "판소리가 무엇인가"에서 출발, 젊은 소리꾼들이 가지고 있는 판소리에 대한 정체성, 또한 발전 방안에 대한 고민을 담은 내용이었기에 그들의 몸에 딱 맞는 옷과도 같았다. 쉬운 언어로 입에 착착 달라붙게 써 내려간 희곡도 한몫했다. 판소리를 흉내 내기에만 급급해 무슨 이야기를 하고 싶은지조차 전달이 안 됐던 단어들을 연결하곤 했던 작창이 아닌, 전라도 말맛을 살리고 현대어를 적절하게 버무린 대사들은 현대의 관객들에게 공감을 주기 충분했다. 시대를 풍자하는 대사들도 배우가 애드리브를 하듯 극 속에 자연스럽게 흘려 과하지 않았다.

– 전북도민일보 2016년 12월 5일 자 〈[리뷰] 전주이야기자원 공연화 지원 '달릉개'〉(글 김미진)

'달릉개'는 달랐다. 전주가 자랑하고 싶은 역사와 문화 자원들이 전주비빔밥처럼 맛깔스럽게 잘 어우러지면서 전주 사람들에게는 자부심을, 외지인들에게는 전주에 대한 호기심과 흥미를 불러일으켰다. 여기에 어수선한 시국을 반영한 마당놀이식 풍자와 해학으로 관객과 소통하는 데에도 성공했다. '달릉개'를 쓴 최기우 작가는 이 작품을 통해 자신의 존재감을 다시 한번 입증했다. 이미 2003년과 2014년 전국연극제에서 희곡상을 수상한 실력 있는 중견 극작가이지만, 전주 판소리와 전주대사습, 전주한지와 부채, 서예와 선비정신, 전주막걸리, 전주 풍남문과 8미, 전주 사투리까지 전체적인 스토리 안에서 전주의 콘텐츠들을 짜임새 있게 엮어가는 솜씨는 대단했다. 우리 지역에 대해 역사적 문화적으로 이해가 깊은 작가가 있다는 점 또한 지역의 자원이 될 수 있음을 확인할 수 있는 무대였다.

– 문화저널 2017년 1월 호 〈[리뷰] 지역 브랜드 공연의 방향을 보다〉(글 도휘정)

옹기장수 아들로 태어난 달릉개는 신분 등을 이유로 오참봉에게 핍박당하는 아버지를 위해 소리꾼이 되고자 한다. 어전 명창이 되면 신분에 상관없이 참봉 벼슬에 오른다는 말을 들었기 때문이다. 대사습에서의 절망 뒤 소리꾼의 길을 포기하고 부채장수가 됐던 달릉개는 오참봉의 포악질과 그에 속수무책 당하는 아버지를 보고 다시 소리꾼이 되기로 한다. 달릉개의 목적은 오직 참봉 벼슬이었다. 그래서 소리의 본질이 아니라 기능을 익혔다. 달릉개가 우연히 만나는 주명창은 춘향가·심청가·흥부가 등 기존 소리와는 전혀 다른 소리를 한다. 즉흥적으로 만들어 부르는 소리, 사람들의 삶을 통한 소리를 즐긴다. 특히 "전주 소리는 사람들 곁에 선 소리"라며 전주 소리를 한다. 주명창과 달릉개는 여러 곳에서 소리를 하면서 그 깊이와 의미를 깨우쳐 가고, 결국 마을 사람들과 힘을 합쳐 소리를 통해 오참봉을 징치하고 교화한다.

「녹두장군 한양 압송 차(次)」는 전봉준(1855~1895) 장군이 한양으로 압송될 때, 전라감영이 있는 전주에 들렀고 이곳에서 어떤 일이 벌어졌다는 가정으로 쓴 작품이다. 정이 넘치는 전주 사람들은 분명 전봉준에게 정성스러운 밥 한 끼를 대접하려고 했을 것이며, 농민군들은 전주에서 그의 구출 작전을 벌였을 것이다. 전봉준은 자신에게 전주비빔밥 한 그릇을 먹여 보내려고 몰려든 사람들과 훗날 전동성당을 건립하는 보두네(1859~1915) 신부 등을 만나며 동학농민혁명의 의의와 가치를 새롭게 한다. 또한, 전봉준은 압송행렬을 보기 위해 찾아온 열혈청년 김구(1876~1949)가 일본군에게 잡히자 자기 대신 조선의 청년 김구를 구하라는 마지막 명령을 내린다. 이는 당시 백범이 황해도에서 '애기접주'로 불리며 큰 활약을 했고, 그즈음 3개월 동안 행방이 알려지지 않았다는 기록에서 시작된 상상이다. 이 작품은 2017년 전라북도 대표 희곡을 영화화하는 전주영상위원회의 '전북 문화콘텐츠 융복합 사업'에 선정돼 영화 〈앙상블〉(2019)의 원작이 되었다.

○ 남원 소리는 행복을 부르는 소리

춘향의 이야기가 더 현실감 있게 느껴지는 것은 두 사람의 사랑이 싹트기 시작한 광한루가 남원 한복판에 있기 때문이다. 춘향전이 이곳을 배경으로 삼고 난 후 광한루원에 춘향과 관련된 여러 기념물이 들어섰다. 광한루에 서면 호들갑스럽게 춘향의 '그른 내력을' 읊던 방자의 목소리가 여전히 귀에 쟁쟁한 그네터가 멀리 가까이 보인다. 이팔청춘 춘향과 몽룡이 손깍지 끼고 다녔을 광한루 앞 돌다리 오작교는 처녀 총각들의 발길에 많이도 닳았다. 정자와 누각들은 오백 년 묵은 때가 통기둥 속까지 배어 감실감실하다.

「흥부전」도 남원 인월면과 아영면에서 기인한다. 인월면 성산리 성산마을은 흥부와 놀부가 태어난 곳이고, 아영면 성리 상성마을은 흥부가 부자가 된 발복지(發福地)다. 형제의 우애와 권선징악, 부와 사랑을 함께 나누는 인류 공영의 정신을 앞세운 통속적인 이 이야기가 한민족의 고전이 된 까닭은 선과 악의 극치를 달리는 형제의 상반된 인간성을 해학과 풍자로 표현한 문학적 가치도 있지만, 「흥부전」이 지향하는 방향이 민심을 따랐기 때문이다. 우리는 「흥부전」에서 더불어 사는 의미를 체험하고 확인해 왔다. 도덕적 가치가 지켜지기를 바라는 민심의 바탕은 이미 「흥부전」에서 싹트고 있었다.

「춘향전」과 「흥부전」은 창극·연극·오페라·영화·드라마 등 끊임없이 변화하며 성장해 왔다. 누구나 알고 있는 이야기라는 점에서 이해하기 쉽고, 작품 전반에 익살과 해학의 재미 요소가 있어 유쾌하다. 고전 속 인물을 지금 시대로 불러 다시 창조하는 일은 고전문학의 성지인 남원의 당연한 몫이다.

남원시립국악단은 「남원뎐」, 「남원골 이야기」, 「달래 먹고 달달, 찔래 먹고 찔찔」 등에서 춘향과 몽룡, 변사또와 월매, 놀부와 흥부를 이

시대와 호흡할 수 있는 인물로 다시 창조했다. 춘향과 흥부의 온고지신(溫故知新). 이 책에 담은 작품도 마찬가지다.

「아매도 내 사랑아」는 「춘향전」에서 줄이거나 빠졌을 것 같은 이야기를 탐구해 다시 썼다. 사랑과 이별, 그리움과 해후의 정점을 이루기 위한 크고 작은 이야기들이다.

「월매를 사랑한 놀부」는 「춘향전」과 「흥부전」의 등장인물을 섞어 5년 뒤 이야기로 다시 짰다. 춘향과 몽룡을 한양으로 보내고 홀로 남은 「춘향전」의 월매와 '제비'에게 아내마저 빼앗기고 동생 집에 얹혀 사는 「흥부전」의 놀부가 나누는 중년의 사랑 이야기가 극의 중심이다. 재산 때문에 싸움이 일어나고 사기꾼 변가 일당에게 속아 모든 재산을 날릴 위기에 처한 흥부 가족을 위해 월매와 놀부, 마을 사람들이 힘을 합쳐 못된 이들을 혼내주는 이야기도 함께 펼쳐진다.

「시르렁 실겅 당기여라 톱질이야」는 「흥부전」의 박 타는 대목으로 엮은 흥겨운 놀이판이다. 흥부 부부의 박 타는 대목은 화사한 춤이 이어지는 잔치마당이며, 놀부 부부의 박 타는 대목은 놀부를 응징하는 초라니패·각설이패 등의 전통 연희가 한바탕 펼쳐진다. 양귀비와 흰 수염 노인, 장비 등이 나오면서 갈등도 보이지만, 놀부와 흥부의 화해는 훈훈한 마무리로 잇게 한다. 그리고 형제에게는 각 집에 하나씩 남은 박을 어떻게 처리할 것인가, 하는 물음이 남는다.

판소리 〈흥부가〉의 큰 재미는 박 타는 대목이다. 그러나 놀부가 박 타는 대목은 잘 불리지 않는다. 전승되는 판소리 바디도 대개 '놀부 제비 후리는 대목'에서 끝을 맺는다. 다행히 김연수 바디와 박록주 바디 〈흥보가〉에 놀부 내외가 박 타는 대목이 나온다. 따라서 이 작품의 초반은 박초월 바디를 중심으로, 후반은 김연수·박록주 바디를 중심으로 꾸몄다. 바다마다 이야기가 달라 가장 큰 재미와 감동을 줄 수 있는 내용으로 다시 구성했다.

남녀의 사랑보다 앞서는 것이 가족이다. 구구절절한 사연이야 어찌 되었든 놀부와 흥부는 박을 탄 뒤 화해를 이뤘다.

"시르렁 실경 시르렁 실경 당기여라 톱질이야!"

이 울림은 가족의 화해와 화합을 부르는 남원의 소리다. 남원에서 대한민국과 세계로 퍼져 나갈 행복의 소리다.

○ 행복하게 써야 행복하게 본다

고전은 시 · 공간을 넘어 세상 모든 사람에게 사랑받는 문화의 원형이자 오늘날 새롭게 탄생하는 이야기들의 뿌리다. 인과응보와 권선징악을 앞세웠지만, 고전의 지향이 민심과 일치해 온 것도 큰 이점이다. 저작권이 없어 과감한 도전도 가능하다. 다들 아는 이야기 그대로인 것 같지만, 구성이나 전개가 다르고, 전혀 딴판인 것 같다가도 제 줄기를 찾아가는 고전의 재구성. 각 인물이 자신의 고유성을 잃지 않는 범위에서 지금 시대의 사람들과 만나고, 아쉽고 서럽고 분한 세상을 풍자하며 상식이 통하는 세상을 꿈꾸는 것. 콧등이 시큰한 감동을 그대로 살려 아지랑이처럼 아련한 슬픔은 곧 승화되고, '봄날의 향기'처럼 발랄하게 혹은 발칙하게…. 무수한 겹과 결을 지닌 고전의 매력에 빠져 작품을 여러 편 썼다. 제작진이 단어와 문장을 넣었다가 빼고, 난데없이 등장인물을 늘렸다가 줄이고, 뜬금없이 사건들을 벌이고 없애며 뒤죽박죽 만들어도 웃어넘겼다. 까짓, 다시 쓰면 그만. 고전 비틀기의 재미가 그만큼 컸기 때문이다. 누구나 뻔히 아는 작품을 뻔하지 않게 다시 쓰는 일. 물론 처음부터 즐거운 작업은 아니었다.

2005년 마당극 〈콩쥐팥쥐〉를 의뢰받았을 때다. 개과천선한 최만춘 씨가 배 씨와 재판까지 가면서 이혼에 성공했다거나 남편 따라 연변에 이민 간 콩쥐가 신발 장사를 하며 잘 살더라, 하는 별스러운 이야기. 팥쥐에게 이복 남매를 만들어 '아침 드라마'보다 더 복잡하게 얽고 싶었다. 그러나 연출의 요구는 원작에 충실! 참으로 심심하고 민망한 일이었다. 작가는 자신 속에 다중의 인격을 만들고 그 소리에 고통스러워하는 시간이 필요하다. 빛나는 영감을 위해 그까짓 것쯤은 감수한다. 한데, 원작에 충실? 이 작품을 왜 써야 하지? 누구에게 무엇을 어떻게 보여줘야 하지? 앞산도 첩첩, 뒷산도 첩첩. 불안과 절망과 번민은 푸념과 투정과 한탄이 되었다. 그러다 생각난 것이 작품을 쓰기 전에 먼저 써 봤던 '내가 받고 싶은 비평'이었다.

"관객들도 무릎장단을 치고, 적재적소에 추임새를 넣어 떠들썩한 판을 만들었다. 살갑고 맛깔스러운 말맛, 탄탄하고 옹골진 구성, 관객과 한 호흡으로 연결되는 완벽한 연기, 수준 높은 음악이 하모니를 이룬 공연은 작가 최기우가 선사하는 아주 특별한 감동이다."

그래, 그냥 놀아 보자. 심란한 세상사, 사람들과 더불어 한바탕 크게 웃어젖힐 수 있으면 그만이다. 숨넘어갈 정도로 요란한 수식어와 한껏 과장된 신파조는 객석을 웃음바다로 만들겠지. 극의 한 중간 상쇠가 흥을 몰아 객석으로 뛰어들면 분위기는 더 달아오를 것이다. 어딜 가나 앞자리를 꿰찬 관객의 흥은 배우 뺨치는 법. 어르신 여럿이 일어나 덩실덩실 반겨 주고, 부채꼴로 펼쳐진 객석은 배우들이 울고 웃을 때마다 한 몸이 돼 바람처럼 출렁이겠지. 그래, 이만하면 좋을시고. 약주로 불콰해진 중년의 아저씨와 장바구니 든 아줌마, 사탕을 입에 물고도 칭얼거리는 아이, 연신 '셀카'를 찍어 대는 여고생, 욕을 입에 달고 사는 중학생, 손자 업은 할머니, 앞

니 빠진 할아버지, 골방에 틀어박힌 미취업자 무명씨, 얇은 월급봉
투에 일찍 집에 못 가는 우리의 가장. 모두가 소중한 내 관객이다.
공연이 끝나면 손을 꼭 잡고 집으로 향하는 가족의 유쾌한 걸음이
나 시골에 홀로 계신 어머니의 안부를 묻는 누군가를 볼 수 있다
면…, 그것으로도 큰 의미다.

작품을 쓰는 내가 즐거워야 작품을 보여주는 배우와 스태프도 흐
뭇하고 작품을 보는 관객도 행복하다.

○ 양심을 세우고 정신을 새기며

건강한 글쓰기노동자를 꿈꾸는 나는, 평범한 사람들의 그저 그런
한마디에 귀 기울이며 조금씩 어른이 되었고, 깊고 낮은 한숨과 누구
나 무심히 지나치는 소리를 글로 옮기며 서둘러 늙어가고 있다.

지금 내가 서 있는 자리는 내가 디뎌 온 길의 흔적이다. 거창한 길
은 아닐지라도, 글과 노동과 상상의 무게를 느끼며 부끄럽지 않은 글
쓰기노동자의 길을 한 걸음씩 밟아 가리라. 그윽하고 청아하고 유려
하고 의미심장한 문장에 양심을 세우고 행간에 숨은 이야기에 정신
을 새기며 담대하게.

2021년 가을 전주 따박골에서 최기우